光文社文庫

ルージュ
硝子の太陽

誉田哲也

光　文　社

目次

ルージュ　硝子の太陽

第一章

1

行けども行けども、俺の目の前にあるのは闇ばかりだった。

進めども進めども、俺はその深みに呑み込まれていくだけだった。

追い越していく車のヘッドライトが、いつのまにか降り始めた雨を煙色に浮かび上がらせはするが、過ぎてしまえば、それもすぐ闇に溶けていく。迫ってくる光も同じ。眩しさに目を背けている間に、暗い暗い過去へと紛れてしまう。

道に迷ったのは酒のせいだ。部屋で、昼過ぎから飲み始めた。気づいたら、ワイルドターキーが一本半、空になっていた。車で出かけるわけにもいかず、徒歩で国道を歩き始めたら――そう。いつのまにか雨になっていたのだ。

女のいる店にいきたかった。別にセックスがしたかったわけじゃない。ただ、少しだけぬくもりが欲しかった。安らぎが欲しかった。ズブ濡れの迷い犬にも、理由を訊かずに乾いたタオルを差し出してくれる、そんな女との出会いを求めていた。

確かに、その店にも女はいた。六十代であろう太ったのが一人と、たぶんその娘だ。娘はまだ痩せていたが、あと十年もすれば母親の服がよく似合うようになるだろうと想像できた。ただ確証はない。彼女らが親子なのかどうかも、結局のところ俺には分からなかった。二人は東南アジア系の顔立ちをしており、日本語が滅茶苦茶で、英語もまるで喋れなかったからだ。ちゃんと看板を確認しなかった俺も悪い。でもタオルは貸してもらえた。

ウイスキーはサントリーの角とJ&Bがあった。J&Bを「水も氷も要らない」といって注文したのに、なぜかえらく水っぽく、不味く感じたので、二杯目は角にした。それも美味いとは思わなかったが、我慢して飲んだ。ウイスキー以外の酒は欲しくなかった。

どれくらいその店にいたのかは分からない。途中で眠気が差し、目を閉じてカウンターに突っ伏した時間もあったように思う。

その男が最初からいたのか、目を閉じている間に入ってきたのかも覚えていないが、俺はその男の顔がとにかく気に喰わなかった。田舎臭くて、貧乏臭い、下品な顔つきだった。やたらと声が大きく、耳が大きく、歯並びが悪かった。そんな男に俺から話しかけるはずがない。向こうからだったに違いない。だがやはり、会話は成立しなかった。やがて男が何か喚き出し、俺の肩を突き放すように押したので、俺もやり返した。男は真後ろにたたらを踏み、店の奥の壁に寄りかかるようにぶつかった。

なんだその目は。何か文句でもあるのか。お前のようなチビが、俺をどうにかできるなどとは思わない方がいい。お前を殺すくらい、俺はなんとも思わない人間だ。どうした。こないのか。かかってこないのか。その太った女と娘の前で、恰好をつけてみたらどうだ。お前がこないなら、こっちからいくぞ。

そうだ、殺せ、殺せ、殺してしまえ——。

胸座（むなぐら）を摑（つか）んで吊（つ）り上げて、そのまま頭からコンクリートの床に叩きつけてやれ。そして立ち上がる前に、全体重をかけた膝（ひざ）を首筋に落としてやれ。そこにいる醜い親子に、首の骨が折れるナマの音を聞かせてやれ。そうしてから、女どもを好きにすればいい。殴って殴って殴って、血達磨（ちだるま）にしてから犯してやれ。泣いて謝っても赦（ゆる）すなよ。徹底的にやるんだ。股座（またぐら）が裂けるまで、とことん姦（や）っちまえ——。

いや、それはいい。こんな女どもは、泣いて頼まれてもこっちが願い下げだ。

ちゃんと金は払って店を出た。雨は降り続いており、俺はまたすぐズブ濡れになった。もう、この道を真っ直ぐいっても帰れない気がしていた。道路案内の標識を見ても、どっちにいくべきなのか判断がつかない。電信柱や門柱の住所を何度か確認したが、覚えのない地名ばかりだった。

懐(ふところ)に入れているベレッタの感触を確かめた。スマートなデザインではあるが、それでも重量は約一キロある大型拳銃だ。銃としては新しい。俺もまだ撃ったことがなかった。

適当に角を曲がってみた。昼間なら、少なくとも太陽の向きで東西南北くらいは分かる。だがこうも夜が深く、雨まで降っていたのではまるで見当もつかない。案の定、大通りからはずれた俺は、小さな二階家が点在する住宅街に迷い込んでしまった。

だいぶ先に街灯が見えた。とりあえずそこまでいくつもりだった。途中の家の玄関前に犬小屋があったのは覚えている。どんな犬かは分からないが、赤く光る二つの目がじっと俺を見ていた。小屋の屋根を引き剝(は)がし、その赤目の犬を引っ張り出し、殴り、蹴飛(けと)ばし、頭の上まで持ち上げて地面に叩きつける場面を想像した。さらに踏みつけ、踏みつけ、踏みつける。足元で撥(は)ねているのが犬の血だろうが、水溜まりの雨水だろうが、この暗さでは区別もつくまい。返り血など気にする必要はない。すべて、この生温かい雨が洗い流すだけだ。

街灯のところまできた。ちょうど、正面から傘を差した誰かが歩いてくるのが見えた。黒地に、ドットか花柄かは覚えていないが、小さな模様が入った傘だったような印象はある。俺はその人に駅までの道を尋ねようと思った。駅までいけば、帰る方角も見当がつくはずだった。

誓ってもいい。俺はちゃんと丁寧に訊いたんだ。すみません、ここから一番近い駅にはどうやっていったらいいですか、と。傘を差していたのは女だった。まだ若い、二十代くらいの女だ。髪の長い、丸顔の、色白の女だ。少なくとも、さっきの店の女たちよりはマシだった。身なりもきちんとしていて、親切そうだった。

だが女は、あろうことか俺を無視した。まるで聞こえなかったかのように足を速め、俺とすれ違い、傘をしっかりと両手で握り締めていこうとした。

おい、ちょっと待てよ。俺は困ってるんだ。酔っ払って、帰り道が分からなくなった。駅までの道くらい教えてくれたっていいだろう。あとは自分でなんとかする。だから、駅までの道だけでいい、それくらい教えろよ。

それでも女は俺を無視し、いこうとした。

おい、お前、何様のつもりだ――。

女はこっちを何回も振り返りながら、なお足を速め、暗い住宅街の一本道を急いだ。地面はアスファルトではなく、砂利だったかもしれない。足元が悪く、水浸しになった俺のスニーカーの中に、小石が入って痛かったのは覚えている。確か、そう。ちょっと、痛いと思ったような記憶はある。

俺は女を追いかけた。駅までの道を訊くという目的は、もう半分くらいどうでもよくなっていた。俺はただ、濡れたスカートがぴったりと張りつき、ほとんど丸見え同然に尻の形が浮き出た下半身を見ていた。その丸い尻を、俺は追いかけていた。

女は急に、生け垣の陰に回り込んだ。そんなことで俺から逃げられるとでも思ったかと、怒りにも似た感情がどこからか湧いてきた。馬鹿にされたようにも、誘われているようにも感じた。

だが女に続いて生け垣を迂回してみると、女は別に隠れたのではなく、そこにある貧乏臭い平屋こそが、女の自宅なのだと分かった。女は鍵を鍵穴に挿そうとしているが、なかなか上手くいかなかった。鍵が濡れてしまったからなのか、手が震えるからなのか、それは分からなかった。

俺はゆっくりと女に近づいていった。傘を肩に掛け、バッグは肘に掛け、女は両手で鍵をどうにかしようとしていた。上手く開けられないなら、俺が手伝ってやろうか。だが俺が手を添えようとした瞬間、女の両手がズズッと前に出て、小さく金属音が鳴った。上手く開いたようだった。

女は鍵を引き抜き、ドアノブを捻り、引き開け、自分だけ入ろうとしたが、そんなことはさせなかった。俺もドアの中に体を捻じ込んだ。ナニッ、とか、ヤダッ、とか怒鳴られたが気にしなかった。

俺だって分からなかった。嫌だった。女に駅までの道を教えてもらえないこと自体が疑問だったし、不愉快だった。なぜ自分がそのような扱いを受けるのか、まったくもって理解できなかった。

雨戸が閉まっていたので外からは分からなかったが、家の中には明かりがあった。入るとすぐ、小さな台所とリビングのような部屋があり、そこに中年の男女と若い女がもう一人いた。若い女は、ひょっとしたら十代だったかもしれない。女の妹だと思った。

女はその部屋に入り、中年男にすがりつくように、彼の背後に回った。立ち上がったそいつは、禿げ頭の、全身から筋肉がずり落ちて下っ腹に溜まったような、だらしない下着姿の、もはや男としての役割など何一つ果たせそうにない腰抜け野郎だった。年の頃から、女の父親だろうと察した。

驚いた顔で見上げる父親を、俺は真っ直ぐに殴りつけた。女はよろけた父親を支えようとしたが、逆に巻き込まれて二人とも倒れ込んでしまった。次に、中腰に立ち上がったもう一人の中年、母親であろう女を殴った。拳の裏で薙ぎ払うように、右頰を打ち抜いてやった。母親もその場に崩れ落ちた。主に声に出して騒いでいたのは姉であろう女で、妹の方は口を押さえて縮こまっていた。静かにしているのなら殴る必要はない。妹は後回しでいいと俺は思った。

俺は三人が囲んでいた座卓を蹴飛ばし、部屋の中央を広く空けた。父親が起き上がろうとするので、今度は顔面に蹴りを入れた。靴を脱いでいなかったので、裸足よりだいぶ効いただろうと思う。間髪を容れず姉の髪の毛を左手で鷲摑みにし、右手では、再び母親を殴った。七発、八発、いや、十発くらいだったか。鼻が陥没し、唇が潰れ、千切れて歯茎が露出し、顔面はあっというまに、死体の腹から引きずり出した内臓のようになった。

それを見て、初めて妹が行動を起こした。立ち上がって逃げようとした。俺はとっさに手を伸べ、妹の着ていたパジャマの腰の辺りを摑もうとしたが、少しズレて尻になってしまった。それもあって、ズルリと下だけが脱げた。足をすくわれた恰好の妹は前のめりに倒れ、顔面を強か畳に打ちつけ、また動かなくなった。

姉はまだ騒いでいた。いや、最初よりさらに激しく抵抗していた。だから殴った。お前が悪いんだろう。俺が駅までの道を訊いたのに、答えなかったお前が悪いんだ。何様だと思ってるんだ。ハ？　騒ぐなといっているのが分からないか、この売女が。

ジャケットの下、姉のシャツの胸元を引き裂いた。下着を毟り取った。左右の乳房を鷲摑みにし、爪を立てて渾身の力で握り込み、そのまま体ごと引き上げた。立ち上がるまで引き上げたら、足を引っかけ、後ろ向きに思いきり押し倒した。姉の頭は畳の上でバウンドし、目玉は裏返って白くなった。

濡れて張りついたスカートを捲り上げ、ストッキングもショーツも引き千切り、そのまま犯した。どうだ、いいだろう、ア？　いいと言え、気持ちいいと言え。私の人生で最高の快感だと、泣いて喜べ。なんだ、なぜ言えない。おい、こら。まだ言えないか。おい、殴られても言えないか。ほら、早く言え。まだ駄目か。こんなに殴られてもか、ア？　おい、左の目玉が半分飛び出てるぞ。おら、もっとか。こうか、これでどうだ。鼻はどこにいった。すっかり潰れてなくなっちまってるじゃないか。

妹、お前はどこにいくつもりだ。待て待て、お前だけ、何もなしで逃げられるとでも思ってるのか、この馬鹿が。

痛いとか、そういうことをいう資格もないんだ、お前らには。お前もな、こうしてやる。姉貴と同じだ。なんだこりゃ。歯の矯正器具か。だからか。一発で唇がズタズタだ。醜いな。十発も殴ったら、口が千切れてなくなっちまったじゃないか。口の周りだけ骸骨みたいだぞ。変な顔だな。自分でも見てみろ。笑えるぞ。

おいババア。お前も一応は女だ。亭主のしょぼくれたアレじゃあ、これまで満足できなかっただろ。待ってろよ、俺がいま天国に連れてってやるからな。頭ん中が真っ白になって、その向こうに花畑が見えてくるぜ。しかし、亭主も亭主だが、お前もひどい体をしてるな。ブヨブヨじゃないか。これじゃ――うん、さすがの俺も、ちょっと無理そうだ。でも安心しろ。俺はいいものを持っている。こいつに代わりをさせる、ってのはどうだ。

さすがに疲れた。酒を飲んだ勢いでここまでやってはみたが、酔いが醒めてくるに連れて、体中の、筋肉という筋肉が砂袋に置き換わっていくような、どんよりと重たい疲労感に見舞われた。

四つの死体は、部屋の真ん中に並べておいた。父親、母親、妹、姉の順番だ。全員うつ伏せ。なぜって、酔いが醒めたら、全員、とてもじゃないが直視に耐えない顔になっていたからだ。どれもこれも、爆弾で吹っ飛んだみたいになっていた。

だが、酔いが醒めてよかったこともある。

女どもの体内に残った精液を調べられたら、俺の仕業だってことが発覚するかもしれない。これに気づいたのは本当に幸運だった。ヒントになったのは母親の死体だ。レイプはせず、股座にベレッタを捻じ込んでそのまま発砲して殺したのだが、これを姉妹にもやればいいのだと思いついた。

最初は姉だ。尻の肉を押し広げ、銃口をあてがう。一発ブチ込むと、性器の入り口はバシャッと弾け、肛門とも繋がってわけが分からなくなった。念のため、もう二発ほど打ち込んでおく。もうこれで、子宮も内臓もグチャグチャだ。

妹も同じように処理したが、終わってみると、父親だけ仲間外れのようでバランスが悪かった。弾もまだ五、六発は残っている。でも、ここで撃ち尽くしてしまったら、帰りに何かあったときに対処できないので、父親は二発だけにしておいた。

だいぶ返り血を浴びたので、代わりになる服はないかと家中を探したが、父親とは体格が違い過ぎて、どれも着られなかった。仕方がないので、着ていた服を台所で洗って、力一杯絞って、またそれを着た。もともと雨で濡れていたのだから、元通りになっただけだと割りきることにした。

喉が渇いたので冷蔵庫を開けた。缶ビールが三本入っていたので全部飲んだ。ツマミになるようなものはなかったが、イチゴの載ったケーキがあったのでそれは食べた。ひょっとすると、あとから帰ってくる姉のために残してあったのかもしれない。ということは、俺が食うことで帳尻が合って、かえってよかったわけだ。

それから、確か三本くらいタバコを吸った。

むろん、父親のタバコだ。俺のは、雨に濡れてとっくに吸えなくなっていた。

そう。俺のタバコなんて、とっくに、とっくに、吸えなく——。

決して広くはないが、清潔な部屋の窓辺で目を覚ました。明るいベージュのカーテンには、透き通った冬の朝陽が当たっている。

こんなに穏やかで清々しい朝を迎えたというのに、なぜだろう。胸の辺りが妙にムカムカする。昨日の夜に食べた焼き肉が少し重かったのだろうか。でも、量はさほどではなかったはずだ。野菜も充分に食べたし、酒は飲まなかった。もうずいぶん長い間、アルコール類は一切口にしていない。タバコも吸っていない。実に健康的な毎日を送っている。

だとすると、あれだろうか。久し振りに、あの悪夢を見たのだろうか。ある雨の夜に、見知らぬ女の家に上がり込み、一家全員を皆殺しにする夢だ。

あんなことが本当にあったのかどうか、もう私にもよく分からない。たとえ現実にあったのだとしても、もはやどうでもいいことだ。遠い過去のことだし、きっと誰も覚えてなどいない。私自身、警察に捕まるどころか、調べられることすらなかった。たぶん、夢だったのだ。酒と、雨と、悪戯な暗闇が作り出したタチの悪い幻だ。それに私はもう、酒もタバコもやめている。そのお陰かどうかは分からないが、悪夢を見る回数もずいぶんと減った。ベッドから立ち上がり、少し体を動かしてみる。このところ、フィットネス通いをだいぶ怠けているので、また少し腹が出てきたように思う。それと悪夢と、何か関係があるのか？いや、それはない。あれはただの夢だ。幻だ。そんなものに、必要以上に囚われるべきではない。

廊下は、もう昼間同然の明るさになっていた。私が寝惚けているのでなければ、今日は月曜日のはずだ。そうだ、先週末に封切りになった、あのSF映画を観にいこう。あの監督の作品は昔から大好きだ。ポップコーンを食べながら、コーラを飲みながら、子供の頃のように映画を楽しもう。

幅のせまい階段を慎重に下りる。手すりも細く、なんとも頼りなくはあるのだが、文句はいうまい。今の私は充分に満たされており、幸せだ。

階段を下りきり、ダイニングに入る。その向こうのキッチンには、小百合が立っていた。

「おはようございます」と、いつもの透き通った声で挨拶をくれる。

「おはよう。健たちはもう出かけたのかい」

「ええ、二人ともいつもの時間に」

壁掛けの時計を見ると、八時半。まあ、二人はいなくて当然の時間だ。ダイニングテーブルも、私用の食器が残っているだけで、他の三人分はもう片づけられている。

小百合が、すぐ朝食にするかと訊いてきた。朝の私は大そう気分屋で、コーヒーだけで済ませるときもあれば、焼き魚に卵焼きも食べて、味噌汁とご飯をお代わりするときもある。今朝は、起きた直後こそ胸にムカつきを覚えはしたものの、今はもうすっかり調子がよくなっている。小百合に、何があるのか訊いてみた。今朝は、健も城士もチーズリゾットとサラダを食べていったという。じゃあ、私もそれにしてくれと頼んだ。小百合の作るチーズリゾットは本当に美味しい。朝からとても幸せな気分になれる。

私はダイニングテーブルに座り、少し離れたところにある大画面のテレビに目を向けた。いつもの報道番組が流れている。八時台のそれは、早朝の番組より一つひとつのニュースを詳しく取材して流す特徴がある。今は、このところ都内でも頻繁に行われているデモについて議論されている。在日米軍を日本から追い出そうという、あれだ。

戦争が嫌なのは誰しも同じだが、それと安全保障を混同するのはいかがなものかと思う。戦争には必ず、仕掛ける側と仕掛けられる側とが存在する。戦争を仕掛ける側にはそれなりの理由がある。肥沃な土地が欲しい、石油が欲しい、奴隷が欲しい、傀儡政権を作りたい、自分たちの主義主張を広めたい、世界を征服したい、ただただ戦争がしたい。理由は様々あろうが、要は自国の都合で仕掛けているだけだ。

しかし、仕掛けられる側に理由などありはしない。狙われてしまったら、仕掛けられてしまったら、道は二つしかない。戦うのか、服従するのか、必ずそのどちらかを選ばなければならない。ただし、戦争を仕掛けられない工夫、事前準備をする、という道ならば別にある。それが安全保障だ。

この国に戦争を仕掛けたら、仕掛けた以上の報復を覚悟しなければならない、それはどう考えても損だ、じゃあ仕掛けるのはやめておこう。そう相手に思わせるのが、最も理想的かつ効果的な安全保障といえる。

米軍に出ていけと叫ぶのは容易い。いまだこの日本は占領下にあるのだと、被害者意識を丸出しにするのは容易い。しかし、米軍が本当に出ていった、そのあとのことをこの人たちは考えているのだろうかと、私は疑問に思う。嫌だ嫌だと駄々を捏ねるだけなら、それは子供のすることだ。私には、このデモに参加している人々が、どうしようもなく幼稚に見えて仕方がない。

ただし勘違いしてはならないのは、このデモで掲げられているメッセージが、日本国民の総意では決してないという点だ。むしろ、こういった行動に出るのはごく一部の人間であり、物言わぬ多数派の考えは、もう少し現実的で、大人だと思いたい。

国は嘘をつく。メディアも嘘をつく。ある目的を達するために、まったく別のメッセージを発することがある。それに騙されないためには、国民が大人になるしかない。

私は今の日本国民が、そこまで幼稚だとは思いたくない。

ああ、チーズリゾットが出来上がったようだ。

私は自室に戻り、映画館に出かける支度を始めた。

クローゼットはよく整理されており、シャツもきちんとアイロンがけされたものが掛かっている。

足元には、大小いくつかの段ボール箱がある。私がそれらを開けることは、もう滅多にない。だが中身が何かは分かっている。ちゃんと覚えている。林檎の絵柄が描かれた箱には、古びた木箱が一つ入っている。

木箱の中身は拳銃だ。ベレッタM9。あれはいい銃だ。

2

二月一日、土曜日。

姫川玲子は赤坂、といっても溜池山王駅に近い、雑居ビル一階の喫茶店にいた。隣にいるのは、成城署刑組課（刑事組織犯罪対策課）強行犯捜査係の鈴井巡査部長。話を聞いている相手は、この近くに事務所を構える芸能プロダクション「パルフィー」の社員、西森冬香だ。歳はちょうど三十だから、玲子の四歳下になる。

西森は「地下アイドル」とか「ライブアイドル」などと呼ばれる女性グループのマネージメントを担当しており、「ちーむ☆クレパすパイラル」も、そんなグループの一つだったという。

「……ファンクラブの会員名簿については、前回お渡ししたのですべてです。会報も先月、『クレパす』の活動休止を告知した号外が最後です。以後は、いかなる活動もしておりません。グループとしても、残りのメンバー個人個人も」

先月の話は先月聞いているので、玲子も分かっている。

「その後に、退会手続きをとった会員の方とかは」

「いません……っていうか」

西森の目つきが尖(とが)る。

「こちらがお渡しした名簿を一人ひとり当たるって、ちょっと、プライバシーの侵害にもほどがありませんか」

それ以外に、警察がファンクラブの会員名簿で何をすると思ったのだろう。その方が玲子にはよほど疑問だ。

「それに関しましては……」

こっちの話を遮(さえぎ)るように、西森がテーブルに身を乗り出してくる。

「単刀直入に伺いますけど、姫川さんは、本当に『クレパす』のファンがマユを殺したと思ってるんですか？　警察は本気で、ファンクラブ会員の中に犯人がいると思ってるんですか？」

お怒りはご尤もだが、それが捜査というものだ。

「……そのようなことは、私どもも思いたくはありません。しかし、それでも確認しなければならないのが犯罪捜査です。会員の中に犯人はいないかもしれないけれど、でも、その可能性が完全にゼロでない限り、我々は一人ひとり、漏れなく確認する必要があります」

「確認して、会員の中に犯人がいなかったらどうするんですか」

「会員の皆さまの無罪が証明されます」

「な……なに呑気なこといってるんですかッ」

別に呑気などではない。どちらかというと、このところの玲子は自分でも苛々のし通しのように感じている。

「西森さん。ここは、もう少し冷静にお願いします」

「私は冷静です。冷静に、警察の捜査による被害について申し上げているんです。ファンクラブの会員だというだけの理由で警察の取調べを受けて、中には職場の近くで拘束された方もいるそうじゃないですか」

いや、それは「取調べ」ではなく、単なる「事情聴取」であり、「拘束」ではなく「任意同行」に過ぎない。ファンクラブの会員というだけで身柄を拘束するなんて、さすがにそこまでする捜査員はいない。少なくとも、玲子の知る限りでは一人もいない。

それでも西森は続ける。

「なのに、ファンはみんな優しいです。温かいです。みんな我慢してくれてる……それだけじゃないです。僕たちはいいから、調べるなら徹底的に調べていいから、事件解決のためならいくらでも協力するから、だから、『クレパす』も解散だけはしないでほしいって、事件が解決したら、また活動を再開してほしいって、僕たちはずっと待ってるからって、ほとんどの声はそうなんですよ……でも、駄目なんです。他のメンバー四人が、もう、ステージに立つのが怖いって……握手会もそう、イベント出演もそう。アイドル活動のすべてが、もう怖くて仕方なくなってるんです」

お言葉だが、被害者と似た立場にいる人はみな同じ思いをするものだ。被害者がアイドルだったからといって、それが何か特別なことのように思うのは間違っている。銀行の営業マンが強盗に遭えば、他行の営業マンであろうとみな不安になる。女性が夜道で乱暴されれば、女性はみな身の危険を感じる。子供が、お年寄りが、コンビニ店員が——挙げ始めたらきりがない。

ただ、それをここでいっても始まらない。

「……心中は、お察しいたします」

「いいえ、姫川さんは分かってないです。もう、事はうちだけの話じゃなくなってるんですよ。うちみたいなインディーズのグループじゃなくて、テレビに出ずっぱりのメジャーなグループにまで影響が出始めてるんです。握手会にくる人の身元を確かめる方法はないのかとか、現場からの出方、帰り方をもっと工夫しなきゃ駄目だとか、ガードマンを増やすにしたって、じゃあガードマンの身元はどこまで調べたらいいんだとか、中には、うちみたいな小さな事務所が杜撰な管理体制で若い子に活動させるから、だから殺されるんだ、いい迷惑だって、大手事務所の方から抗議まで受けてるんですよ」

それは抗議する方の良識の問題であって、警察の捜査にいき過ぎがあるか否かとは、また違う話だろう。そんなことをいっていいのなら、こっちにだっていいたい愚痴はいくらでもある。

今の話ではないが、ガードマンですら、一般のお客さんよりはアイドルのプライバシーに触れる機会は多いわけで。そうなると興行関係者であるとか、会場の設営に関わったアルバイトスタッフであるとか、あるいはライバルグループのメンバー、その事務所スタッフ、ファン、懇意にしているメディアの人間まで、こっちは全方位にわたって疑わなければならなくなってしまう。実際、捜査範囲は特捜本部（特別捜査本部）設置当初より大幅に拡大されている。絞り込みなんて、まったくできていない。

こんなことは口が裂けてもいえないし、人格を疑われそうだから考えないようにもしているが、それでも、チラチラと何回かは思ったことがある。

殺されたのがアイドルで、迷惑してるのはこっちの方だと。


十九時前には成城署に戻った。

六階の講堂出入り口には「祖師谷二丁目母子三人強盗殺人事件特別捜査本部」と掲げられている。警察内部では「祖師谷母子殺人」とか「祖師谷事件」と略されることが多いが、インターネットを含むメディアでは「アイドル一家殺人事件」とか「地下アイドル殺人事件」などと称されることもあるようだ。

事件が発生したのは去年の十月二十九日火曜日の夜から、翌三十日未明にかけて。発生現場は世田谷区祖師谷二丁目△－◎にある二階建ての一軒家だ。殺害されたのは長谷川桃子、五十三歳、長女の繭子、二十五歳、長男の高志、二十歳の三名。父親の隆一は単身赴任のため自宅には不在だった。

三人の遺体は玄関を入って右手、かつては夫婦の寝室として、このところは桃子が一人で使っていた四畳半の和室に並べられていた。殺害自体は繭子が二階の自室、桃子は玄関を入って左手のダイニングキッチン、高志は玄関でだったが、犯人は殺害後に三人の遺体をすべて四畳半の和室に運び込んでいる。その理由はいまだに分かっていない。

最初に殺されたのは長女の繭子と見られている。この日はアルバイトもアイドルの仕事もなく、自室で過ごしていたようだ。そこに侵入してきた犯人にナイフで三ヶ所刺され、死亡。他にも殴打されたのであろう打撲痕や、首を絞められてできた圧痕、顔面や肩、背部にも擦過傷があった。ただし、致命傷となったのはあくまでも肺にまで達していた胸部の刺創であり、死因は外傷性ショック死だった。

次に殺されたのは、おそらく母親の桃子だ。繭子が乱暴されているか、すでに殺害されたタイミングで帰宅し、まだ現場にいた犯人と鉢合わせしたため殺害されたと見られている。こちらは首を切られており、死因は失血死だった。歩いて十分ほどのところにある会計事務所で働いていた桃子は、平日は十九時頃に帰宅することが多かったという。おそらく事件当夜もそれくらいで、死亡時刻は二十時とか、それくらいだったと思われる。

最後に殺されたのが、長男の高志ということになる。犯人はなんらかの理由で現場を偽装する作業中であり、高志はそこに帰宅して巻き添えを喰ったものと見られている。こちらも打撲痕、圧痕、擦過傷、切創とボロボロの状態だったが、やはり致命傷は刃物による胸部の刺創で、死因は出血性ショック死だった。事件当夜、高志は二十時七分に最寄駅である祖師ヶ谷大蔵の改札を通っている。よって、遅くとも二十時半までには帰宅していたと見られ、その後に殺害。死亡時刻は二十一時から二十二時頃と推定される。

ここまでなら、むろん推測を交えてではあるが、事件はギリギリ捜査陣の理解の範疇にある。犯人はなんらかの方法で繭子が自宅にいることを知り、あるいは確かめ、暴行目的で侵入、殺害。その後に帰宅した家族も、事件の発覚を恐れて殺害したのだろうと考えることができる。ただし、その後の犯人の行動は、まったくもって理解し難い。常軌を逸しているとしか言い様がない。

犯人は、家屋内の別々の場所で殺害した三人の遺体を、一階の四畳半の和室にわざわざ集め、うつ伏せに並べた上、それぞれの股間に銃弾を数発ずつ撃ち込んでいるのだ。それでも、繭子にしたのはまだ分かる。おそらく彼女が生きている段階で強姦もしたのだろうから、その証拠を消そうとした、という推測は成り立つ。極めて凶悪かつ乱雑な手法ではあるが、結果としてその目的は達成されている。

撃ち込まれた五発の銃弾によって、繭子の内臓は子宮も含めてグチャグチャ。体内に男性の体液があるかどうかも、死亡前に性交渉があったのかどうかも判別不能だった。解剖前の、女性器も肛門も完全に破壊された写真を玲子も見たが、もう、無残も何も通り越して、犯人の人間性の有無を疑った。決して、犯人の人間性のあり様を疑ったのではない。この犯人には、そもそも人間性がないのではと疑ったのだ。

しかも、犯人は同様の行為を母親である桃子にも、弟の高志にも施している。担当の解剖医は、犯人は銃弾を撃ち込んだだけでなく、その創洞内に手を入れているとの所見を示した。繭子に五発、桃子に三発、高志が最多で六発だが、それだけ撃ち込んだとしても、銃弾だけでここまで内臓が破壊されるはずがない、というのだ。もしそうだとしたら、もはや人間の所業とは思えない。過去に「鬼畜」と呼ばれた犯罪者たちでも、なかなかここまではしなかったのではないか。

当然のことではあるが、生きた人間の腸内には、すでに消化を終えた食べ物、つまり「排泄物」に極めて近いものが詰まっている。というか、ほとんどそれだ。そこに何発もの銃弾を撃ち込み、さらに自ら手を入れて、内臓を——。

「れ、いこ、しゅにんっ」

たまたま相方の鈴井が席を離れており、その空いていた隣の椅子に、遠慮なく座った馬鹿者がいる。まあよくも、このご時世にそんな垢抜けない服を見つけてくるものだと、もはや感心するしかないくらいダッサいベージュのジャンパーを着ている、大馬鹿野郎だ。

その男の名は、井岡博満という。

「……何万回いわせるの。あたしのことを名前で呼ぶなってば」

「ええやないですか、二人きりのときくらい」

この、捜査員の大半が戻ってきている、まもなく捜査会議も始まろうかという講堂の最前列の、どこをどう切り取ったら「二人きり」になるのだ。甚だ疑問ではあるが、説明は聞きたくない。というか、この男とは会話を交わしたくない。

「どきなさい。そこはあなたの席じゃない」

「そうなんですよ。ワシの席からやと、もう玲子主任の席が遠くて遠くて……そうですかぁ。

やっぱり玲子主任も、ワシの席がどこにあるのか、意識してはったんですなぁ」

そもそも、どうしてまた自分と同じ特捜本部に井岡がいるのか、そこからしてもう、玲子は大いに疑問だ。

いま玲子が所属しているのは刑事部捜査第一課殺人犯捜査第十一係だ。ありがたいことにというかなんというか、ヒラ警部補のまま戻ってきたので、役職は「主任」のままだ。それはいい。なんの問題もない。一方、井岡も同時期に捜査一課に引き上げられ、初めて殺人犯捜査係に配属されることが決まった。そのときは、ひょっとすると同じ係になってしまうのか、と懸念もしたが、実際に井岡が配属されたのは殺人班七係（殺人犯捜査第七係）だった。そうだよね、一緒の係に配属なんてあり得ないよね、と一人胸を撫で下ろしたものだ。

しかし、だ。

まあ、昨今の捜査一課のお家事情からしたら致し方ないことなのかもしれないが、ここ半年ほどは都内で殺人事件が頻発しており、それごとに特捜本部を設置していたら、現在十二個ある殺人犯捜査係では足りなくなってしまった。そうなったら、ある程度解決の目処が立った特捜から二人、規模を縮小したところから三人と、少しずつ摘み食いのように集めてきて混成部隊を編成するしかない。

しかし、だからといって、何も十一係姫川班が仕切っているこの特捜にだ、よりによって七係の人間を補充してこなくてもいいだろうと思う。もう何回目だ、この井岡と同じ特捜に入るのは。こんなことって現実にあるのか。いや、ない。絶対にあり得ない。なのに、なぜかこうなる。誰が、何をどう企んだらこういうことが起こり得るのだろう。本当に訊いてみたい。捜査本部設置に関する諸々を決める強行犯捜査二係の担当者に、なぜ自分がいる特捜に井岡博満を捻じ込んでくるのかと。ぜひとも納得のいく説明を聞かせてもらいたい。

「永遠不滅の愛……ゆう、ことですやろな」

「馬鹿じゃないの。意識とかしてないから。井岡くんがどこに座ってるかなんて、あたしまだに知らないから」

「んもぉ、そういうところが、玲子しゅ……」

玲子主任って可愛いんやから、とかなんとか言いたかったのだろうが、それは叶わなかった。

「……アイーテテタタタタッ」

もともと猿のように大きな井岡の耳が、今は真上に引っ張り上げられ、映画に出てくる悪魔のように伸びきっている。当然、それに逆らって座ったままでいれば耳が千切れてしまうので、井岡としては立ち上がらざるを得ない。

中腰まで立ち上がった井岡の向こうには、大きくて分厚い体をした男が立っている。

「……ここは、お前の席じゃ、ないよなぁ?」

「イ、イ、痛い、きき、菊やん、痛いて」

そう。井岡の耳を渾身の力で引っ張り上げているのは、殺人犯捜査十一係姫川班、もう一人の主任警部補、菊田和男だ。

「戻るか？　ちゃんと自分の席に戻るか？」

「もも、戻ります、今すぐ、戻りますて……まさに、光の速さで」

だが、そこで井岡を信じて手を離してしまう辺りが、菊田もまだまだ甘い。

井岡はストンとパイプ椅子に座り直し、

「……それより玲子主任、今夜のぉ、会議終了後のぉ、デートのお約束の件ですけれどもぉ」

そういいながら、玲子に体をすり寄せてくる。

こうなったら、菊田も今一度、耳吊り拷問をするしかない。

「お前、全然分かってねえな」

「アイーッ、タタタトタタタトタッ」

ある意味、凄いなと思う。

この変わらなさ、懲りなさ、馬鹿さ加減。

何万回好きだといわれても、何十年口説かれ続けても、玲子は井岡となど、絶対に付き合ったりしないのに。

すでに事件発生から三ヶ月が経っているが、はっきりいって、捜査はほとんど進展していないといわざるを得ない。

この特捜入りが決まった時点では、正直、玲子も「きた」と思っていた。被害者が三人という痛ましい殺人事件ではあるが、それは即ち、殺人犯捜査を手掛ける刑事にとっては「いい事件」ということでもある。マスコミに派手に取り上げられる、警視庁としても絶対に解決しなければならない「看板」事件。そんなヤマを、自分の手で解決できるチャンスが巡ってきたのだ。犯人を逮捕する資格が、自分に与えられたのだ。不謹慎な考え方であるのは百も承知だが、それが「殺しのデカ」の本心なのだから仕方ない。これはいい事件だ。絶対に、自分の手で解決してみせる――。

だが、予想に反してこの事件の捜査は難航した。この一ヶ月ほどは、新しい情報などまるで入ってこない状況が続いている。

「……夕刻には、四度目になりますが、繭子のグループのマネージャーをしていました、西森冬香に話を聞きました。今や、アイドル業界全体にこの事件の影響が出ており、セキュリティの強化を徹底して進めているという話でしたが……事件に関する新たな情報は、特に得られませんでした」

玲子からしてこうなのだ。事件現場周辺の聞き込みを命じられている地取り班など、一日をどうやってやり過ごしているのだろうと気の毒にすらなる。

初動捜査の段階ではＳＳＢＣ（捜査支援分析センター）の機動分析係も入り、現場周辺の防犯カメラ映像を徹底収集、分析したが、これといった情報は得られなかった。

世田谷区と聞くと、まず「高級住宅街」というイメージが湧くが、だからといって区内のどこもかしこもが「高級住宅街」なわけではない。実際、長谷川宅は築四十年を超える木造建築で、建坪も三十に満たない小さな一軒家だ。周りも似たような大きさの家が多く、街そのものに高級感はない。加えて、家の真正面には四百坪を超える畑が広がっており、風景としてはかなり田舎っぽい。

それもあってか、周辺地域における防犯カメラの設置数は極端に少なかった。先週、「防カメ映像がなければ犯人は逮捕できないのか」と刑事部長に怒鳴られたばかりだが、だったら「防カメ映像頼みで解決した事件と比べるのはやめてください」と玲子は言い返したかった。むろん、そんなことを正面切っていいはしないが。

地取りから有力な目撃情報は上がってこない。SSBCも「今回は空振りでした」と白旗を挙げてしまった。あとはマル害（被害者）の周辺人物を当たる「鑑取り」か、現場遺留品から犯人を割り出していくしかないのだが、これもまた状況としては非常に厳しい。

犯人は犯行後に現場内を物色、おそらく血塗れになった服を着替えたかったのだろう、高志の部屋のクローゼットを荒らしている。だがそれに関しても、持ち主が死亡してしまっている現状では、何がなくなっているのか確かめようがない。せめて母親が生きていてくれればよかったのだが、唯一無事だったのが単身赴任中の父親では、確認は難しいと思われた。

案の定、犯行後の現場写真を見てもらったが、現場から何かなくなったものはないかなど「まるで分からない」ということだった。

さらに犯人は、冷蔵庫を開けて缶ビールを二本も飲んでいる。そこから指紋も唾液も採取できているため、飲んだのが桃子でも繭子でも高志でもないのは明らかだった。しかも缶には高志の血液が付着していた。犯行後であったことも間違いないだろう。

むろん指紋と、唾液から採取したDNAに該当する前科者はいなかった。使用された拳銃は9ミリ弾を使用する自動拳銃だが、比較的弾頭の柔らかい銃弾を使用しているため、旋状痕から銃種を特定することもできない。銃弾に関しては、犯人を逮捕したのちに拳銃を押収し、それと照合するくらいの使い道しかない。

こう並べてみると、犯人はけっこう現場に証拠を残しているのだが、そのいくつかある「点」が、なかなか「線」に繋がらない。現場内にスニーカー様の足痕もあるのだが、それも量販店などで大量に販売されているものなので、今のところ手掛かりにはなり得ていない。

「……ええ、本日は、駅周辺のぉ……」

微妙に関西弁臭いな、と思って振り返ってみると、やはり。だいぶ後ろの方の、玲子とは反対側の川にいる井岡が立ち上がり、報告を始めていた。しかも、玲子が振り返った途端、チクンとウインクをしてみせる。玲子はいまだ視力が二・〇あるため、別に見たくもないが見えてしまった。

だから、そういうことはよしなさいって、何度いったら分かるのだろう。

3

林広巳は、左側最前列の席で捜査員たちの報告を聞いていた。

正面の上座には、捜査一課殺人班十一係係長の山内警部、成城署副署長の涌井警視、刑組課長の野田警部がいる。管理官の今泉警視と署長の沢辺警視は欠席。特捜本部設置から今日でもう三ヶ月になるので、この辺は致し方ないところだが、捜査会議の眺めとしてはやはり寂しいものがある。

そういう林自身も、本心をいえば捜査会議で最前列になど座りたくはない。こういう席には、右側の先頭にいる姫川とか、なんならその後ろに控えている菊田のような刑事が座るべきだと思う。林は、前回の本部勤務では捜査第一課第一強行犯捜査第二係に配属され、捜査本部の設置や強行犯捜査資料の収集整備に当たった。いわば、捜査一課の中でも裏方だったわけだが、でもそれが自分には合っていた。

だから、統括警部補に昇任して捜査一課に復帰し、殺人班十一係の統括主任という立場になっても、現場に出ての聞き込みや事情聴取、取調べなどは姫川たちに任せ、自分は特捜の情報デスクを仕切ることに専念している。今も、できることなら講堂の一番後ろ、机を突き合わせて作った情報デスクの「離れ島」で、会議全体を俯瞰(ふかん)して見ていたい。こんな、幹部の顔しか見えない最前列では、特捜本部全体の空気を読むことはできない。

この特捜に、最初に投入された刑事部のチームは姫川班だった。

殺人班十一係には姫川と菊田の他に主任警部補があと二人、巡査部長が六人、統括主任である林を入れると十一人いるのだが、一つ前の事件がまだ完全には片づいていなかったので、とりあえず姫川班の五人と林が抜けて、この「祖師谷母子殺人事件」の特捜に入ることになった。

捜査は開始当初から難航した。

まず、事件の発覚が犯行から三日ほど経ってからだったということ。父親である隆一は犯行の翌々日、十月三十一日になって、桃子や子供たちの携帯に電話をかけたが、出ない。固定電話にかけても出ない。メールをしても返信がない。また繭子のマネージャーをしていた西森冬香も連絡していたが、繭子も電話に出ないし、メールの返信もしてこなかった。高志のバイト先の店長や大学の友人も同様の証言をしている。

隆一は当然心配したが、大手医療コンサルティング会社の福岡支社次長という立場上、一日や二日、家族と連絡がとれないからといって東京に戻るわけにもいかなかった。困った隆一は、本社にいる後輩で、何度か自宅にも遊びにきたことのある長尾寛也(ながおひろや)に様子を見にいってくれるよう頼んだ。長尾は十一月一日、金曜日の十九時過ぎに長谷川宅を訪ね、二階の窓に明かりがあるのを確認。しかし呼び鈴を鳴らし続けても、固定電話に架電し続けても反応はない。万が一のときは、エアコンの室外機の下に貼り付けてある合鍵を使って入ってくれといわれていたが、それは探すまでもなかった。

玄関には鍵が掛かっていなかった。

そっとドアノブを引くと、まず、とんでもない異臭が内部から漏れてきた。隙間から覗き込むと、中は一面生乾きの赤黒い血に塗れている。それでも悪臭に耐えながら玄関に入ると、右手、四畳半の和室の開口部に、何者かの足が見える。声をかけても反応はない。その時点で、充分只事ではないと思ってはいたが、何かの間違いかもしれないという思いも一方にあった。躊躇いを覚えながらも靴を脱いで廊下に上がり、部屋を覗き込むと、三人の遺体がうつ伏せで並べられていた——ということだった。

翌二日には特捜本部が成城署に設置され、捜査が開始された。警視庁本部からは姫川班に林を加えた六名、成城署刑組課から十一名、その他の課から十五名、管区を接する高井戸署、北沢署、世田谷署、玉川署、三鷹署、調布署から各五名から七名。幹部を除けば七十名態勢でのスタートだった。

だが被害者が三人もおり、そのうちの一人が「地下」とはいえアイドルグループに所属していたことから、捜査範囲を広く設定せざるを得ず、人員も一週間後には殺人班七係から四名、特殊班五係から三名、成城署から六名、隣接署から十名補充され、百人近い規模まで拡充された。

現場をリードする立場になった姫川は、本当によく頑張っていたと思う。正直、今の十一係における姫川班は、かつての十係のときほどチームワークがよくない。同じ女性刑事ということで、日野利美(ひのとしみ)巡査部長とは上手くやってくれるものと思っていたが、男が考えるほど女同士というのは簡単ではないようだ。

日野は今、五十四歳。姫川とは二十歳の年齢差がある。姫川にとっては、いわば母親世代——とまでいったら日野が可哀相だが、でもそれに近いものはある。林は、もう少し温かい目で姫川のことを見てはもらえないだろうかと思い、日野と話したことがあるが、反応は芳(かんば)しくなかった。

「……いや、別にいいんですよ。若くて頑張ってて、警部補にだって二十七でなったんでしょ？　凄いなって思いますよ、ほんと。尊敬します。礼儀だって弁(わきま)えてるしね。身綺麗(みぎれい)にもしてるし。実際まあ、そこそこ美人でもあるし。ただね……なんていうのかな。本人はそういうの、顔には出さないようにしてるのかもしれないけど、見えちゃうんですよね、同じ女には。ああ、この人は、自分が美人だってこと分かってて、そういう顔してるんだな、とか。そういう言葉遣いをするんだな、とか。そりゃ、私にだって敬語は使ってくれますよ、こんだけ歳が離れてるんだから。彼女だって、そこまで馬鹿じゃない。でもね……なんだろ、意地みたいなもんですかね。私は美人なのよ、それの何が悪いの、若くして警部補にまでなったのよ、あんたらとは違うのよ、みたいな。なんか、そういう底意地の悪さみたいなものが、透けて見えちゃうんですよね……すいません。なんか、言いたいこと言っちゃって。私も相当、底意地悪いですよね」

驚いた。当初の、林の予想ほどは上手くいっていない、とは感じていたが、そこまでの悪感情を持たれているとは予想していなかった。だが、そこまで反感を持っていながらも表面上は何事もないように接してくれていたのだから、これは逆に、日野に感謝すべきかもしれないと思った。そういった目で見れば、日野は見事なまでに、姫川の前では「年上の部下」の役に徹してくれている。これは下手に介入しない方がいい、という結論に、林は至った。

これとまったく逆の関係になるのが、小幡浩一(おばたこういち)巡査部長だ。

小幡は姫川の一つ年下。階級も一つ下。同世代で美人の上司を、普通に慕ってくれればそれでよかったのだが、こっちはこっちで当初、やけに子供っぽいライバル意識を剝(む)き出しにしていた。

いっぺん、居酒屋に呼び出して、二人で話したことがある。

「お前、姫川主任に対して、もうちょっと、なんていうか……穏やかにできないのか」

小幡は「居酒屋でだけ」と決めているらしいタバコを吸いながら、「そうですよねぇ」と呟(つぶや)いた。

「……そりゃね、俺も姫川さんがきた当初は、なんかイケ好かねえ女だなぁ、って思ってましたよ。でもあれで、けっこう優しいところだってあるし、女らしい、柔らかいところだってあるんですよね。それは、分かるんです。分かるんですけど……」

分かったらお前も優しくしてやれ、とは思ったが、こちらもそんなに簡単ではないらしい。

「むしろ、アレなんじゃないですかね、姫川主任の方が、俺らに心開いてないところ、あるんじゃないですかね。ほら、菊田主任とは、俺らに接するのと、全然感じ違うじゃないですか。分かるんですよ、付き合い長いみたいだし。菊田主任、すんげーガッツあるし。いやぁ、真似できねえわ、と思いましたよ。あの人、ほとんど寝なくても平気でしょ」

確かに。菊田はよく、遅くまで特捜に残って林の資料整理を手伝いながら、自分でもそれらを一つひとつ熟読し、頭に入れようとしている。それについては一度、本人に訊いたことがある。なぜそこまでするのかと。

菊田は、ちょっと照れたように笑いながら答えた。

「ああ……姫川主任って、よく感覚でものをいうじゃないですか。印象を大事にするっていうか。それ、刑事には凄い重要な要素だとは思うんですけど、たまに、細かいデータを覚えてないときがあるんで。そういうときに、それはこうでした、あれはこうでしたって、即座にいえる人間が、近くにいないと駄目なんですよ。即答できなくても、資料のどこに載ってたかくらいは、すぐに教えないと、あの人の思考を中断させちゃうから……そういうの、前のときはたもつさんとか、ノリがカバーしてたんですけど、今は、二人ともいないですからね。前以上に、ここでは俺がしっかりしなきゃって……まあ、そんな感じです」

そういう地道な努力を、小幡は知らない。

だから、こんなことを言い出す。

「分かるんですよ、菊田主任を頼りにするのは。でも、もうちょっとは俺らも頼ってくれていいんじゃないですかね、って、思っちゃうんですよね。俺らだって……ねぇ。昨日今日、捜一に入ってきたわけじゃないんだから。そんなに歳だって違わないし、捜査経験だってそこそこあるんですから。そんなねぇ……前は十係でしたっけ。そこだけが捜査一課じゃないでしょう、みたいに、思っちゃうんですよ、どうしても……ああ、なんか俺、カッコ悪いですね。すみません。忘れてください。単なる、青臭い嫉妬です。すんません」

そうか、あとから菊田が入ってきたことも、いろいろ状況を難しくする要因だったのかと、このとき林は初めて理解した。

そんな現姫川班の中で、姫川を一番フェアに評価してくれたのは、意外にも中松信哉巡査部長だった。普段は無口だし、二日か三日に一回しかヒゲを剃らないし、姫川からも「中松さんの身なり、もうちょっとどうにかなりませんかね」と相談を受けるくらいむさ苦しい雰囲気の持ち主ではあるが、刑事としては間違いなく優秀な男だ。

いつだったか、一緒に昼飯を食っているときに姫川の話になった。

「ああ、さすが、優秀だなと思いましたよ。山のようにある情報の中から、重要なものを抜き出すセンスがあるんでしょうね。そうして抜き出した点と点を線に繋げて、筋を読む……警察なんて要は、社会から犯罪者を減らせばいいわけですから。書類なんてあとからゆっくり作ればいいんですから。まずは犯人の逮捕でしょ。逃げられたり、死なれたりしたら元も子もない……姫川主任はそこのところを、よく分かってらっしゃるんじゃないですか。他所じゃ、いろいろいわれてるみたいですけどね……自分は別に。そういうの、単なるやっかみだと思ってるんで」

それを聞いて、林は少し安心した。

「そういえば、君は菊田と、どっかで一緒だったんだよね」

カレーライスだったかハヤシライスだったか、中松はスプーンを口に運びながら頷いた。

「……ええ、大森で」

「どれくらい前の話」

「もう、十年以上前ですよ。奴が、まだ二十五、六で。刑事にもなったばっかりで……かといって、別に俺が、奴にイロハを教えたわけでもないですけどね……だからじゃないですか。ちゃんと出世して、俺より偉くなってる。大したもんですよ」

そんな三人ではあるが、彼らも捜査では一所懸命、姫川班をもり立てようとしてくれている。特に七係が入ってきてからは別のライバル意識が芽生えてきたのか、小幡も「うちの主任が喋ってんだろうが、静かにしろよ」などと、姫川を庇うような言動もしばしば見せた。

だが、捜査は気の持ちようでどうにかなるものではない。

今現在、「祖師谷二丁目母子三人強盗殺人事件」の捜査は、完全なる暗礁に乗り上げている。

たまには息抜きも必要だと思い、捜査会議終了後に姫川と菊田を誘い、千歳船橋(ちとせふなばし)駅の方まで出てきた。

ただこの二人と歩いていると、やはり林はある種のギャップを感じざるを得ない。

林は昨年五十五歳になった。姫川とは二十歳以上、菊田とだって一回り以上の年齢差がある。そして何より、二人はとにかく背がデカい。「高い」というより「デカい」と感じる。姫川がたぶん百七十センチくらい。菊田に至っては百八十四、五センチあるのではないか。対して林は百六十二センチ。警視庁の採用基準に照らしてもギリギリなのだから、自分が小さいことは百も承知しているが、この二人に背後に立たれると、もうなんというか、屈強なボディガードを従えて歩いているギャングのボスのような気分になる。かといって、二人の背後に回ったら前が見えないのだから、やはり林が前を歩くしかない。

「……普段、君らはどういう店にいくの。やっぱり、ちょっとお洒落(しゃれ)系のところがいいの」

左後ろから、姫川が「いいえ」と軽くいう。

「別に、普通の居酒屋ですよ。ただ、仕事の話もできるように、なるべく個室があるところを選ぶようにはしてますけど」

　右後ろで、菊田が頷く気配がした。

「そういうの、康平がけっこうマメに予約してくれたりしてたんで。あいつ、そういうところだけは、やけに気が利いてましたよね」

　やはり二人にとって、かつての「十係姫川班」は特別なチームだったようだ。

　ふいに菊田が斜め上を指差す。

「こことか、どうですか」

　確かに、どこにでもありそうな雰囲気の居酒屋だが、看板の端にはちゃんと【個室あり】と書いてある。なるほど、こういうところを選んで入るわけか。というか、こんなオヤジ臭い店でいいのか。

「どうですか、林さん」

「あ、ああ……私は、別にどこでも」

「主任も、いいですよね」

「うん……だから、菊田だって主任でしょってば」

　などとゴチャゴチャいいながら、店の引き戸を開けた。菊田が、割烹着を着た年配の女性店員に個室が空いているかを訊く。今なら二階の大座敷も奥の小部屋も空いているという。

「三人だから、小さい方でいいです」

「はい、じゃこちらにどうぞ……ご案内いたします」

八畳ほどの和室に案内され、林が奥、出入り口がある側に、姫川と菊田が並んで座った。まあ、その方が林も気楽ではある。

生ビールと一緒に、鍋や刺身、揚げ物なんかも頼んで、ビールがきたら、まずは乾杯だ。

「じゃ、乾杯……お疲れさん」

二人が、ピタリと「お疲れさまです」の声を合わせる。小幡ではないが、ここまで雰囲気が出来上がっていると、確かに周りは面白くないかもしれない。まあ、林はこの二人を何年も前から知っているので、そんなふうにはまるで思わないが。しかも、菊田は二、三年前に結婚をしている。林は直接会ったことはないが、現役の警察官で、小柄な可愛らしい女性だと、姫川からは聞いている。この二人はもう、「そういう間柄」ですらないのだ。

姫川はひと口飲むと、ジョッキを置いて泡のついた口元にお絞りを当てた。

「……んん、美味し」

菊田は最初のひと口で、ジョッキの半分まで減らしてしまった。

「ああ……やっぱ冬でも、一杯目は生がいいですね」

「うん。会議って、意外と喉渇くもんね」

「全然、報告なんてしてないんですけどね」

「だよね……ほんと、どうしたらいいんだろ」

姫川が、くるりとこっちに目を向ける。

「……あれ、林さん。特捜の設置って、正確には何月何日でしたっけ」

「去年の十一月二日だから、今日でちょうど三ヶ月だね」

すると姫川は、うな垂れて「はあ」と息をついた。

「……じゃあ明日辺り、一課長が発破(はっぱ)掛けにきますね」

「あと、今泉さんもね。このところ、他がバタバタッと片づいてきてるから、いよいよ、うちも風当たりが強くなってくるだろうね」

料理が揃うまでは、そんな当たり障(さわ)りのない話をしていた。ちょっと驚いたのは、もつ鍋がくると、姫川が意外なほどの「鍋奉行」ぶりを発揮し、林にも菊田にも綺麗に取り分けてくれたことだ。手際も、なかなか悪くなかった。

ふいに訊いてみたくなった。

「姫川は、普段料理とかするの」

一瞬、「ジロリ」と音がしそうな目で見られたが、すぐその口元には笑みが浮かんだ。

「ほらねぇ……あたしって、料理とか全然しない女だって、思われてるんですよね、周囲には」

「いやいや、そういう意味じゃないよ」

「いえ、いいんです、いいんですす、ある時期まではそうだったんですから、事実だからしょうがないです……もう、三年かな？　実家出て、それからは一人暮らししてるんで。そりゃね、ちょっとくらいは料理もしますって」

うんうん、と菊田が隣で頷いている。

「知ってますか、林さん。姫川主任、ときどき自分で弁当作ってくるんですけど、それが……」

姫川が、横目で鋭く菊田を見る。

「何よ。不味そうだったっていいたいの」

「違いますよ、意外と可愛いっていおうと思ったんですよ」

口を尖らせながら、姫川はまたこっちを向いた。

「ほらね、林さん、聞いたでしょ。菊田いま、さらっと『意外と』って付けたでしょ。『意外と可愛い』って。そもそもあたしが作ったお弁当なんて可愛げがないもんだって、そういうイメージがあるわけですよ、菊田の中には」

それをこっちに振られても、林にはコメントのしようがない。

菊田は笑いながら、扇ぐように手を振る。

「いやいやいや……そういう意味じゃないですって」

「そういう意味でしょ。だって林さん、菊田があたしのお弁当を最初に見たとき、なんてい

った と思います？」

まるで分からない。首を横に振るしかない。

「家庭科の宿題みたいっていったんですよ」

わはは、と菊田が笑い転げる。それを見た姫川が、「ひど過ぎる」と菊田の太腿をペチンと叩く。

それでも菊田はめげない。

「か……か……可愛いじゃや、ないですか……だって、ほんとに……か……家庭科の……宿題みたい、だったんだもん」

「まだいうかッ」

その後も、どちらかというと「いじって」いるのは菊田の方で、「いじられて」いるのはむしろ姫川、という図式だった。それが、林にはなんとも意外だった。

漠然とではあるが、この二人にはもっと距離があるものと、林は思っていた。姫川はあくまでもワントップのリーダーで、班員は全員、それに黙ってついていく、菊田もその一人に過ぎない、そんなイメージだった。ただ、そう見えていたのは菊田がまだ巡査部長だった、前の姫川班の頃の話で、警部補に昇任して同格になったことで、二人の距離はだいぶ縮まったのかもしれない。

もし、そうなのだとしたら——。

仮の話をしても仕方がないことだが、もし、もっと早く菊田が昇任して、つまり、結婚する前に警部補になっていて、姫川と再会していたら、二人はどうなっていたのだろう。そんなことを、林はつい想像してしまう。菊田の細君がどんな女性なのかは知らない。だが、今のこの二人以上にお似合いのカップルなんて、そんじょそこらにはいないのではないかと思う。

もし、菊田と結婚したのが、姫川だったら――。

まあ、そうなったら二人は同じ職場にいられなくなるので、それもまたややこしい話なのだが。

4

わざわざ居酒屋の個室に入って、いつまでも馬鹿話をしているほど玲子たちも能天気ではない。適度に腹が満たされ、生ビールから焼酎やサワーに移行する頃には、自然と話題も捜査に関することになっていった。

林が飲んでいるのは麦焼酎のお湯割りだ。

「藺子の周辺、ファンも、昔の彼氏も、学生時代の友人も、目ぼしいところは当たり尽くしちゃったしな」

菊田が、ステンレスの取っ手がついたグラスを置きながら頷く。それもお湯割りだが、焼酎は芋にしていた。

「大学時代の友達なんて、繭子が地下アイドルやってるの、ほとんど知りませんでしたからね。中には、ちょっと笑っちゃった友達もいて……でも、慌てて口塞いで。ごめんなさい、繭子、殺されたんですよね、なんて、急に真顔になって」

繭子の同級生なら、歳は概ね二十五か六。仕事もだいぶ覚えて、面白みを感じ始める時期ではないだろうか。だとすると、業種によっては新聞を読む時間も、テレビのニュースを観る時間もない、そんな人も少なくないだろう。

玲子も、生搾りグレープフルーツサワーをひと口飲んだ。

「……でも、それも無理ないかも。大学時代の繭子って、そんなにアイドルっぽい感じじゃなかったしね」

菊田が、人差し指を振りながら何度も頷く。

「あれ、ほとんどメイクですよね。俺も、高校時代とか大学時代の写真見てびっくりしましたもん。これがあんなになるのか、って」

女性の印象の七割は眉で決まるとか、いや髪型が七割だとかよくいわれるが、それを「騙しのテクニック」のように男性がいうのには、玲子は賛同しかねる。それは裏を返せば、男性は七割方、女性の外見を髪型や眉で判断しているということであり、それだけ男性の判断基準が単純で、騙されやすいというだけのことではないのか。男性はもう少し、女性の本質を見る目を養った方がいい。

林が「うん」と短く唸る。

「学生時代の男友達にも、ほとんど指紋採らせてもらえたんだよな」

それには「はい」と菊田が答えた。

「三人か四人は拒否したみたいですけどね。でも調べたら、きっちりアリバイもありましたし。なかなか……マル被（被疑者）ってほどの男は、浮かんでこないですよね。そういう、ニオイもない」

今現在、特捜本部は犯人像を「小太りの男」としている。身長に関しては「百七十センチから百八十五センチ」と、大半の成人男性が収まりそうな範囲なのであまり意味がない。体重も「六十五キロから九十キロ」なので以下同文だ。それでなぜ「小太り」と考えられるのかというと、根拠はごく単純。指紋が「ぶよっ」と大きく潰れて付着していたから、指が太い太めの男に違いないと、ただそれだけのことだ。玲子はこの報告を聞いたとき、怒りに近いものを覚えた。犯人が、常に手がふやけている痩せ型の男性だったらどうするのだ、余計なことはいうな、くらいは、報告をした鑑識課員にいってやってもよかったかもしれない。

それはさて措くとして。

「……繭子の、最近の男関係って、本当にないのかな」

菊田は、お新香の残りに箸を伸ばしながら首を傾げた。

「学生時代の彼氏は、完全に音信不通だったたっていってましたしね。アイドルやってること も知らなかったし。でもテレビのニュースで観て、警察がくるかもって予想はしてたみたい です。かろうじて残ってた、ツーショット写真も見せてくれましたし……まあ、あの男はな いですよ。今現在、カノジョもいますしね。それも、繭子よりよっぽど可愛い娘が……会社 での評価も高いし。アイドルになった昔の彼女を殺す理由なんて、まるで見当たりませんよ。 しかも、母親と弟まで、あんな形で……」

むろん、他の家族についても特捜は調べている。ただし、繭子と比べて優先度は明らかに 低い。人員も手薄な感が否めない。

「弟の高志って線は、本当にないのかな」

玲子がいうと、林は「そこだよね」と頷いた。

「繭子と違って、交際範囲が極端にせまいでしょ。学部も、何学科だっけ……えらい人数の 少ないところだったしね」

菊田が「人材マネージメント学部です」と答える。

「そう、それそれ……サークルも籍だけだったたっていうし。カノジョはいたけど、それもト ラブルの種にはなりそうにないしね」

そのカノジョを聴取したのは玲子だ。

「普通に、いい娘でしたからね。あの娘を取り合った相手が、高志を恨んで殺害……それも考えづらいんですよね。まあ、あたしが話を聴いたときはまだ彼女も混乱してたんで、そろそろ再度聴取してみてもいいかな、とは思ってるんですけど」

高志のバイト先関連を当たったのは菊田だった。

「バイトも、真面目にやってたみたいですし。ちょっとね、バイト先の女の子と浮気、みたいなことも疑ってはみたんですけど、ほとんど男ばっかりだったからな、あそこ」

「あれでしょ、チェーン店の、魚市場みたいな雰囲気の居酒屋でしょ」

「そうです。ホールも男ばっかりだから、やたらと声がデカくてうるさいんですよ。でも客筋には、そういう男性店員目当てでくる女性が意外といるみたいで。高志もそこそこ、スラッとしてて、イケメンではありましたけど、俺がいったときも、なんか『ガテン系』のイケメンみたいなの、何人かいましたからね」

まあ、それ系は玲子も嫌いではないが。

「でもねぇ……そういう男子に妄想で暴走しちゃった女子が、あの犯行って……あまりにも遠いんだよな、感覚的に」

「ええ、遠いですね」

「うん。遠いな」

ここは、誰しもそう思うところだろう。

高志の恋人への再聴取も必須ではあるが、スケジュール的には「ちーむ☆クレパすパイラル」のメンバーの方が先だった。

同グループは五人編成。繭子はいわゆる「センター」で、人気も一番だったという。確かに、写真だと一番華があるように見えるのは繭子だし、西森の話では歌も一番上手かったという。

ただ実際に会ってみると、立ち位置では繭子の右側になる大野香弥子の方が美人ではないかと、玲子は思った。とはいえ、センターというのは顔だけでなく、それこそアイドルとしての華やかさだとか、歌唱力も問われるのだろうから、繭子がセンターだったことに異論があるわけではない。

大野香弥子は非常に線の細い、髪も黒でストレートロングの、いわゆる「昔ながらの美少女」的な雰囲気の持ち主だ。いや、歳は繭子の一つ下、二十四歳なので、厳しい言い方をしたら「少女」とは言い難い。少なくとも、一般的に二十四歳の男性を「少年」とはいわないのだから、女性に対しても同様に認識すべきだろうと玲子は思う。あくまでも個人的見解ではあるが。

「……体調の方は、いかがですか、最近」

場所は香弥子の自宅。事務所名義で借りている、港区内のワンルームマンションだ。

「はい……だいぶ、落ち着きました」

事件発生からすでに三ヶ月。通常、いくら殺人事件の被害者遺族であろうと、これだけの期間があったら普通は職場に復帰している。実際、長谷川隆一は福岡に帰って会社に出ている。というか、働かないと暮らしていけない。一方、香弥子は遺族ですらない。なのに働かなくて済んでいるのは、実際に仕事をしなくても決まった額の給料をもらえる契約を事務所と交わしているからだ。繭子は渋谷のビア・バーでアルバイトをしていたが、それがなくても、贅沢をしなければ暮らせる程度の給料はもらっていたという。

「何か、繭子さんのことで、思い出したこととか、ありませんか」

香弥子はしばらく目を伏せて静かに考えていたが、結局は前回の聴取と同様にかぶりを振った。

「マユのことは……ごめんなさい。思い出すと、今もつらいし……これからの自分のことと、重ね合わせて考えると、すごく、怖くなっちゃうんで……あんまり、考えないようにしてます。今は……」

無理もない、といってあげたいところだが、どちらかというと玲子の本心は「甘えるな」に近い。香弥子も一緒に襲われたのならば、まだ分かる。玲子には暴行事件の被害者になった過去がある。女性が体を傷つけられる痛み、苦しみ、絶望は、人生を平穏無事に過ごしてきた人よりは分かるつもりだ。

ただそうだとしても、実際被害に遭ったのだとしても、いや、遭ったのならなおさら、犯人逮捕に協力すべきだと思う。ある程度の時間は必要かもしれない。玲子だって、被害に遭ってすぐ捜査に協力したわけではない。一所懸命、毎日毎日見舞いにきてくれた女性刑事がいて、ゆっくりゆっくり、心を解きほぐすように彼女が話しかけてくれて、その結果、ようやく犯人の似顔絵を見てみようという気持ちにまでなれたのだ。

だが、香弥子はなんの被害にも遭っていない。考えて考えて、その結果、何も心当たりがないのなら仕方ない。そんなことを責める気は玲子にだってない。ただ、考えたくないというのはどういうことだ。犯人が逮捕されれば香弥子本人も、他のメンバー三人も、西森の言葉を借りるならアイドル業界全体も、安心して今後の活動ができるのではないのか。

しかし、それをそのまま香弥子にいうわけにもいかない。そういったときの反応も、概ね予想できる。刑事さんみたいな、強い人には分からないんですよ、私の気持ちなんて――それは半分正解で、半分は間違いだ。

今の玲子は、確かに強い。自分でもそう思う。強くなった自分を意識できる。しかしそれは、苦しみをきちんと乗り越えたからだ。苦しんで苦しんで、傷ついてしまった自分、壊れてしまった自分を、周りの人々の力も借りて、根底から作り直したからこそ、強くなれたのだ。決して雑草のように、放っておいたらいつのまにか自然と強く、太くなったわけではない。

「お気持ちは、分かります。今後のことを考えれば、当然、繭子さんを除いたメンバーで活動することになるのでしょうから、それだけでも、ご不安だろうとは思います。そもそも、活動すること自体に、抵抗を感じてもいらっしゃるでしょう……でもね、香弥子さん。一番つらかったのは、被害に遭われた繭子さんなんですよ。無念だったろうと思います。グループの人気も出てきて、これからってときだったわけですから……今は、怖いと思います。つらいと思います。でも、だからこそ今、繭子さんについて、一緒に考えてみませんか。繭子さんを奪われて悲しいのは、苦しいのは、悔しいのは、香弥子さんやメンバーだけじゃない。ファンだって、我々だって同じなんです。次のステップに進むためには、ここ、今のこの状態を、きちんと乗り越えることが大事なんだと思うんです」

玲子は自分でいっていて、なんか違うなと、自分でも思っていた。玲子に立ち直るきっかけをくれた佐田倫子(さたみちこ)は、あのとき、玲子にどんなふうに話してくれたのだったか。

佐田の母親からもらった彼女の日記は、今も自宅の机の引き出しに、大切にしまってある。服以外のものはほとんど実家に残してきたが、あの日記だけは特別だから、玲子の守り神だから、引越しのときにちゃんと持ってきた。

帰ったら、久し振りに読み返してみようか。

そうしたらこういう関係者にも、もう少し優しい気持ちで接することができるようになるかもしれない。

この日は残りメンバー四人のうちのもう一人、菅井愛華(すがいまなか)にも会って話を聞いた。愛華は一人暮らしではなく、両親と兄二人という五人家族で暮らしている。親と同居しているという安心感からか、香弥子ほど事件から目を背けているわけではなく、彼女なりにいろいろ考えて話してくれた。

「マユと一番仲良かったの、私なんで」

前回会ったときも、愛華はそういっていた。

「……犯人、どんな人なんだろうって、考えるんですけど……マユは握手会でも『神対応』っていわれてて、ファンの評判も抜群によかったし、恨まれるなんてこと、絶対にないんです。あるとすれば、やっぱり一方的に、ストーカー的に、ってことだと思うんですけど……でもそんなこと、マユ、ひと言もいってなかったし。そういうの、不安に思うみたいなことも、聞いたことないんですよ。もしそういうことがあったんなら、マユなら気づくと思うんです。で、私にはいってくれたと思うんです。彼女、そういうの……っていうか、いろんなことに、凄い敏感な人だったから。握手会とかライブの常連さんの、それも自分のじゃない、私とかカヤのファンの人のことを、私たちよりも覚えてたりするんですよ。あの人、ここ二回くらいライブこなかったけど、どっか悪かったのかな、今日はちょっと痩せてたね、とか。

あの人リュック買い換えたね、とか」

それがどれほどの記憶力かは、ファン全体という分母が分からない玲子には判断のしようがない。「クレパスパイラル」は月に三、四回、百人から三百人規模のライブを行っていたというから、その来場者全員の特徴を覚えていたとしたら、それは大変なことだろう。ただし「常連」と括ってしまえば、当然その範囲はせまくなる。ちなみにファンクラブの会員は二百十七人。これくらいなら、まあギリギリ覚えられるのかな、という人数ではある。

愛華は玲子たちの帰り際に、こんなことをいった。

「……『クレパす』は、もう駄目かもしれません。残りのメンバーの気持ちもそうですけど、マユがいないんじゃ……それはもう『クレパす』じゃ、ないんじゃないかって」

その辺も、玲子にはなんとも答えようがなかった。

愛華の家を出たのが十六時半。成城署に帰るにはまだ少し早い。

「鈴井さん、ちょっと現場、いってみませんか」

「ああ、はい。いきましょう」

メンバーへの聴取をしている間はほとんど口をはさまなかった鈴井だが、それは別にやる気がなかったからでも、勝手が分からなかったからでもない。若い女性への聴取は玲子に任せようと、彼なりに意識してのことだと、玲子は理解している。

鈴井は、大通りに出たところでタクシーを拾い、

「祖師谷二丁目なんですが、とりあえず祖師ヶ谷大蔵の駅に向かってください。近くなったら、またいいますんで」

運転手にそう告げた。特捜本部が設置された場合、本部の刑事と組まされる所轄署員は「ただの道案内」とよくいわれるが、それは「ただの」と付けるから聞こえが悪いだけで、実際は道案内をしてもらえるだけで、本部捜査員は非常に助かるものだ。いま鈴井がしたような道の説明は、玲子にはとてもできない。現場の最寄駅が祖師ヶ谷大蔵なのは知っているが、そこを目指すことが良いのか悪いのかの判断ができない。しかも、鈴井は玲子より七つも年上の四十一歳。それなのに嫌な顔一つせず、玲子のサポートをしてくれている。本当にありがたいと思っている。

現場には二十分ほどで到着した。まだ十七時前だが、空は今にも降り出しそうな雲に覆われている。街の雰囲気もどんよりと暗い。

鈴井が、長谷川宅を見上げて呟く。

「こうなると……やっぱりちょっと、不気味なもんですね」

玲子たちは今、暗い畑に背を向けて、現場を見ている。

この一画には、長谷川宅の右手に一軒、奥に三軒、計五軒の家が建っている。狭隘道路をはさんで左手の一画も、ほぼ同じような区割りになっている。ただ、その向こうはまた畑。

長谷川宅のある区画の右隣も、なぜか畑。祖師谷二丁目が田園地帯というわけでは決してないのだが、どういうわけかこの現場の周りには畑が多い。

それもあり、東京二十三区内にしては明かりが少なく、夕方でも眺めが暗い。闇が深い。

しかも長谷川宅の玄関には、いまだに黄色い【警視庁　立入禁止　KEEP OUT】のテープが張られている。人が住んでいない、あるいは住めない家であることがひと目で分かってしまう。

「確かに……ちょっとあの辺とか、傷み始めてますもんね」

玲子が指差したのは、玄関ドアの脇にある外灯だ。当たり前だが、今は消灯している。白い筒状のカバーがはまっており、しかしその下端が、ぼろぼろと欠けて落ちている。玲子の記憶が確かならば、三ヶ月前はあんな状態ではなかった。むろん、野球のボールや小石が当たって壊れた可能性もなくはないが、恐らくそうではあるまい。

住人がいなくなった家屋は、なぜか急に老朽化し始める。外灯のカバーなど、生前の桃子だって磨いたりはしなかっただろうに、住人がいなくなったというだけで、不思議とこういうことが起こる。玲子自身は普段、あまり非科学的な発想をしない方だが、こういうのを見ると、家というものには生命があるのだろうか、などとつい考えてしまう。

鍵を借りてきたわけではないので、中には入れない。それは最初から分かっている。ただ、外からでもいいから現場を見たかった。

何か新しい発見があったら、それは「めっけもん」だし、それがなくとも、捜査に対する気持ちを改めることはできる。三ヶ月も犯人を逮捕できなくてすみません、一日も早く事件を解決し、ご報告に参りますと、心の中で手を合わせるくらいはできる。

北側と東側は隣家と接していて見られないので、玄関のある南側と、狭隘道路に面した西側をじっくりと観察する。

西側、二階にある窓は高志の部屋のものだ。高志が殺されたのは玄関だったが、犯人は着替えを物色しに、高志の部屋にも入っている。犯人はあの窓から、この通りや畑を見下ろしたかもしれない。あの窓辺に立って、周辺の様子を窺ったかもしれない。

その下にあるのは、ダイニングキッチンの窓だ。そこでは桃子が殺された。桃子は、繭子がどうなったのか、知ってから殺されたのだろうか。それとも何も知らないまま、いきなり首を切られたのだろうか。どちらの方が良いとか悪いとかいうのではない。ただ、何も知らずに殺された方が、恐怖を感じる時間は短く済んだだろう、とは思う。

南側に回ると、中央に玄関、左手にはもう一つダイニングキッチンの窓、右手には三人の遺体が並べられていた和室の窓が見える。和室の窓だけは、雨戸が閉められている。おそらく、鑑識課員がそうして帰ったのだろう。週刊誌辺りの記者や、興味本位の一般人が室内を覗こうとするかもしれない、血塗れの現場を写真に撮ろうとするかもしれない。そういった事態への配慮と思われる。

犯人は、この玄関から現場に入った。鍵は壊されていなかったので、たまたま開いているときに入ったのか、誰かを呼び出して開けさせたのか、あるいは帰宅した誰かが開けたときに、無理やり押し入ったのか、可能性はいくつか考えられる。

鑑識は足痕や血痕の分布状況から、繭子は部屋にいて殺された、そこに帰宅した桃子が次に殺され、最後に帰宅した高志は最後に殺された、との見解を示しているが、それには若干、個人的にではあるが疑問を感じる。

犯人が鍵を壊さずに侵入した点を重視するならば、たとえば繭子がコンビニに出かけて――いや、捜査の結果そういった行動は確認されていないので、理由は別にあるとして、とにかく、いったん外に出た繭子が戻るタイミングで、犯人は押し入ったとか、あるいは鍵を閉め忘れていることに気づいて侵入したとか、いくつかパターンは考えられる。ただしそれが可能ならば、桃子が帰宅した際にも同じ状況が成立する。

犯人は桃子と一緒に、長谷川宅に入り込んだと仮定する。そうなると、桃子を最初に殺した方が効率的ではある。桃子の死因は失血死。受傷からある程度時間を置いて死に至っている。ということは、最初に襲われたのは桃子だが、その時点では死に至らず、二階で繭子が襲われているときもまだ生きており、その後に力尽きて死亡した、という経緯だって――。

そんなことを、考えていたときだ。

長谷川宅から西にいって一つ目の角に、ひょっこりと人影が現われた。祖師ヶ谷大蔵駅から、歩いて長谷川宅にくるときに通ってくる曲がり角だ。

現われたのは、茶系のレザーブルゾン、大きなショルダーバッグ、身長百七十センチ強、体格は中肉の男性だ。それだけなら、玲子も近所の住人が駅方面から帰ってきたのだろうと、特に気にも留めなかったに違いない。だがその男は、玲子たちの姿を認めるなり、こっちではなく反対向きに進路を変更した。いったんは角を右に曲がってきたのに、百八十度方向転換し、玲子たちから離れる方向に歩き始めた。

何者だ――。

とっさに足が出た。追いかけようと思った。だが男の反応の方が断然早かった。しかも逃げ足も速かった。あっというまに次の角を曲がり、見えなくなった。

鈴井は男の出現に気づいてすらいなかったらしく、走り去る足音を聞いて、初めてそっちに目を向けた。

「……ん？　え、なんですか？」

何かと訊かれれば、奇怪な行動を見せ、現場から走り去った不審者がいた、ということになるだろう。

だが、いい。容姿は完全に覚えた。

何者かは、そのうちはっきりさせてやる。

5

昨日、長谷川高志の恋人から玲子に連絡があったらしい。

その話を菊田は、今朝の会議前に聞かされた。

「ようやく高志の写真を見る気になって、ここ何日かかけて整理して、それがなんとか終わったんで、よかったら取りにきてくださいって、電話もらったんだけどさ……あたし今日、大野香弥子と菅井愛華に再聴取する予定なんだよね。菊田、代わりにいかれない？　無理？今日、キツい？」

菊田は今日、高志の出身高校を訪ねるつもりでいた。

「いえ、先方にアポとったわけじゃないんで、別に動かせますけど。でも、高志のカノジョには、主任が自分で再聴取するっていってませんでしたっけ」

玲子はいつもの席で、「うーん」と手帳のページをめくっている。

「そのつもりでは、あったんだけど……今日だけは無理なんだよね。でもこういうのってさ、連絡もらったらすぐにいかないと、向こうの熱が冷めちゃうでしょう。そうなるとさ、聞ける話も聞けなくなっちゃうかもしれないじゃない……あたしも、今日って答えたわけじゃないんだけど、でも『すぐいきます』みたいに、ちょっと喰い気味に答えちゃったしさ」

玲子の言い分も、分からなくはない。

「俺はいいですけど、でも本当に、俺でいいんですか。やっぱり、聞き手は女性の方がいいんじゃないですか」

「あー、彼女の場合、そこは関係ないかな。事件直後はさすがに落ち込んでたけど、でもたぶん、性格的にはわりとサッパリした娘なんだと思うし。あと、実家だしね。お母さんがいるから、捜査員が男性でもさほど不都合はないはず……写真持ってる？」

菊田が持っているのは、高志とそのカノジョ、寺内未央奈が、かつて在籍していたサークルで撮った集合写真だけだ。二人は大学の同級生だった。

「これだと……この娘、ですよね」

「そう。今はもっと髪が伸びてるし、顔も、なんていうか……大人っぽく、シュッとしてるけどね。こんなに子供っぽくはない」

「分かりました……じゃあ、午前中にいってみます」

「あそう、サンキュー、助かる。じゃ、会議終わったらすぐ連絡入れとくね」

朝の会議自体は、ほんの二、三件の連絡事項があったくらいで、特に重要なものではなかった。玲子もすぐ寺内未央奈に連絡し、別の捜査員がいくことで納得してもらえたようだった。

「はい、ではのちほど、菊田と、田野という捜査員がお伺いいたしますので……何卒、よろしくお願いいたします……はい、失礼いたします」

携帯をポケットにしまいながら、玲子がこっちを向く。

「じゃ、そういうことで。よろしく」

サッと掌を向け、バッグとコートを抱え、玲子はさっさと講堂のドア口に向かった。横にいた鈴井も菊田に会釈をし、すぐ玲子を追いかけていった。

そんな二人を見送っていたら、

「……なんだ、また姫川主任の無茶振りか」

ふいに声をかけられた。振り返ると、中松巡査部長がコートを羽織りながらこっちを見ていた。

「あ、いや……別に、無茶振りってわけじゃ」

「いつまでも部下じゃねえんだから。いうべきときは、はっきりいった方がいいぞ」

そういいながらも、中松の口元には笑みがある。

中松は、まだ菊田が新米刑事だった大森署時代に、捜査のイロハを叩き込んでくれた大先輩だ。菊田にとっては恩師の一人といっていい。今でこそ階級は自分の方が上になってしまったが、刑事としても人間としても、自分の方が上だなどとはさらさら思っていない。

「ええ……大丈夫です。寺内未央奈が、高志の写真を出してくれるっていうんで、それを受け取ってくるだけです」

中松が、口を尖らせて首を捻る。

「それ、そんなに重要か？」

そういわれてしまうと、菊田にはなんともいえない。

「どう、なんですかね……ただ、未央奈にはあんまり、ちゃんと聴取できてなかったのは事実ですから、会っておく必要はあるだろうと、いうのが姫川主任の考えなんですが」

「だったら、姫川主任がいかなきゃ駄目だろう」

「それが、今日は先約があるみたいで」

「明日じゃ駄目なのか」

「どう、なんでしょうね……」

そこまで訊かれて、ようやく菊田は一つ思い当たった。

玲子はときどき、仲間に手柄を譲ろうとすることがある。その譲り方が下手で、結局は自分でホシを挙げてしまったりもするのだが、それはあくまで結果論であり、気持ちでは「譲る」部分がちゃんとある人なのは間違いない。あまり、そういうふうに周りは見ないかもしれないが。

ひょっとすると玲子は、寺内未央奈に何か解決の糸口を感じていて、それを菊田に譲ったつもりなのかもしれない。

寺内未央奈の自宅は阿佐谷。小田急線で新宿まで出て、中央線に乗り換えるのだが、途中までは小幡巡査部長と一緒だった。

菊田の相方、田野巡査部長と、小幡の相方、武藤巡査長は共に成城署の刑組課係員。気心も知れており、電車内でも普通に世間話をしていた。

だが、菊田と小幡は、

「いま、渋谷の店関係、だよな」

「……ええ」

「しばらくかかるの」

「……たぶん」

会話といってもこの程度。逆に「菊田さん、今日はどこですか」のような質問が返ってくることはない。電車内だから、あまり捜査について詳しい話はできない、というのはある。でも、もうちょっと何かあってもいいのではないかと、菊田は思う。階級で一つ、年齢では四つ菊田の方が上だ。別に先輩風を吹かしたいわけではないが、単純に社会人として、もうちょっと場を繕うとか、関係を円滑に保つ気遣いはあってしかるべきだろう。

そんな小幡も、中松や日野とは普通に喋っている。にこやかというほどではないが、かといって今のような、無関心を決め込むような無表情ではない。ごくごく普通だ。そういえば、玲子とはどうだったろう。記憶をたどってみても、玲子と小幡が二人で喋っている場面は浮かんでこない。

それはさて措くにしても――なんなのだろう。何か自分は、知らぬまに小幡を怒らせるようなことをしてしまったのだろうか。

「……じゃ、俺たち、ここなんで」

小幡と武藤は新宿の二つ手前、参宮橋(さんぐうばし)で降りていった。

まったくもって、なんだかなぁ、である。


寺内宅は杉並区阿佐谷北二丁目、二階家の立ち並ぶ、ごくありふれた住宅街にあった。

「ごめんください。警視庁の、菊田と申します」

《はい、少々お待ちください》

まもなくグレーのフリースを着た、若干ふくよかな女性が玄関先に出てきてくれた。

「どうぞ、お入りください」

「失礼いたします」

田野と頭を下げ、玄関に入る。未央奈と思(おぼ)しき若い女性も、ちょうど階段を下りてきたところだった。確かに、例の集合写真よりはだいぶ大人びて見える。

「おはようございます。警視庁の菊田です」

「成城署の、田野です」

警察手帳を二人に提示する。二人ともちらりと覗いただけで、「はい」と小さく頭を下げた。

「未央奈です……どうぞ、こちらに」

案内されたのは、ソファセットのあるリビングだった。入って右手にはアップライトのピアノが置いてあり、正面奥にあるテレビの横にはトロフィーや賞状が飾られている。未央奈はピアノが得意なのか、と思ったが、母親がコーヒーを淹れにいっている間に確認すると、珠算と軟式テニスの賞状だった。ピアノの賞状はなかった。

いったん部屋に戻った未央奈は、写真の束を持ってリビングに入ってきた。

「姫川さんには、電話でお話ししたんですが……ようやく、高志くんの写真を、見られるようになったんで、何日かに分けて、整理しました……これです」

「ありがとうございます。拝見します」

L判にプリントアウトした写真が数十枚。百枚まではなさそうだ。

友達と何人かでいったディズニーランド、二人で見にいったのだろう、クリスマスのイルミネーション。

「これは、六本木ですか」

「えっと……いえ、丸の内だと思います」

写真は、何人かで写っているもの、ツーショット、高志一人が写っているものと、いろいろあった。ツーショットの二人はどれも、とても幸せそうだった。夏の浜辺、未央奈は水着の上に白いTシャツを着ているが、高志は海パンのみ。筋肉質で、なかなかいい上半身をしている。

「高志くんは、何か、体を鍛えていたりしたんですか」

「いえ、特にはしてなかったと思います」

鍛えもせずにこの体なら立派なものだ。いわゆる「細マッチョ」というやつだ。そういった目で見ると、高志はまあまあのイケメンではある。繭子のように、アイドルというほどではないが——いや、アイドルグループでも後ろの方になら、これくらいの男子がいてもおかしくはない。

夏の二人は、お揃いのブレスレットのようなものをしている。いや、小さく結び目のようなものが見えるので、ミサンガか。サッカーの、Jリーグの選手が着けていたことで日本の若者の間に広まった、紐状（ひもじょう）の飾りだ。

それとなく未央奈の手首を確認する。今は白い、長袖のニットを着ているので定かではないが、どうもそこにミサンガがあるようには見えない。高志が死んでしまったからはずしたのか。あるいは、もっと前に着けるのはやめてしまったのか。

もう少し写真を見てみる。

次の一枚は学園祭の風景だろうか、周りには赤や青の法被（はっぴ）を着て、鉢巻をした若者たちがいる。チョコバナナの模擬店も右側に写り込んでいる。写真中央に写っているのは四人。左から高志、未央奈、別の女子、一番右に男子がもう一人。四人とも、笑顔でピースをしている。

「このお二人は」

「ああ、語学で一緒になって、仲良くなったフカガワエリと、シミズトオルくんです」

この写真もすでに長袖になっており、ミサンガの有無は確認できない。かといって、今もしてるんですかと、未央奈に直接は訊きづらかった。高志くんが死んでしまったのではずしました、くらいならいいが、そのあと泣かれでもしたら菊田には取り繕いようがない。

母親がコーヒーを持ってきてくれた。

「すみません。いただきます」

「……いただきます」

それにひと口、口をつけると、未央奈から話し始めた。

「高志くんは、すごく、お姉さん想いで……お姉さんも、高志くんのことを、とても可愛がっていたように、聞いています。お姉さん……マユさん、本当はもうバイトなんてしなくてよかったのに、渋谷のお店を続けてたのは、高志くんの、学費のことがあったからなんです。うちの大学、ちょっと学費高めなんで。最初は、もうちょっと安めの大学にいくつもりだったらしいんですけど、マユさんが……私ががんばるから、高志には、好きな大学にいかせてあげてって、いってくれたんだって……」

　マズい。この娘、泣きそうだ。

「でも高志くん、俺はこの大学にきてよかったって、ここにこれたから、未央奈にも出会えたんだって、それも全部、お姉さんのお陰なんだって……私、マユさんにも三回くらい、会ったことあるんです。最初は、マユさんがバイトしてる渋谷のお店で、二度目は……あの、さっきの丸の内の写真。一昨年のクリスマス前で、四人で食事をして……写真も、マユさんが撮ってくれて。三回目はライブを観にいって。楽屋にも入れてもらって」

　その前に、食事は三人ではなく、四人といわなかったか。

「ちょっと、いいですか。二度目の食事をしたときというのは、未央奈さんと高志くん、繭子さんと、あともう一人は？」

　未央奈が頷く。

「そのときは、私のイトコが一緒でした。カヤマ、アツシといいます。私の八つ年上で、その……『クレパすパイラル』のファンだというので、無理やり、私がお願いして……」

　なるほど。そういう出会い方も、当然あり得るわけだ。

「カヤマ、アツシさん……字は、どう書きますかね」

　菊田が訊くと、未央奈は分かりやすく眉をひそめた。

「加える、山に、アツは、どうだったかな……ああ、タケカンムリに馬で、歴史のシ、ですけど……でも、篤史さんは絶対に関係ないですよ。マユさんの連絡先だって訊かなかったし、そういうの、失礼だって分かってるし……大人なんで」

だとしても、握手会などで再会すれば関係が深まる可能性はある。

菊田は一つ、ゆっくり頷いてみせた。

「分かります。未央奈さんがそう仰るのなら、きちんとした方なのだと思います。ただ、こちらとしても、確認だけ。その日、どちらにいらしたかだけ、確認させていただけたら、それでいいんです。加山さんのご連絡先、教えていただくことはできませんか」

さすがに玲子でも、ここまで読んでいたとは思えない。だがなんとなく、そんな予感はあったのかもしれない。いま未央奈を訪ねたら、何か新しい発見があるような気がする。それを玲子は、菊田に譲ってくれたのかもしれない。この「加山篤史」がそれなのだとしたら、簡単には諦められない。

「お願いします。ほんと、電話でも済むことですんで」

本当に電話で済ませる気はないが、ここは方便だ。

未央奈はまもなく、小さく頷いた。

「電話番号くらい、お教えしてもいいですけど……でも、本当に関係ないですよ。だって篤史さん、去年の二月に、ワシントンに転勤しちゃいましたから。夏に一回、年末に一回、戻ってきましたけど……事件があった日は、間違いなくワシントンにいましたから」

なるほど。さっき未央奈が「絶対に関係ない」といったのは、そういう意味だったのか。

プリントアウトした写真と、念のためデータもCDに焼いてもらい、それを預かって寺内宅を辞した。

「ありがとうございました。また何か思い出すようなことがありましたら、いつでもけっこうですんで、私にでも、姫川にでも、ご連絡ください。よろしくお願いいたします……失礼いたします」

時間も時間だったので、阿佐ケ谷駅前の牛丼屋で昼飯を食べ、午後から高志の出身高校を訪ねてみた。

結果は——まあ、今日のところは収穫なしに等しいが、卒業アルバムや名簿など、何点か参考になりそうなものは借りられたので、それが役に立つ日も、ひょっとしたらくるかもしれない。

少し時間を潰して、夕方には下北沢にいき、高志がバイトをしていた居酒屋にいってみた。高志が働いていたのは主に夕方から深夜までだが、店自体は午前中から開いており、昼はランチ、十五時から二時間の準備時間をはさんで、十七時からまた夜の営業を始めるスタイルをとっている。

三十分ほど店長と話をし、田野とウーロン茶を一杯ずつ飲み、白身魚の唐揚げを食べて帰ってきた。ここも、収穫なしだった。

特捜本部には、十九時前には戻った。

その時点で他に戻っていた班員は、日野利美巡査部長だけだった。

「あら菊田主任、お疲れさまぁ」

殺人班十一係に配属されて、もう十ヶ月。玲子と並んで「主任」と呼ばれることにも、ずいぶん慣れた。

「お疲れさまです。日野チョウも、今日は早いんですね」

「うん……もう、桃子の周辺当たるのも、いい加減限界よ。二度目三度目なんて、嫌な顔されるだけだしね」

分かる。それはどんな事件の捜査でも同じだ。

足踏み状態に陥ったら、特捜の刑事は本当につらい。所轄署勤務のように――それを「逃げ」などというつもりは毛頭ないが、でもそういう、目先の変わるような別の仕事が何一つないのだ。ただひたすら、犯人の挙がらない一つの事件についてのみ、毎日毎日、捜査をし続けなければならない。結果が出なくても、その聞き込みに意味を見出せなくても、立ち止まることは許されない。自分の割り当てられた捜査範囲の中で、何か解決の端緒になるものはないかと、くる日もくる日も考え続けなければならない。

日野が何か差し出してきた。

「……ん、なんですか」

「桃子の仕事先で、なんかもらっちゃうの、いつも」

　ビニールの両端が黒い、白い飴玉（あめだま）の包み。真ん中には【塩あめ】と書いてある。ずっと昔、たぶん菊田が生まれる、ずっとずっと前からある銘柄の飴だ。

「いらない？」

「ええ……俺は、いいです」

「私もさ、あんまり好きじゃないのよ、これ」

「はは……それは、困りましたね」

「捨てるのも悪いしさ。主任、我慢して食べなよ」

「いや、なんか、けっこうデカいし……会議中に、口モゴモゴはマズいでしょう」

「まあね……じゃあとで、林さんに食べさせちゃおう」

　この通り、日野は小幡と違って、菊田とも普通に喋ってくれる。

　一つ、今朝の疑問について訊いてみようか。

「あの、日野チョウ」

「ん？　やっぱ食べる？」

「いや、そうじゃなくて……小幡なんですけど。なんかここんとこ、様子、変じゃないですかね。それとも、俺に対してだけですかね」

日野は「ああ」と、心当たりありげに頷いた。

「かぶっちゃっただけでしょ」

「え、何がですか」

「バタやんと菊田主任が」

ときおり日野は、小幡のことを「バタやん」と呼ぶ。

「俺と小幡の、何がかぶってるんですか」

「姫川主任のこと、好きなんでしょ？　菊田主任も」

ちょっと、やめてくださいよ——とはさむ暇もなかった。

「バタやんも最初、姫川さんにはちょっと反感持ってたみたいだけど、人の気持ちなんて動いてナンボだからね。反感が、ころっと恋愛感情に転じるなんて、よくある話じゃない？　でも、そこに菊田主任がきたもんだから、面白くないのよ、バタやんにしてみたら。それくらい、大目に見てあげてよ……でも、いいわねぇ。羨ましいわ、若いって」

いや、いやいやいやいや、そういう問題じゃないでしょう。

第二章

1

俺は陸軍のヘリコプター乗りだった。ベトナムにもいった。

最初は、兵士や武器、物資を前線に輸送する任務が主だった。川や山が多いベトナムでは、その方が効率的だったからだ。トラックやジープより圧倒的に速かったし、一度に運べる量も多かった。それが、川も山も、敵のひそんでいるジャングルもすべて飛び越していくのだから、効率的に決まっている。

　空から見るベトナムの風景は、実に東洋的だった。といっても決していい意味ではない。田園地帯などは、なんというか、えらく貧乏臭く、みすぼらしく、俺の目には映った。緑地にもアメリカ本土のような雄大さはなかった。薄っぺらくて、ジメジメ、ドロドロしていて、小さくて、臭かった。こんな戦争、すぐに終わると思っていた。あんな小さな連中に俺たちがやられるはずがない。本気でそう思っていた。

だが、輸送作戦は次第に上手くいかなくなっていった。当たり前だが、敵の土地は敵の方がよく知っている。ヘリが降りられそうな平地には、敵が先回りして待ち伏せていたり、降りられないように槍などの罠を仕掛けたりするようになっていった。実際、俺の操縦するヘリも待ち伏せされ、襲撃された。後ろに乗っていた仲間が何人も重傷を負った。そのときは着陸を断念し、基地に帰った。途中までは「大丈夫だ」といっていた仲間が、帰り着いたときにはもう冷たくなっていた。

その後は着陸地点を敵に目視されないように、煙幕を張るようになった。安全に着陸できるかどうか、偵察隊を送るようにもなった。だがその偵察隊が攻撃を受け、戻ってこないこともよくあった。

ヘリに機銃が装備されたのは、そのあとくらいではなかったか。側面の開口部に取り付けられたため「ドアガン」と呼ばれた。俺は操縦しているだけだったが、後ろに乗っている奴はバンバン撃っていた。空から撃ち殺すのは、同じ地面に立ってやるより遥かに罪悪感が薄く、むしろ面白いらしかった。

ある仲間はいった。

「人間だなんて思ってないね。ほとんどゲーム感覚だよ。バババババッてやると、パタン、って遠くで人影が倒れる。それまで草むらを走っていた、人の形をした何かがね、倒れるんだ。それを見て、やった、当たったぞ、今のは俺が当てたんだぜ、って……別に、それだけだよ。その繰り返しだな」

農村に隠れているゲリラを捜索、掃討する作戦も行った。俺は、短時間なら現地で待ったし、時間がかかるようならいったん基地に戻った。

現地で待っている時間は退屈だった。仲間たちはゲリラを見つけ出すと、銃床で殴りつけ、硬い靴底で踏みつけ、大人しくなったら捕虜として連れ帰ることもあったが、面倒だとその場で殺してしまうことも少なくなかったようだ。あと、民家の藁葺屋根によく火を点けていた。遠くから煙が上がるのが見えると、ああ、また焼いてるなと思ったものだ。

やがてロケット弾発射装置と機銃が一体化した「サブシステム」が搭載され、輸送を主な任務としていたヘリは「武装攻撃用ヘリコプター＝ガンシップ」へと、その姿も役割も変わっていった。このタイプになると、機長や副操縦士でも操縦席から機銃を撃つことができた。後ろで撃っていた奴らのいっていたことは、本当だった。

誰だって爆竹に火を点けて、パンッ、とそれが破裂したら興奮するだろう。何発も連なったやつに火を点けて、パパパパパパンッ、と鳴ったら面白くて仕方ないだろう。あれとまったく同じだ。

空から機銃を撃つと、地面で土埃が列になって立ち上がる。ロケット弾を撃ち込むと、白や灰色の煙のたどり着いた先で、オレンジ色の火の手が上がる。狙った建物や車両に命中したり、緑地の地面が捲れ上がるのを見ると、やったぜ、という気持ちになった。興奮した。単純に面白かった。

　離陸と着陸は失敗すると自分の命が危ないだけでなく、一緒に乗っている仲間も、機体の周りにいる連中や基地の施設までも道連れにしてしまう可能性があるため、常に緊張を強いられた。だが成功すれば、また「やったぜ」の気分になれた。

　スリル。戦場ではそれがすべてだったように思う。

　戦争をする意味なんて考えてなかった。政治家は、インドシナが共産主義に呑み込まれたら大変なことになる、自由主義国家の周りを共産主義勢力が取り囲むことになってしまう、と喧伝(けんでん)した。だが俺たちのような兵士は、一々そんなことを考えて操縦桿(そうじゅうかん)を握り、引き鉄(ひきがね)を引いていたわけではない。嫌々やっていた者、任務だと割り切っていた者、楽しんでやっていた者、いろいろいたと思う。俺は、どうだっただろう。任務と娯楽の中間くらいだったろうか。いや、楽しんでいたのは最初だけか。途中からはほとんど、感覚が麻痺(まひ)していたように思う。何も思わず、ただベトナム人を殺すことに専念していた。

　おそらくそうだ。麻痺しているからこそ、戦えたのだ。人を人とも思わないように教え込まれていたから、そのようにしただけだ。

　でもほんの数秒、深呼吸をして考えてみれば分かることだった。

　俺たちと同じように、ベトナム人にだって家族がいて、恋人がいて、友人がいたのだ。ナパーム弾で焼かれ、全身に火傷を負った赤ん坊を抱えて、畑の間を走る母親を見たことがある。戦時といえども、戦闘能力もすでになく降伏した敵兵を殺傷してはいけないのだから、ましてや民間人を殺すなど絶対にしてはいけないのだから、本来ならば、その母子だって俺たちは助けるべきだった。だが、積極的にはそうしなかった。その母子はゲリラが仕掛けたブービー・トラップに引っかかって、俺たちの目の前で爆死した。そのときも涙は出なかった。馬鹿だなぁと、他人事のようにいいながらタバコを吸っていた。

ベトナム人を、自分たちと同じ人間だと思おうとか、同情とか感情移入とか、そういったことは徹底的に思考から排除されていた。

殺せ、殺せ、殺せ。民間人だろうとかまうものか、奴らはどうせゲリラに加担してるんだ、共産主義に染まってるんだ、俺たちの敵なんだ。

殺せ、殺せ、殺せ。

殺さないとこっちが殺されるんだぞ。地雷で両脚が吹っ飛んだジェイクを思い出せ。腰を撃たれて下半身不随になったクラークを思い出せ。逃げ遅れてゲリラに囲まれ、「ハチの巣」にされたカイルを思い出せ。お前だって死にたくはないだろう。生きろ、生きてアメリカの地を踏みたければ、誰でもいいから、ベトナム人を一人でも多く殺せ。生きて再び家族に会いたければ、恋人にキスしたければ、女房を抱きたければ、子供とキャッチボールをしたければ、目の前の東洋を、吊り目を皆殺しにしろ。

そうだ、よくやった。よく殺したな、アンソニー。上出来だ。

一度、機体トラブルで基地までたどり着けずに不時着したことがあった。なんとか川沿いの平地に機体を誘導することには成功したが、最終的にはプロペラが木の枝と地面に接触し、六人乗っていた仲間は全員、機体の外に放り出された。副操縦士だった俺と機長が脱出した三秒後に、ヘリはロケット弾ごと爆発、炎上した。

仲間の二人は首の骨が折れて死んでいた。生き残った六人で基地を目指すことになったが、武器も弾薬も限られていた。俺と機長が持っていたのはハンドガンとナイフだけ。敵に襲われたら、自動小銃を持った四人の仲間に守ってもらうしかなかった。しかも周りは深いジャングル。どこに敵兵がひそんでいるかまったく分からない状況だった。

夜はすぐに訪れた。少量の水があるだけで、食料は何もなかった。タバコもポケットには入っていなかった。

敵兵に見つかるわけにはいかないので、ライトも使えず、火を焚くこともできなかった。幸い、夜でも気温は十度以上あったので凍えることはなかった。

夜が明けるのをじっと待ち、東の空が明るくなり始めると同時に動き始めた。普段の俺はパイロットとして尊敬されていたが、そのときは仲間にも散々馬鹿にされた。

「大した荷物もねえんだから、歩くのくらい速くしろよ。俺たちの足手まといにだけは、ならねえでくれよな」

「なんなら、俺たちより先にいって、状況を見てくれたっていいんだぜ。ついでにグークがいたら、そのナイフで全員切り刻んでおいてくれ」

「そいつぁいい。手間が省けて助かるぜ」

そう最後にいった奴が、最初に撃たれた。銃声と同時に、股間を押さえてその場にうずくまった。

「しまった、囲まれたッ」

それからは、まさに地獄だった。

動けなくなった仲間から小銃を奪い取り、ピョンピョンと、木の根っこを跳び越えて迫ってくるグークどもを撃ちまくった。二、三人は命中させたと思う。だが相手は確実に二十人以上はいた。昨日の夕方、ヘリが墜落して煙が上がったのをどこかで見ていたのだろう。それで捜索隊を編成し、俺たちを殺しにきたに違いなかった。

仲間の頭が破裂するのが見えた。別の仲間の腕が千切れ飛ぶのも見えた。俺も足元に撃ち込まれ、土や枯れ葉が舞い上がり、一瞬目を背けると、もう他の仲間たちがどこにいて、敵がどこにいるのかも分からなくなった。

俺はただ、南に向かって滅茶苦茶に走った。大きな岩を見つけて、数分その陰に隠れてもみたが、三人ほどの敵兵に見つかり、また走って逃げた。そのうちの一人と接近戦になり、組み合ったまま丘の斜面を転がり落ちた。背中に太い木の根が、突き出た岩がガツガツと当たった。折れた枝が、体のあちこちを切り裂いた。

ようやく落ちきったとき、偶然にも上になっていたのは俺だった。相手も相当なダメージを負ったようで、すぐには動き出さなかった。

俺は、まだなんとか動けた。腰のホルダーからナイフを引き抜き、だがほんの一瞬、次の一手を躊躇った。

今まではヘリの操縦席から撃っていただけだった。地上で土埃が上がり、そこでどんな人が、何人死んだかなんて一々考えたりしなかった。目を向けることすらしなかった。そもそも遠過ぎて見えなかった。

だが今は違う。目の前に敵兵がいる。同じ体温を持ち、同じように息切れし、顔を泥で汚している。まだ十代に見えた。目の綺麗な男だった。その二つの目が、俺の両目を真っ直ぐに睨んでいた。あとから思えば、彼の親を殺したのは俺だったのかもしれない。恋人を殺したのかも、親友を殺したのかも、兄弟を殺したのかもしれなかった。そんな恨みのこもった目だったように、思い起こされる。

でもそのときは、そんなことには思い至らなかった。

同じ体温がなんだ。温度が同じだからって、同じ血が流れているとは限らねえぜ。機銃で撃ったときは、血なんか見えなかった。ロケット弾で吹っ飛ばしたときだって、ただ火柱と煙が上がっただけだった。試してみなけりゃ分かんねえじゃねえか。こいつの喉を掻き切ったら、どうなるのかなんて――。

「ンぐいぃ……」

うわ、すげえ血だ。生あったけえ。なんか、ヌルヌルする。畜生、目に入っちまった。前が見えねえ。拭っても拭ってもネバネバしてて、ちゃんと目が開けられねえ。なんだ。ジャングルが真っ赤になっちまったじゃねえか。

切る場所を選べるなら、次は、首はやめといた方がよさそうだな。返り血が凄過ぎる。

こいつ、死んだのか。ああ、死んでるな。なんか持ってねえのか。自動小銃とか。あ、あそこに転がってるじゃねえか。こいつは俺がいただきだ。

誰かがあとから斜面を下りてきた。俺がドロドロ過ぎるんで、敵か味方か分からないようだった。

馬鹿野郎、俺はアメリカ人だ。お前みたいなベトコンと一緒にするんじゃねえ。死にやがれ――。

そいつの頭を、連射して吹き飛ばしてやった。脳味噌が、大きなトマトみたいに弾け飛んだ。実に愉快だった。最高に面白いゲームだった。全身の血が沸騰して、アドレナリンが体中の穴という穴から噴出するのを感じた。

だが、次の瞬間だ。

銃声と同時に、凄まじい衝撃が俺の左肩を襲った。今度は俺が吹っ飛んだ。そうか、殺したのは二人だから、もう一人いるんだった。畜生、忘れてたぜ。奪った小銃も、今の衝撃でどっかにいっちまった。

俺は転がりながら木の陰に隠れようとした。それでも向こうは遠慮なく撃ち続けた。今度は右腿に当たった。でも大丈夫、かすっただけだ。ちょっと痛いだけだ。泥でも塗り込んでおけばすぐに治る。

銃を構えたままのグークが、ジリジリと迫ってくる。

けっ、なんだお前、その恰好は。その茶色いシャツは、最初からそういう色なのか。汚え色だな。まるでウンコそのものだ。臭えぞ、近寄るんじゃねえ。こっちには、まだハンドガンがあるんだ。それ以上近寄ったら撃ち殺すぞ、このベトコンが。でもよ、お前はなんで撃ってこねえんだ。ははあ、さてはお前は弾切れだな。その銃はなんだ。ソビエト製のＡＫか。撃つ振りをして近づいて、その先端の銃剣で刺し殺そうって肚か。

だったら俺が、

「……うごっ」

なんだ、急に撃ってきやがって。弾、あるんじゃねえか。卑怯な野郎だ。信じられねえ。三発も撃たれた。死ぬのか。俺、こんなところで死ぬのか。嫌だ。こんな、ウンコみてえな野郎に撃ち殺されるなんて、絶対に嫌だ――。

恐る恐る、ハンドガンのホルスターに手を伸ばした。だが、なかった。ホルスターは空っぽだった。斜面を転がり落ちたときに失くしたのか、その前からなかったのかは分からないが、とにかく今、俺にはこのベトコンをぶち殺してやる武器が、手段が、何一つない。

思わず目を閉じた。あと、できることといったら神に祈るくらいだったが、ほとんど教会にいったこともなかったし、ましてやキリストなんて信じてもいない俺が祈ったところで——などと思っていたら、四、五発、立て続けに鳴った銃声のあとで、ドサッと、俺の前に人が倒れる音がした。

目を開けると、さっきのベトコンが寝転んでいた。頭が半分なくなっていた。目玉が両方、穴ぼこからこぼれ出ていた。

「……よう、副操縦士。漏らすのは寝小便だけにしろよ。そんなんじゃ、ベトコンどもにすぐ嗅ぎつけられちまうぜ」

俺を助けてくれたのは「足手まといにだけは、ならねえでくれ」といったあの仲間だった。

確かに俺はそのとき、小便も大便も漏らしていたが、彼は、左腕の肘から下を失くしていた。

やがて、ベトナム戦争も終わった。勝った国はどっちだ、というのは今でもよく議論になるが、俺はアメリカもベトナムも勝っていないし、両方とも負けなかった戦争だと思っている。

戦争の意義からいえば、のちに南北が統一され、「ベトナム社会主義共和国」が樹立されたのだから、北ベトナム及びそれを支援した共産主義陣営の勝利ということができる。

しかし犠牲者数など、戦争を「戦闘の合計値」で計るならば、勝ったのは間違いなくアメリカだ。またアメリカは軍を撤退させただけで、とことんまで戦って力尽きて逃げ帰ってきたわけではない。軍事裁判において敗戦国として裁かれたわけでも、ベトナムに対して謝罪したわけでも賠償したわけでもない。そういった意味でも、アメリカは負けていないと主張することができる。

強いていえばアメリカは、いや米軍は、アメリカ国民の声に負けたのだと、俺は思う。ベトナムから帰ってみると、アメリカ本土は反戦ムード一色だった。これこそ、米軍がベトナムで戦い続けられなかった最大の理由だと理解した。しかも、ベトナムが共産主義国家になったにも拘らず、東南アジア全体が共産主義化していくことは、結果的にはなかった。じゃあ、ベトナム戦争って結局なんだったんだ？　と誰もが思ったことだろう。

だがそれを認めることは、できなかった。あの戦争を主導した政治家、実際に戦った兵士たちは、とてもではないが、そうとは認められなかった。俺たちは自由を守るために、祖国を守るために、家族を、恋人を、国の未来を守るために戦ったのだと、そうでも思わなければやっていられなかった。

当時の俺には、すでに妻も子供もいた。強い男と思われていたかったし、またそうでなければならなかった。テレビでは、よくベトナム戦争の実録映像が流されていた。戦場を知らない者には直視に耐えない、残酷な場面が多かった。妻はさすがに訊かなかったが、息子には「父さんもこんなことをしたの？」と訊かれた。

俺は答えないつもりだった。答えてはいけないと思っていた。だが体はいうことを聞かなかった。勝手に立ち上がり、勝手に身振り手振りを交えて、ベトナムで自分が何をしてきたか、思う通りに語ってしまった。

「ベトコンなんて、あんなのは人間じゃない。卑怯で小さくて、いくら撃ち殺したってあとからあとから湧いてくる、気味の悪い生き物なんだ……ああ、撃ったさ。バンバン撃ち殺したね。ドカンドカン、ロケット弾だって撃ち込んでやった。馬乗りになって、ナイフで首を掻き切って殺してやったこともある。相手の返り血を浴びてな、全身ベトベトに、ドロドロになっても、それでも俺は戦った。この国の自由を、世界の自由を守るためにだ。今、お前にそれを分かってくれとはいわない。だがいずれ、必ず分かるときがくる。俺たちの戦争は正しかった。俺たちが戦わなかったら、世界の秩序はどんどん壊れていくんだ。それを喰い止めなきゃならなかったんだ。それがアメリカなんだ。俺は後悔なんて、これっぽっちもしていない」

その後、俺は空軍に入隊し直し、以後は在外米軍基地にも積極的に赴任した。

理由はただ一つ。

アメリカ本国で、家族と一緒に暮らすことに、耐えられなかったからだ。軍人でいる方が、気が休まったのだ。

日本に初めてきたのは、ベトナム戦争が終わってちょうど十年経った年だった。

最初は馬鹿にしていた。ベトナム人と大差ない、小さくて目の細い東洋人じゃないかと、完全に日本人のことを見下していた。自分たちでは軍隊も核も持たず、他国が攻めてきてもアメリカが助けてくれるだ？　馬鹿をいうな。誰がお前たちのために戦ったりするものか。

この、日本列島の向こうには中国とソ連がある。ここは共産主義の膨張を喰い止めるための前線基地に過ぎない。お前ら日本人は、いわば防波堤の管理人だ。いや、テトラポッドの隙間に身をひそめている蟹(かに)みたいなものだ。ちっぽけで弱っちいお前らは、俺たちの仕事をただ見ていればいいんだ——。

だが、俺のその考えが変わるまでに、さほど長い時間はかからなかった。

俺は軍と同様、日本人が銃を持たないことにも疑問を感じていた。こいつらは、国から銃を持つことすら認められていない、いわば自立できない「お子ちゃま民族」なのかと。

しかし、実態は違った。日本人は銃を持って身を守ることより、国民全員で銃を捨て、各々(おのおの)が規律と秩序によって身を守ることを選んだ民族だった。

また軍に対する認識にも大きな誤りがあった。名前こそ「自衛隊」としているが、それはまさに軍隊に他ならなかった。装備も隊員の訓練も世界最高水準にあるといっていい。逆にここまでの完成度を持つ軍隊は、世界中を見回してもそう多くはないだろうと、合同訓練をするたびに痛感させられた。

加えて日本人は実に勤勉だった。それは兵器の整備によく表われていた。在日米軍の戦闘機の多くは、日本人の手によって整備される。これが、実に細やかで正確なことに俺は驚いた。戦車や戦艦は、仮に故障したとしても停まれば済むことだ。それが死に直結するわけではない。だが戦闘機は違う。故障が原因で墜落することもむろんあるが、一緒に飛んでいる隣の機体にわずかに接触するだけでも、死亡事故に繋がる可能性が非常に高い。故障したら脱出すればいいと思われがちだが、それだって射出座席がきちんと整備されていればの話だ。いざというときに射出されなければ、やはり死ぬしかない。

俺の日本人に対する思いは、侮蔑から尊敬に、さらにもう半周回って、ある種の恐怖へと変質していった。特に酒が入ると、そんな日本人に対する嫌悪感はあっというまに肥大化し、自分でもコントロールできなくなった。

こいつら、平和平和とふた言目にはいうが、パールハーバーでアメリカに戦争を仕掛けてきたのは、こいつらの祖先じゃないか。これだけの技術力、経済力、行き届いた教育があって、なぜ日本人は戦おうとしない。なぜアメリカを抜いて、世界のナンバー・ワンになろうとしない。怖いのか？　いや、怖いはずがない。怖いのはむしろこっちだ。信用して戦闘機を売り、整備を任せ、もはやアメリカに軍事機密も何もあったもんではない。

こいつら一体、何を企んでいやがる。

今は「戦争なんてしません」ってな顔で、大人しくテレビだの自動車だのを造っちゃいるが、その技術だっていつ軍事転用されるか分かったもんじゃない。そもそも日本が経済成長できたのは、アメリカが安全保障を一手に担い、軍事費を抑えてこられたからだろうが。その間に貯め込んだ技術と金で、お前ら、何をしようとしている。

こいつらが本気で軍備を拡張して、法律も整備し出したら、とんでもないことになるぞ。米軍より性能のいい、整備も行き届いた兵器で、クソ真面目に、真正面から戦争を仕掛けてくるぞ。日本人特有の、命知らずな戦い方を一番知っているのは、俺たちアメリカ人だ。パールハーバー、硫黄島（イオウジマ）、沖縄。本気で戦争になったら一番怖い民族、それが日本人じゃないか。

おいおい、冗談じゃねえぞ。こんなところにいて、俺たちは本当に大丈夫なのか。いつもヘラヘラ笑っちゃいるが、日本人なんて、何を考えてるか分かったもんじゃないぞ。日本人なんてのはな、ベトコンより、よっぽどタチが悪いんだ。

2

二月五日の水曜日になって、玲子は祖師ヶ谷大蔵駅の防犯カメラ映像を入手することができた。とはいっても事件発生当日、去年の十月二十九日のものではない。一昨日の二月三日、十五時から十九時までの四時間分だ。

あの日、玲子が鈴井巡査部長と長谷川宅前に到着したのが十七時頃。長谷川宅と祖師ヶ谷大蔵駅は徒歩でも十分足らずの距離。だから十七時の前後二時間ずつを押さえれば、充分用は足りるはずだった。もし祖師ヶ谷大蔵でヒットがなければ、次はタクシー会社を当たる。それで駄目なら近隣のコインパーキングを当たる。それでも駄目なら一つ手前の千歳船橋、一つ先の成城学園前の改札防カメ映像も取り寄せるつもりだった。

しかも、祖師ヶ谷大蔵駅の改札口は一ヶ所のみ。チェック自体はさほど難しくないはずだ。

午前十時半過ぎに特捜に戻り、講堂下座(しもざ)の情報デスクに向かった。

「林さん、パソコン、貸してもらっていいですか」

「ああ、いいよ」

「ありがとうございます」

刑事部支給のノートパソコンの前に座る。側面にあるボタンを押してディスクトレイをオープン。祖師ヶ谷大蔵駅で焼いてもらってきたＤＶＤをセットする。

鈴井も右隣の席に座ったが、基本的に、彼にできることは何もない。当たり前だ。長谷川宅付近で不審な行動を見せた、茶系のレザーブルゾン、大きなショルダーバッグ、身長百七十センチ強、中肉の男を目撃したのは、玲子だけなのだから。

鈴井が玲子の顔を覗き込む。

「……そんなに、怪しかったですか」

「ええ。思いっきり、怪しかったですね」

「主任を見て、進路を変えて、向こうの方に走り去ったんですよね」

「そう。あんなに重たそうなバッグを抱えてたのに、えらく逃げ足が速かった。逃げようっていう強烈な意思がなければ、人間はあんなふうには動けないです。急にトイレにいきたくなったとか、用事を思い出して家に戻ったとか、そういうことでは絶対にない」

鈴井は「なるほど」と頷いたが、あまり納得はしていそうになかった。でも、それはそれでいい。何しろ鈴井は男を見ていないのだから、何をどう説明しても玲子の抱いた不審感は共有できまい。

まず、タイムカウンターが【17：00：00】になるところまで映像を進めた。おそらく、男はこれより前に改札を通過していると考えられる。なので、ここから逆回しでチェックしていく。玲子の読みが当たっていれば、あの男はマイケル・ジャクソンばりの後ろ歩きで現われ、改札も後ろ向きで通過していくはずである。

「鈴井さんも、ちゃんと観ててね。茶色の革ジャンに、おっきくて重たそうなショルダーバッグの男ですから」

「はい、茶色の革ジャンに、大きなバッグ……茶色の革ジャンってのは、どれくらいの色合いですかね」

「そうね……そんな濃くはなかった。まあ、キャメルっていうのが、一番分かりやすいかな」

「はあ、キャラメル色ですか」

ちょっと違うが。

「そ、そうね……普通のミルクキャラメルと思ってください」

逆再生モードにし、ちょっとそれでは遅過ぎるので、再生スピードも調整する。

左側から林も覗き込んでくる。

「昨日書類作ってた、祖師ヶ谷大蔵の映像かい？」

「ええ。まあ、前後二時間、計四時間チェックしたら、さすがに通過してると思うんですよね。後ろの方は、あたしたちとバッティングしたあとだから、警戒してね、駅を利用しなかった可能性もありますけど、でも前はね……絶対、使ってると思うんですよ」

うんうん、と頷きながら林が腕を組む。

「それにしても……改札前の逆回し映像ってのは、なんというか、わりと、気持ち悪いもんだね」

「そうですか？　あたしは別に、気になりませんけど……鈴井さんは？　これ、気持ち悪い？」

鈴井も、腕を組んで首を捻った。

「まあ、あまり、気持ちのいい映像では、ないですよね……この、階段を逆向きに上っていくのとか……そういわれてみると、わりと気持ち悪いかもしれません」

じゃあいいです。あとは一人で観ます。

危なかった。延々逆回しで観ていったが、なかなか目的の男が現われない。読みがはずれたかと思った。

だが、まもなく十五時というところまできたら、

「……い、いたッ」

ようやくキャメルの革ジャンにショルダーバッグの男が、改札をムーンウォーク――いや、普通に後ろ歩きで通過していった。

「どれですか」

「これ、この男……待って。今、通常再生にしますから」

普通に再生するのは簡単だ。真ん中の三角ボタンを押してやればいい。

「いい？　この辺からよ……ほらほら、この男」

「ほんとだ。キャラメルの革ジャンだ」

じゃないんだけど、もういいや。

しばらく他の席にいた林も、「どれどれ」と覗にくる。

「……ほんとだ。キャラメル色だ」

そこは、そんなに重要ではないのだが。

一時停止し、コマ送りしながら、できるだけ顔がはっきり分かる瞬間を探る。カメラと男とはある程度距離があるし、そもそも防犯カメラの映像なので、はっきり明瞭にといっても限界がある。ベストと思われるフレームを画像として保存し、拡大してみても、直接の知り合いでなければそうとは分からないかもしれない。その程度の写りだ。

プリントアウトしたものを林に手渡す。

「この男が、改札を通過したのは？」

「十五時三分です」

「主任たちと長谷川宅前で遭遇したのは？」

「十七時くらいです」

「約二時間……この男は、あの界隈（かいわい）で何をやっていたんだろうね」

「仕事かもしれませんが、ひょっとすると、地取りの捜査員の中で、ニアミスしてる人間がいるかもしれないですね」

それを確認するため、夜の捜査会議で全員に写真を配った。

説明は直接、玲子がした。

「お配りした、三枚の写真を見てください」

初動捜査の期間が過ぎ、捜査員もだいぶ減っていたが、それでもまだ五十名はいるはずである。今、ざっと見た感じで戻ってきているのは四十名弱。むしろ、これが普通の特捜本部の人数だ。

「これは一昨日、三日の十五時三分の、祖師ヶ谷大蔵駅の改札付近で撮影されたものです。中央に写っている、茶色の革ジャンにバッグを提げた男ですが……私と鈴井巡査部長が、長谷川宅前にいるとき、この男は私たちの存在に気づくや否や、踵を返して反対方向に走り始め、そのまま逃げ去りました。つまり、この男は祖師ヶ谷大蔵駅で下車して二時間近く、あの界隈で何かをしていたと考えられます。地取り班の捜査員で、こんな感じの男と接触した、あるいは見かけたという人はいませんか」

後ろの方で、サッと手が挙がるのが見えた。やった、ヒットだ、と思ったが、それが井岡の手だと分かった瞬間に、喜びはヘナヘナと萎んでいった。

「……はい、井岡巡査部長」

「あのぉ、この男の歳は、ナンボくらいでしょうか」

「ああ、年齢ね……そんなに、若くはないと思います。三十代半ば、後半から、四十代、ひょっとしたら五十代……ただ、走りは達者でしたね。逃げ足は、ほんと速かったです」

「さいですか……」

井岡が頭を掻きながら座ると、すぐ真ん中辺りでも別の手が挙がった。申し訳ないが、名前は分からない。

「はい、どうぞ」

「光の加減かは分かりませんが、この画像だと、ちょっと白髪交じりのように見えますが、実際、姫川主任がご覧になったときは、どうでしたか」

なるほど。確かにこの画像では、白髪交じりのようにも見える。

「私が見たときは、もう周りも暗かったので、髪の色までは断言できません。この写真は映像から抜き出したものなので、この場面の前後もあるので、あとで確認してみます」

さらにもう一件質問を受けたが、残念ながら、この男を知っているという捜査員は、少なくともこの夜の会議にはいなかった。


事が動いたのは翌々日、七日の朝の会議でだった。

それを上げてきたのは案の定、地取り班の捜査員、高井戸署の川澄(かわすみ)巡査部長だった。

「すみません、昨日の戻りが遅くなってしまったので、今、報告させてください。ええと……姫川主任が見かけたという、革ジャンの不審人物ですが、おそらくそうではないかという目撃証言が拾えました」

　やっときた、と思った。膝を横に出して斜め後ろを向き、思わず川澄の顔を凝視してしまった。

「自分が最初に話を聞いたのは、郵便配達員です。あの周辺を配達して回っている、コマキという、祖師谷四郵便局の局員です。この人物を知っているかと画像を見せると、二回ほど見たことがあるといい、一度は祖師谷一丁目、▲の△、ミズシマという家から出てきたということでした。ちょうどそこに届け物があり、玄関前にバイクを停めたとき、これとよく似た風貌の男が、ミズシマ夫人に、何か礼をいいながら出てきたところだった。二度目は、手帳か何かを見ながら歩いているところだったそうです。二回とも日付ははっきりしませんでしたが……」

　手帳を見ながら、辺りを歩いていた？　何か調べていたのか。ひょっとして、マスコミの人間か。

「早速ミズシマ宅を訪ね、夫人に訊いたところ、確かにこういう男が取材をしにきた、ということでした。名刺も置いていったというので、借りてきました」

　名刺を置いていくくらいだから、少なくとも違法なことをしていたわけではないのだろう。

文字通り「取材」だったのか。

「カミオカシンスケ。上下のウエ、大岡越前（おおおかえちぜん）のオカ、慎重のシンに、介護のカイで、上岡慎介。あとは携帯番号とメールアドレスだけで、社名も住所もないので、おそらくフリーライターではないでしょうか……あるいは、マスコミを装った何者か、かもしれません」

だがフリーライターだとしたら、今頃何を調べていたというのだ。事件発生から、もう三ヶ月も経っているというのに。あるいは、三ヶ月も解決できないでいる警察を笑いにきたのか。

「話の内容は、まさにこの事件に関してでして、三ヶ月前の、事件前後のことで何か心当たりはないか、という切り口だったそうです。ミズシマ夫人は長谷川桃子とも面識があり、痛ましい事件だと思う、ということは話したが、事件解決に繋がることや……ましてや、マスコミに喋れることなど何もないので、知っていることは全部警察に話した、それ以上のことは何もないといったそうですが、それでも上岡は喰い下がり……事件当時、現場付近で、外国人を見かけることはなかったかと、訊いたそうです」

外国人？　急になんの話だ。

十一係長の山内も、怪訝（けげん）そうに川澄を見る。

「外国人というのは、どこら辺の人種のことをいってるんだ」

そう、そこが問題だ。この事件が中国人や韓国人の犯行だとなると、話は一気にややこしくなる。日本と犯罪人引渡し条約を結んでいない中国は論外だが、締結国である韓国が相手でも、犯人に帰国されてしまうと捜査や逮捕は極めて難しくなる。

だが、川澄の口から出てきたのは、さらに意外なものだった。

「……白人です。さほど大柄ではなく、髪もブロンドというか、金髪と白髪の中間くらい、と訊いたそうです」

「年齢は」

「それは、はっきりとはいわなかったようです」

まあ、どういうつもりなのかは、本人に訊いてみれば分かることだ。

朝の会議を終え、担当のある捜査員はみな外に出ていった。特捜に残ったのは玲子と菊田の組、それと上岡の名刺を入手してきた川澄の組。あと、なぜか井岡組。

「なんで井岡くんが残ってんの」

「それは……」

愛でんがな、とか言い出す前に、玲子は拳を突き出してみた。

井岡はそれを寄り目で見ながら「かなわんな」と漏らした。

「山内係長に、残るよういわれただけですって」

「ほんと？　あとで確認とるわよ」

「そんな……ワシかて、嘘ついてまで残ったりしませんて」

「それが嘘。あんたは、それくらいの嘘は平気でつく」

「まあ、玲子主任とご一緒するためとあらば」

それを、すぐそばで聞いていた菊田が「お前って、ほんと懲りねえな」と呟くと、井岡は、今どき子供でもしないだろうというくらいの膨れ面をしてみせた。

「ああーっ、もう、もう、アレやからな、分かってんのか……き、菊やんは、もう、妻帯者なんやからな。こういうことに口出すんは、もう金輪際やめてんか。資格がないんやからな、もう、黙ってたらええねん」

どういうつもりかは知らないが、なぜか菊田もそれを受けて立つ。いきなり井岡の胸座を摑む。

「資格云々をいうならな……お前には、最初からそんな資格は、なかったんだよ」

「うぐ、ぐ、ぐるじい……れ、玲子主任、たすけ、助けて」

馬鹿は放っておくとして、玲子は情報デスクの方に向かった。

林はすでに、島の中央の定位置に陣取っている。玲子が隣に立つと、パソコンの画面を指差してみせた。今は検索エンジンの結果表示画面になっている。

「名前だけで、普通に出てくるよ。どうも、歌舞伎町関係が得意なライターみたいだね」

本当だ。ブログだのＳＮＳだの、どこまで同姓同名の他人が交じっているのかは分からないが、五千件をやや超えるくらいのヒットはある。

「画像検索で、顔写真とか出てきませんかね」

「出るかもな。やってみよう」

林が「画像」の文字をクリックすると、

「……あ、そうそう、こんな感じ」

すぐに顔写真は出てきた。少なくとも、最初の六枚は同一人物だ。祖師ヶ谷大蔵の改札通過時の写真と見比べてみても、ほとんど違和感はない。これが「上岡慎介」と見て間違いないだろう。

いつのまにか、川澄が近くまできていた。

「この写真、ミズシマさんに確認してもらってきます」

「そうね。林さん、この写真……」

「はいよ、プリントアウトな……そっちの、レーザープリンターから出すよ」

数秒して排出されてきたA４判の紙を摘み出し、川澄の組は「いってきます」と講堂を出ていった。

玲子たちは、上岡のブログを読み始めていた。

「もう五十歳なんだ。もっと若いかと思ったけど」

「ま、暗くなってから見ただけじゃ、分からなくても無理はないさ」

あとからきた菊田が画面を覗き込む。隣には井岡もきている。もう仲直りしたのか。

菊田が、ブログに載っているメールアドレスを指差す。

「いくら公開だからって、さすがに、直接本人に連絡するってのは野暮ですよね」

「せやな。菊やんなら、イケるかもしれへんけどな」

「出っ歯は黙ってろ」

「なんやとコラ」

また喧嘩が始まってしまったので、しばらくこの二人は無視する。

「林さん。これ、マスコミ関係に、先に当たってみた方がいいかな」

「じゃなかったら、あとは新宿署だな。これだけ歌舞伎町について書いてるんだから、署員にだって知り合いはいるだろう」

「あ、そうですね。じゃあ、私ちょっといってきます」

即座に「あ、ワシも」と井岡が手を挙げたが、「あんたは駄目」と玲子が追い払った。

「菊田主任とここに残って。上手くいったら、住居くらい割れるかもしれないし」

「はい」「了解です」

返事をしたのは菊田と他二名。

井岡は無言で、泣き顔をしてみせただけだった。


千歳船橋から小田急線に乗って、新宿までは二十分ちょっとだ。

最初、玲子は新宿の本署にいこうと考えたが、上岡が歌舞伎町を得意とするライターなのであれば、いっそ歌舞伎町交番を訪ねた方が話は早いと思い直した。「日本一のマンモス交番」と呼ばれるそこには、常時数十名の地域課係員が勤務している。直接訪ねれば、誰かしら上岡について知る者にも会えるだろう。

小田急線の車中。鈴井は携帯で上岡のブログをチェックしている。

「なんか……区政とか、歌舞伎町の、再開発話にも、絡(から)んでた人みたいですね」

「へえ。ただのフリーライターじゃないんだ」

玲子も携帯を取り出し、読んでみる。

なるほど。歌舞伎町のライターといっても、ただ単にヤクザや風俗を取材していたわけではなく、鈴井のいうように、区政や街の運営そのもの、歌舞伎町商店会、街のお祭り、果てはホストたちとの町内ゴミ拾いボランティアまで、歌舞伎町に関することならなんでもござれ、という人物だったようだ。他にも、暴力団を離脱した人たちへの就労支援をどうしていくべきか、といった深刻なテーマも多く扱っている。

しかし、ここまでディープに歌舞伎町と関わってきたライターが、なぜ祖師谷の事件現場周辺になんて現われたのだろう。ひょっとすると、都や区、警察が組んで進めてきた浄化作戦が功を奏し、歌舞伎町がクリーンになり過ぎて、取材対象として面白みがなくなってしまったのだろうか。あるいは、そもそもそういった事件取材も並行して行ってきた人物なのだろうか。

新宿駅に着いた。

玲子自身は、新宿という街にほとんど思い入れというものがない。歌舞伎町で遊んだこともなければ、伊勢丹や髙島屋で買い物をしたのも数えるほどだ。映画はどうだったろう。新宿で観たことなど十回もないのではないか。それだったら、一昨年まで勤務していた池袋の方がまだ馴染みがある。部下の一人が殉職するという、苦い経験をした街でもあるが――。

なんとなく人の流れに乗り、ＪＲの改札を出て左、東口から地上に出てしまった。もっと地下を歩いていくルートもあるのだろうが、別に雨が降っているわけでも、今日が特別寒いわけでもないので、外を歩くのも悪くはない。

そんなことを思っていたら、ふいにポケットで携帯が震え始めた。迂闊に立ち止まるとはぐれそうだったので、後ろから鈴井の肩を叩いた。

「鈴井さん、ちょっと待って」

取り出した携帯を見てみると、ディスプレイには【成城署】と出ている。おそらく特捜本部、それも林からではないだろうか。

「……はい、姫川」

『あーもしもし、林です。いま大丈夫ですか』

「はい、ちょうど新宿駅に着いたところです。何か」

『いや、こんなことってあるのかね……今さっき、今泉管理官と電話で話してたらね、急に「上岡慎介」って名前が出てきてさ。驚いちゃったよ』

上岡が何かやらかしたか、と思ったが、それで今泉の口から上岡の名前が出てくるとは考えづらい。

「え、なんですか」

『殺されたんだよ、その、上岡慎介が』

「ハァ？」

思わず声が大きくなった。周りの通行人の何人かが、怪訝そうな目で玲子を見ていく。鈴井も、ちょっと困った顔をしている。

「……どういうことですか、それ」

『いや、こっちもまだ全然、詳しいことは分からないんだけどさ。代々木(よよぎ)署の管内で殺されて、また特捜を作ることになるんだろうけど、それで今泉さんは困っちゃってるわけだよ。今泉さんがっていうか、強行班二係がね。またあっちから一人、こっちから二人って、寄せ集めてやることになるんだろうけど』

特捜の新規設置云々は、半分くらい聞いていなかった。

それより何より、上岡慎介が、殺された？

フリーライターが、取材していたネタに絡んで殺された例は過去にいくつもある。

ひょっとして、上岡もそうなのか。

「祖師谷事件」の、知ってはならない真相に触れてしまい、だから殺されたのか。

3

その朝、勝俣健作は新宿駅近くのラーメン屋にいた。

俗に「刑事は長シャリを食べてはいけない」といわれている。特に初動捜査の間は厳禁とされる。「長シャリ」とは麺類のことだ。ズルズルと引き上げて食べるその動きが「捜査が長引く」ことを連想させるという、たったそれだけの理由でだ。

フザケるな、と勝俣は思う。

早期に解決する事件というのは、現場に証拠が大量に残っていたり、防犯カメラが決定的場面を捉えていたり、被害者との関係が単純だったり、犯人が馬鹿だったり逃げ足が遅かったり自分のしたことがあとで怖くなって自ら出頭してくる臆病者だったりするから、早期に解決するだけだ。担当捜査員が麺類を食ったかどうかなんぞ、なんの関係もない。試しに全国の警察官二十六万人の昼食を麺類に限定して検挙率がどう推移するか調べてみればいい。断言しておくが、そんなことをしても絶対に変わらない。検挙率は上がりもしなけりゃ下がりもしない。そんなことで検挙率が下がるくらいなら、なぜ警察の食堂のメニューにラーメンだのうどんだのが入ってるんだ、と勝俣はいいたい。

勝俣は、蕎麦もうどんもラーメンも大好きだ。立ち食い蕎麦屋の排気口から漂ってくる出汁の匂いを嗅ぐだけで、もう居ても立ってもいられなくなる。食いたい、今すぐ食いたい、汁を撒き散らしながらズルズルと勢いよくすすり上げたい。若い頃はそれでも我慢した。麺類を食べたいといっただけで先輩刑事に殴られたからだ。だが、そんな連中はもうとうの昔に退職してしまった。あるいは冷たくなって土の下だ。今の勝俣に「長シャリは食うな」などと戯言をいう阿呆は一人もいない。だから食う。食べたいときに、食べたいだけすすり上げる。何か文句があるか。ないなら黙ってろ。この糞馬鹿野郎が。

ラーメン鉢の底、味噌味のスープに沈んでいたコーンまで平らげたところで、電話がかかってきた。なかなかいいタイミングだ。

取り出して見ると、ディスプレイには【磯村】と出ている。刑事部捜査一課強行犯捜査二係、捜査本部設置に関する諸々を執り仕切る係の主任だ。

「……おう。どこだ」

『代々木で殺しです』

こいつ、滑舌は悪くないが、どうしようもなく頭が悪い。

「だからよぉ、こっちは現場を訊いてんのに『代々木』で分かるわけがないだろって、何度教えたら分かるんだ、この釣り馬鹿三平が。よく考えて、ご先祖さまに手ぇ合わせてから喋れ」

『はい……代々木三丁目◎の▲、マンスリーハイツ代々木、二〇五号室です』

「できるじゃねえか。だったら勿体ぶらねえで最初からそういえ。だからお前はハムカツ野郎っていわれるんだ」

『では、失礼し……』

「するな、失礼するなよ。何人殺られた。誰が殺られた。もうちょっと何か分かってることがあるだろう」

『カミオカシンスケ、五十歳。今のところはそれだけです』

「よぉーし、ご苦労」

まったく。どうしてこうも、世の中は馬鹿だらけなのだろう。


勝俣が現地に到着したのが七時十分過ぎ。その時点で現場にいたのは代々木署の地域課と刑組課の係員、それと警視庁本部の現場鑑識係員だった。車があるので機捜(機動捜査隊)もきてはいるはずだが、姿は見えない。たぶん近所を捜索に回っているのだろう。その他の本部捜査員や幹部はまだきていなかった。野次馬もまだ十人前後だった。

とりあえず、勝俣は現場鑑識の乗ってきたワンボックスカーの助手席で待つことにした。鑑識作業中に現場に入ってもいいことはない。果報は寝て待て。鑑識結果が出るまでは一服でもしていればいい。

たぶんこの車も禁煙なのだろうが、かまうことはない。喫煙が体に悪いなんてのはただの迷信だ。多少の毒はかえって体を強くする。予防接種と一緒で、免疫力が向上するのだ。その証拠に、勝俣は肺も気管支も健康そのものだ。だから周りにいる連中にも、親切のつもりで煙を吐きつけている。いわば健康のお裾分けだ。ありがたく思え。

そもそもタバコを嫌う奴は、その煙が嫌いなだけなのだ。文字通りの「嫌煙家」だが、そんな輩は焼き肉屋にも炉端焼きにもいくべきではないし、キャンプファイヤーなんぞもっての外、初詣も墓参りも親の葬式にも絶対にいっては駄目だ。

嫌いだというだけで何か権利があるように主張する奴の方が、勝俣はよっぽど嫌いだ。そんな権利があるくらいだったら、こっちにだっていえることは売るほどある。

たとえば相撲なんてのはどうだ。全裸のデブ同士が股間だけ隠して、人前で舞台に上がって乳繰り合うのだ。やる方もやる方だが、観ている方もデブ専の変態集団だ。そんな連中のために、たとえ一部であろうと自分が支払ったＮＨＫ受信料が使われると考えただけで虫唾が走る。しかもそれがこの国の国技だと？　馬鹿をいうな。休み休みいったら馬鹿でも許されると思ったら大間違いだ。駄目だ。絶対に許さない。大相撲の中継は来場所から中止しろ。何しろこっちは、きちんと毎月ＮＨＫに受信料を支払っているんだからな――くらいのことは勝俣にもいう権利がある、ということになる。ちなみに勝俣自身は、とりたてて相撲が嫌いなわけではない。これは単なる喩え話だ。

ようやく鑑識作業が一段落したらしい。段ボール箱を抱えた現場鑑識係員が一人、事件現場となったウィークリーマンションの玄関から出てきた。あれは、横瀬巡査部長か。横瀬のことなら、奴がまだ警視庁に入りたての、オシメも取れないガキの頃からよく知っている。それが今や、立派な本部の鑑識課係員だ。活動服もよく似合っている。

横瀬が、車両の助手席に勝俣の姿を認め、近づいてくる。

勝俣は、助手席の窓を開けて声をかけた。

「……よう。朝っぱらから精が出るな」

「勝俣さんこそ。呼ばれもしないのに早過ぎですよ」

ぬかせ、この小童が。

「次の臨場はうちだって決まってんだ。いち早く現場を押さえにきて何が悪い」

「現場を押さえに、じゃなくて……証拠品を押さえに、でしょ」

横瀬が段ボールの中身を勝俣に見せる。

「何か、面白えものはあったか」

「小銭入れ、キーホルダーに、鼻糞の付いたハンカチ、使い捨てライターと、残り七本のタバコの箱……札入れもカバンも携帯電話もないんで、ホシが持ち去ったんだと思いますが、こういうのは、ちょっと面白いかもしれませんよ」

　左前輪に片足を掛け、その膝に段ボールを載せ、中から一つポリ袋を摘み出す。

「なんだそりゃ」

　中には、黒くて平たい、プラスチック製の何かが入っている。それこそ使い捨てのライターかと思ったが、それにしては回転式のヤスリやボタンが見当たらない。これでは火が点けられない。

　いや、分かった。

「そりゃ、あれか……UFOメモリーってやつか」

「USBですよ。分かってていってるんでしょ。笑えませんよ」

「よこせ」

「はい、なんですか」

「馬鹿、お前の名字じゃねえ。そのUFOを、こっちに、よこせといったんだ」

「未確認飛行物体だけにね……現場から消えてなくなっても、誰も不思議には思わない、と」

　そういうことだ。

　少し時間を潰して、八時過ぎには桜田門（さくらだもん）の警視庁本部に入った。

　A在庁。六階にある捜査一課の大部屋で、次の臨場に備えてする待機だ。すでに同じ八係のデカ長（巡査部長刑事）三人が席に着いている。

「おはようございます」

三人それぞれが、ボソボソと挨拶をしてくる。

「おうっす……」

三人の中で一番年嵩の黒田は新聞を読んでいる。今日は朝陽新聞だが、確かこの前は産京新聞だった。複数の新聞を読むのは悪いことではないが、二紙なら二紙、三紙なら三紙と、決めたものを続けて読まないと、あまり意味がないように思う。こいつの場合、ひょっとすると電車の網棚に置いてあったのを、ただ持ってきているだけなのかもしれない。

その向こうにいる北野は、別に何もしていない。強いていえば、缶コーヒーの成分表示を眺めている。ただの馬鹿だ。

この中で一番見所があるとすれば、その向かいにいる葉山だろうか。こいつは以前、あの姫川玲子のところにいた刑事だ。あの女が下手を打って飛ばされ、その巻き添えを喰う恰好で葉山も北沢署に出されたが、こいつがいいのはその後だ。ちゃんと試験に合格して巡査部長に昇任し、自力でまた本部まで這い上がってきた。あの姫川のように、今泉の温情と裏工作で裏口からこっそり戻ってきたのとはわけが違う。そこのところは何より評価してやらなければなるまい。

今もそうだが、葉山はいつも何かしら本を読んでいる。昇任試験用の参考書だったり、小難しい哲学書だったり、ときには翻訳もののSF小説だったりもする。勝俣は、他人の読書傾向にさほど興味がないので、いろんなものを読む奴だと、それだけ分かっていれば充分だ。

一つ溜め息をつき、だだっ広いデカ部屋を見回してみる。向こうの方に火災犯捜査係と性犯捜査係の連中がいるが、殺人犯捜査で今ここにいるのは勝俣以下四名だけだ。恐ろしいことに、次に起こるのがどんな殺人事件であろうと、初動捜査はこの四人でやれというわけだ。むろん、所轄には何十人か兵隊を出させるが、それはそれ。捜査を仕切る捜査一課殺人班の捜査員はこの四人だけ。なんという無茶な人員配置だろう。呆れてものがいえない。

まあ、次に特捜が立つ事件は、さっき見てきた代々木の殺しと概ね決まっている。役に立つかどうかは分からないが、USBメモリーも勝俣の手の内にある。慌てることはない。果報は寝タバコでも吹かしながら待っていればいい。

勝俣のデスクの電話が鳴ったのは、九時半を少し過ぎた頃だった。

「はい、もしもォし。殺人犯捜査八係主任、勝俣です」

『強行犯捜査第二係の磯村です。お疲れさまです。殺人事件が発生したため、代々木署に特別捜査本部を設置することになりました』

予定通り、ということだ。

「了解です。集合は」

『現場にお願いします。代々木三丁目◎の▲、マンスリーハイツ代々木、二〇五号室になります。代々木署からの一次報告では、マル害はカミオカシンスケ、五十歳。職業はフリーライターということです。事件の発生は今朝五時から六時頃と見られています』

そんなことは現場までいけば全部分かることだ。余計なことばっかりくっちゃべってんじゃねえ。

「了解……しました、と」

受話器を置くと、三人のデカ長が勝俣の顔を凝視していた。

「……さぁて、ボクちゃんたち。これから代々木に遠足だ。すぐに出るから支度しろ」

天気もいいしな。絶好の捜査日和(びより)だろう。

今朝、すでに一度きている現場ではあるが、あのときとはまた状況が変わっているので、それなりの新鮮味はあった。

現場は一方通行の道路に面している。向こうにいって最初の曲がり角までは四十メートル、いまゴム製の通行帯を歩いてきたのが五十メートルほどだろうか。要は、現場前は百メートル弱の一本道ということだ。現在はそこを立入禁止テープと見張りの地域課係員とで封鎖しており、その封鎖中の路上では、代々木署の鑑識係員がズラズラとしゃがみ込んで、証拠品採集を行っている。

玄関前では、機捜の隊員が代々木署の刑事に何やら報告している。

「……お疲れさん……はいはい、ご苦労さん」

勝俣を先頭に、四人で玄関に入る。すぐ左手には管理人室というか、フロントというか、受付みたいなものがある。その先はガラスドアで仕切られており、普段はオートロックで開閉がコントロールされているのだろうが、今は開けっ放しになっている。

中には階段とエレベーターがあるが、現場は二階だと聞いているので階段で上がることにした。

途中で上から、管理官の梅本が顔を出した。

「おお、勝俣」

「どうも。お疲れさまです」

上がったところは外廊下になっている。見ると、六つ並んだ玄関ドアの、奥から二番目が開いている。そこが現場のようだ。ドアの正面はマスコミ避けに、目隠しのブルーシートを垂らしてある。

梅本に訊く。

「鑑識作業は終わったんですか」

「うん、室内は終わった。遺体は東朋大学に回した」

「現場、見ていいですよね」

いて室内に入る。
二〇五号室の前には靴カバーの入った箱が置いてある。そこから二枚抜き出し、両足に履
勝俣が廊下を進むと、三人も後ろからついてきた。梅本は階段を下りていったようだ。
「ああ」

中にはまだ一人、活動服姿の警察官がいた。

「はい、はいはい……ご苦労さん、お疲れさん」

玄関を通ると、短い廊下の右手はユニットバス、その奥が居室になっている。右手にシンクと電子レンジだけのミニキッチンとベッド、左手には冷蔵庫とデスク、幅が五十センチほどしかないクローゼット、室内の設備はそれだけだ。六畳のワンルームマンションよりもせまい。シングルユースのホテルの居室よりもまだせまい。

遺体は、ベッドとデスクの間に倒れていたようだ。グレーのパンチカーペットに白く人形が描かれている。大量の血痕は、その上半身の形とは微妙にずれる範囲に広がっている。これらの清掃は、ウィークリーマンション側に自腹でやってもらうことになる。それが嫌なら、今後は殺されそうな入居者は一切入れないことだ。

一人残っていたのは本部鑑識課の現場写真係員だった。鑑識標識をバッグに納め、「お先に失礼します」と出ていった。

勝俣は一番奥、窓際までいってから室内を振り返った。黒田と北野は、足元の人形をじっ

と睨んでいる。こんなに出血するまでどうやって殺されたのだろう、凶器はなんだろう、ここで一体何があったのだろう。そんな、どうでもいいことを考えている顔だ。

だが、葉山は違う。

ミニキッチンのすぐ近く、壁に取り付けられている何かのコントローラーを見ている。エアコンか、それとも給湯システムか。

「おい葉山、そらなんだ」

葉山は一瞬だけ勝俣を見、またすぐコントローラーに目を戻した。

「下のエントランスのオートロックと繋がっている、インターホンです。主任はさっき、事件の発生は今朝五時から六時頃といいましたよね」

確かに、磯村がそういったので、そのまま三人には伝えてある。

「ああ……」

それがどうかしたか、といいかけ、だが勝俣は、すぐに葉山が何を考えているのか見当がついた。

見たところ、この部屋の玄関ドアや窓に破損個所はない。ということは、犯人は普通に玄関から入ったと考えられる。常識的に考えれば、中にいたカミオカがエントランスのロックを解除し、ここのドアロックも解除して、犯人を招き入れたことになる。そうなると、犯人はカミオカの顔見知り。事件の構図は極めて単純なものになる。

まあ、実際にその通りだったかどうかは、捜査してみれば分かることだ。

事件の構図は、当初、勝俣が予想したものとはだいぶ違っていた。

まず、現場となったマンスリーハイツ代々木二〇五号室は、殺害された上岡慎介名義ではなく、「斉藤雄介」の名前で借りられていたということ。管理人に確認すると、その斉藤雄介は上岡慎介とはまったくの別人だと判明した。インターネットの、上岡のブログに載せられていた本人の顔写真を見せて確かめたのだから間違いない。あの部屋に泊まっていたのは上岡以外の何者かだ。利用者カードに書かれていた斉藤雄介の住所は架空のもので、だが電話番号だけは上岡名義の携帯番号になっていた。

斉藤雄介とは、何者なのか。

そもそもこの事件は、通行人の通報によって発覚している。

通報者は吉岡夏夫、五十一歳。マラソンが趣味で、朝五時から三十分ないし一時間、代々木近辺を走るのを日課としているらしい。

吉岡は五時四十分頃、現場付近に差しかかり、マンスリーハイツ代々木の方に道を曲がろうとしたが、数人の人間がいっぺんに、道を塞ぐように出てくるのが見え、一度は曲がるのをやめた。理由は、強いていえば「只事ではない気がしたから」ということだった。だが気になったので、その角から顔だけを出して様子を窺った。

マンションから出てきたのは、白っぽい覆面のようなものをかぶったのが三人と、普通に顔を出しているのが一人、計四人。四人は吉岡から離れる方向に歩いていったという。そのときの様子も「いま思えば、只事ではなかった」らしい。

素面の男は体調が悪いのか、自力ではしっかりと歩けないように見えた。覆面の三人が彼に手を貸し、なんとか歩かせているといった有り様。ただ、連れていかれる、というふうにも見えなかった。そんなに強引な感じではなかったし、素面の男も決して抵抗していたわけではなかった。

四人が向こうの角に姿を消し、それでも何かが気になった吉岡はマンション前まできてみた。すると玄関前に、点々と黒っぽい液体が垂れているのが見えた。それを踏んづけた靴跡のようなものもあった。まだ夜明け前で、暗くてよく見えなかったので、自前の小型懐中電灯で照らしてみると、それは黒ではなく、赤い血のようなものだった。普段は綺麗にしてあるウィークリーマンションの玄関前に、血痕と、それを踏んだような足跡。覆面の三人と、自分では歩けない様子の男。夜明け前という時間帯。

「これは、本当に只事じゃないんじゃないかと思い、通報しました」

マンションの防犯カメラやインターホンのそれには、吉岡の目撃証言と完全に合致する映像が残っていた。

二月七日午前四時七分。まず二〇五号を訪ねてきたのが上岡だった。上岡は斉藤雄介を名乗る男にオートロックを開けてもらい、内部に入ったものと考えられる。五時十三分になると、いよいよ覆面の三人組が現われる。このときも二〇五号室の誰か、上岡か自称・斉藤のいずれかがオートロックを解除し、三人を招き入れている。

そして五時四十四分。覆面三人に連れられて、自称・斉藤もマンションを出ていく。これも管理人に確認したところ、この連れ出された男が「斉藤雄介」であるとの証言が得られた。犯人グループの一人は大きめのバッグを担いでおり、それが四時七分に上岡が肩から提げていたものと酷似していることから、上岡のバッグは犯人グループによって持ち去られたと考えられた。

その後の捜査で犯人グループと自称・斉藤は、一つ先の角を曲がったところに停めてあった黒いワンボックスに乗り込み、現場をあとにしたと判明した。ただしこのとき、覆面の一人は車に乗らなかった。その一人は歩いて現場を離れ、まるで防犯カメラの設置場所を知っているかのように、レンズの死角へ死角へと回り込み、やがて代々木の街から姿を消した——。

ここまではほとんど、SSBCが集めてきた防カメ映像を分析して明らかにしたことであり、特捜の捜査員がしたことといえば、それを一つひとつ管理人に見せて正否の確認をとったくらいだった。さらにSSBCは執念を見せ、徒歩の覆面男とよく似た服装の男が代々木八幡(はちまん)駅から小田急線に乗り、下北沢駅で下車していることを突き止めた。むろんそのときには覆面を脱いでいる。特に下北沢駅改札近くに仕掛けられたカメラは、はっきりとその顔を捉えていた。

勝俣には見覚えのない顔だったが、応援で特捜入りしていた渋谷署員が「これは砂川雅人ではないか」と言い出した。名前を出されてもまだ勝俣にはピンとこなかったが、昨今、都内各所で行われている「反米軍基地デモ」のリーダーだと聞いて、なるほどと納得した。そういう人間と接する機会は所轄署員や、本部でも警備・公安部員の方が圧倒的に多い。刑事部捜査一課に籍を置く自分は知らなくて当然だ——と、そう言い切れたら楽なのだが、さすがにそこまでは、勝俣も自分の中にある「税金泥棒根性」を肯定できなかった。

SSBCが犯行グループの行動を追跡し、その素顔まで迫り、隣接署からきた応援要員がその身元を言い当ててみせた。自分は、いや勝俣だけでなく、黒田も北野も葉山も、捜査一課員は今のところ、この特捜においてなんの成果も挙げていない。

悔しい、という気持ちとは少し違う。恥ずかしい、となるともう完全に違う。あえていうとしたら、腹立たしい、が近いかもしれない。自分以外の誰かが、いい働きをして評価を高める、特捜内での発言力を強める、得意気な顔をしてみせる、そんなことのすべてが腹立たしい。

まあいい。もう少ししたら、こっちも結果を出す。

あのUSBメモリーを使って、大々的に捜査を動かしてやる。

誰にも真似できない、勝俣流の捜査の真骨頂(しんこっちょう)を、見せつけてやる。

4

フリーライター、上岡慎介が殺害され、代々木署に特捜本部が設置された以上、「祖師谷事件」の特捜本部員である玲子には、迂闊な手出しはできなくなってしまった。

その後も地取り班の捜査員から、上岡の目撃談がいくつか報告された。どれも最初に川澄が聞いてきたのと内容は同じで、上岡は事件現場周辺の住人を訪ね、まず「祖師谷事件」について漠然と「何か知らないか」と訊き、途中から「事件が起きた頃、この近所で外国人を見かけることはなかったか」と質問を変えている。しかも、その特徴は「髪はブロンドで、さほど大柄ではない白人」。アジア系ではなく、上岡は欧米系を想定していたようだ。

上岡はどんな情報をもとに、そのような取材をしていたのだろう。根拠がなければそのような訊き方をするはずがない。何か知っていたのだ。上岡は「祖師谷事件」には白人が関わっていると、確信に近い何かを握っていたに違いない。

知りたい。できることなら、上岡の自宅を家宅捜索したいし、パソコンがあれば押収して中身を調べたい。取引のあった出版社を訪ねて、最近はどんな仕事をしていたのか話を聞きたい。「祖師谷事件」の取材をしていなかったか、あるいはそういう依頼をしなかったか、尋ねて回りたい。
だが、それはできない。玲子が思いつくようなことは、代々木の捜査員がすでにやってい
るだろうからだ。仮に玲子が代々木より先回りをして聴取できたとしても、すぐに抗議の電
話が入って、玲子の行動は制限されることになるだろう。おたくの捜査員がうちの人間のい
く先々で話を聞いている、非常にやりづらいので、以後そのようなことはしないように、厳
重に注意をしてください。
係長が今泉だった頃なら、それでもよかった。今泉なら「責任は俺が持つ。お前は好きな
ようにやってみろ。ただし、あまり目立つなよ」くらいはいってくれたのではないか。
でも、今の山内係長は駄目だ。玲子が何もしないうちから、先手必勝とばかりに釘を刺し
にきた。
「姫川主任。こちらとしても、上岡慎介について情報収集をしたい状況ではあるが、それに
ついては厳に慎んでください。係員にも、そのように徹底してください……一々いわなくて
も、分かりますよね。こっちにとって上岡は、マル害でもなければマル被でもない。単なる、
一参考人です。生きているうちに話が聞ければよかったのでしょうが、残念ながら我々はそ
の機会を逸してしまった。その時点で、我々には上岡について調べる権利がなくなったとい
うことです。一方、代々木の特捜にとっては、上岡は殺人事件のマル害です。上岡について
知ることが犯人逮捕の第一歩であり、最大の近道です。それを調べる権利は、当然の当然な

の特捜にある……自分たちの捜査が手詰まりになっているからといって、他所の庭を荒らすような真似はしないでください。組織捜査には、正式な手続きというものが必要とされます。それくらいのことは、わざわざ私がいうまでもないことなのかもしれませんが、あなたについては多少、よからぬ噂も耳にしているので、念のために申し上げておきます……余計な時間をとらせて申し訳なかったですね。もうけっこうです。どうぞ、ご自分の仕事に戻ってください」

やだなぁ、この人。ほんと嫌いだわぁ、と思った。

せっかく、事件について何か知っていそうな男が浮かんできたというのに、それについて調べることができない。結局、玲子たちが何をやっているのかというと、寺内未央奈が提供してくれた写真で、高志が普段どんな服を着ていたかをリストアップし、それが事件後も高志の部屋に残っていたかどうかを照合するという、あの井岡ですら「しょーもな」と呟くほど地味な作業だった。

かといって他の捜査員も、そんなに希望の持てる捜査をしているわけではない。たとえば、成城署刑組課係員で構成された八名の特命班は、「ちーむ☆クレパすパイラル」のライバルグループ関係者を調べ始めている。

まさか、まさかとは思うが、「クレパすパイラル」の活動が軌道に乗りかけている状況を不満に思ったライバルグループの関係者、具体的にいうと所属事務所のスタッフ、ファン、懇意にしていたメディア関係者の誰かが、長谷川藺子を殺害することによって――いやいや、あまりにも考えづらい。百歩譲って、この娘たちのためなら死んでもいい、というようなライバルグループのファンが「クレパスパイラル」の成功を妬み――というほどの成功もしていないのだけれど、それでも「こいつらさえいなければ」と思い込む人間がいないとは言い切れない。言い切れないのだが、まずいないだろうと玲子は思う。おそらく、これに当たっている八名はもっと疑問に思っているに違いない。

それでいて、そんな方面の捜査をしていると判明したら、それこそ警察の捜査の行き過ぎ、人権侵害と騒がれかねない。よって、捜査は極秘裏に、遠くから、絶対に対象者に接触しない形でするよう指示が出されている。

「ああ……疲れた。あたしもう、ちょっと限界」

玲子がノートパソコンから顔を上げ、両腕を上げて背中を伸ばすと、鈴井も自分のそれから目を上げ、講堂の柱に掛かっている時計を見やった。

「コーヒーでも、買ってきましょうか」

「いえ、いいですよ。自分でいきます」

本部と所轄、警部補と巡査部長という格差があるからといって、七つも年上の男性に平気で飲み物を買いにいかせるような女にはなりたくない。

玲子は、後ろの机に置いていたトートバッグから財布を抜き出し、椅子から立ち上がった。

以前、こんなふうに自分のバッグを特捜に置きっ放しにし、あのガンテツ——勝俣健作に、勝手に中身を漁られ、手帳を盗み読みされたことがあった。でも、ここなら大丈夫だろう。鈴井は信用できる人だし、デスクには林だっている。

そうだ、思い出した。勝俣だ。

なんと「上岡事件」の特捜には、あの勝俣が入ったらしいと林から聞いた。ただし殺人班八係全体ではなく、やはり玲子たちと同じように、係の半分くらいの人数でということらしい。

勝俣のことはこの何年かの間、もうずっとずっと、大嫌いというか憎んでいるというか、正直死んでほしいと思ってきたが、昨今はそれとは別の思いも、実をいうと芽生え始めている。

それは、あの葉山則之が、勝俣のいる殺人班八係に配属されたからだ。

どの部署に配属されるかは警務部人事二課が決めることなので、葉山の意思云々は、基本的には関係ない。公務員はただ辞令に従うのみだ。一方、「あいつは見込みがある」とか「奴をうちの係に欲しい」みたいなことは、どこの部署の幹部もいうことだ。玲子も菊田を、葉山を、できることなら湯田康平も自分の係に呼びたいと、管理官の今泉に散々いってきた。ほとんど顔を合せるたびにその話をしていた、といってもいい。それもあって、菊田を今の係に呼ぶことには成功した。

だが、葉山は駄目だった。勝俣に取られてしまった。

勝俣とは、葉山について何度か言い合いをしたことがある。葉山を見込んでいるのは玲子も勝俣も同じ、自分の班に入れたいと思っているのも同じ。この地球上で、最も自分とかけ離れた価値観を持つ生命体であろう勝俣と、同じ刑事を取り合うことになるとは思ってもみなかった。

自分の中にも、勝俣と共通する価値観がある——。

絶対に認めたくない、認めてはならないことだったが、ほんの一ナノグラムくらい、安堵したのもまた事実だった。あの勝俣も、実は自分と同じ人間だった。その程度には奴のことを理解した。

だからこそ、絶対に取られたくなかった。

勝俣のいる係になんて配属されたら、一体どんな仕事をさせられるか分かったものではない。あの真面目だった葉山が、潔癖過ぎるくらいクリーンだったノリが、汚れる、汚される。きっと目つきが悪くなって、口も悪くなって、違法な捜査手法なんかもあれこれ強制的に覚えさせられて、禁煙だって書いてあるのに平気でタバコに火を点けて——。

「……絶対イヤッ」

おっと、うっかり声に出してしまった。幸い近くに人はいなかった。廊下のずっと向こう、トイレに向かった女性職員が「なに?」という顔で一瞬こっちを見たが、この距離なら独り言だとは思うまい。携帯に怒鳴ったとか、そんなふうに見えたのではないだろうか。

そうだ。いっそのこと、葉山に直接会ってみるというのはどうだ。


こっちは事件発生から三ヶ月以上が経っており、特捜としては「塩漬け」状態もいいところだが、向こうはまだ一週間も経っていない。まさに初動捜査の真っ最中。一番勢いがあって、一番忙しい時期だ。

それは分かっている。分かってはいるのだが、会いたい、会ってみようと思いついてしまうと、もうどうにも玲子には我慢がならなくなった。

夜の捜査会議終了後、

「菊田、あたし、今日はもう帰るから」

「そうですか。はい……お疲れさまでした」

山内と林にも声をかけ、

「すみません、お先に失礼します」

「はい、お疲れさま」

「お疲れさん」

講堂を出た。すぐに後ろから井岡が追いかけてきたが、タイミングよくエレベーターのドアが開いたので、ダッシュ。

「れれ、玲子主にぃーんッ」

乗り込んだら「閉」ボタンを連打。

井岡の泣き顔が、閉まり始めたドアの隙間に細くトリミングされていく。

「ばいばーい」

「玲子主に……」

まさか井岡でも、階段を駆け下りて先回りまではするまい。

大丈夫だった。一階のエレベーター乗り場は無人で、玄関までいっても、本署当番の署員が三人、受付に並んで座っているだけだった。

「お先に失礼します」

「お疲れさまでした」

成城署の玄関前で携帯を取り出してみたが、まだ二十時三十分。どう考えても代々木は会議中と思われた。ただ慌てることはない。初動捜査の間、本部捜査員は特捜のある所轄署に泊まり込みになる。会議が終わっても、よほどのことがない限り葉山は代々木署にいるはずだ。

千歳船橋から小田急線に乗って、新宿に着いたのが二十一時二十分。まだ会議は終わってないだろうが、とりあえずメールを入れておく。ここで少し時間を潰して、今日は会えないという返事がきたら、そのまま帰ればいいし、会えるようなら玲子が代々木までいっても、葉山が新宿まで出てきてもいい。

紀伊國屋本店の近くにバーを見つけたので、そこに入った。グラスワインとチーズをオーダーし、高志の衣類の、あの、肩に三角のワッペンが付いたダッフルコートは現場に残ってなかったな、最近まで着てたかどうか、寺内未央奈に確かめてみよう、などと考えているうちに返事がきた。

葉山からだった。

【お疲れさまです。今、会議が終わりました。まだ調べ物が残っているので、遠くには出られないのですが、初台近辺でよろしければ、十一時には行けると思います。葉山】

なんというか、ほとんどこの返信で、玲子の目的は達成されたも同然だった。

葉山は、今も変わっていない。そう感じた。

初台駅近くの焼き鳥屋に入り、カウンター席で葉山を待った。店名をメールしたのが二十二時五分。葉山が店に入ってきたのが二十二時五十分。約束より十分も早い。

「すみません、お待たせしました」

走ってきたのか、少し息が切れている。

「んん、あたしは大丈夫。こっちこそ、急に呼び出しちゃってごめんね」

葉山は玲子の左隣に座った。カウンターを選んだのは、どっちが奥とか、そういうことで葉山に気を遣わせたくなかったのと、捜査の話をあえてしづらくするためだ。そういう目的で呼び出したのではないという、いわば玲子なりの意思表示だ。

「どうする？　ビール？」

「そうですね……いや、レモンサワーをもらいます」

店員を呼び止め、葉山はそれを自分で注文した。あと串盛りを追加で一人前。店員が下がると、それとなく辺りを見回して、ようやく玲子の方を向く。

「テーブル席じゃなくて、よかったんですか」

「うん、いいの。今日はこっちで」

「そう、ですか……自分はてっきり、そういう話になると思ってたんで、それなりに覚悟してきたんですが」

かつての姫川班で、玲子と一番関係が薄かったのが、この葉山だ。

菊田については、まあ正直にいうと、極めて恋愛感情に近いものがあったし、一番年上の石倉（いしくら）は「お父さん」的存在だった。そういった意味でいえば、湯田康平は弟だった。お調子者な性格も、実にそれっぽかった。

そんなメンバーの中にあとから入ってきたのが葉山だった、というのはあったとは思う。当初は「あんまり馴染めてないな、やりづらいのかな」と案じもしたが、でも、もとからクールな性格のようだし、やたらと生真面目だし、次第に「そういう人なんだ」と理解し、玲子自身も受け入れられるようになった。

だが、不思議なものだ。一番打ち解けられなかったメンバーのはずなのに、こうやって顔を合わせると、えらく懐かしい。じんわりと、自分の気持ちが柔らかくなるのを感じる。

すると、少し意地悪な気持ちも芽生えてくる。

「覚悟って……なんの話だと思ってたのよ」

葉山は「ん」と小さく漏らして背筋を伸ばした。表情も、ちょっと困ったふうにしている。葉山則之とは、こんなにひょうきんな男だったろうか。そうだったようにも、そうではなかったようにも思う。

「なんの、話……まあ、一つは自分が、勝俣班にいるということですかね」

一つは、か。

「それは人事なんだから、ある意味不可抗力なんじゃないの」

「まあ、そうなんですけど……じゃあ、なんの話なんですか」

ただ顔が見たかった、などといったら誤解されてしまうだろうか。

「んん……本当は、いろいろあったんだけど、なんかもう、どうでもよくなっちゃった」

「なんですかそれ」

「うん、なんだろうね……ガンテツのところで、なんか変な知恵つけられてるんじゃないかなって、確かに心配はしてたけど……うん。なんかもう、大丈夫だって分かったし。あたしの気は済んじゃった」

　葉山のレモンサワーがきた。串盛りはまだだ。

「気は済んだって……相変わらず自由ですね、主任は。乾杯」

「乾杯……あら、気ぃ遣わなくていいのよ。思った通り、自分勝手な女だって、いっていいのよ」

「そんなこと、思ってません」

「いーや、思ってる。絶対思ってる。ノリは……これ先に食べなよ」

「すみません。いただきます」

　ひと口サワーを飲み、葉山は、自身を納得させるように、一つ頷いた。

「……自分は、姫川班でも、勝俣班でも、同じようにやってます。主任が勝俣さんだというだけで、変わったことは、何もないと思っています」

　そのまま、いい方に受け取ることもできるが、あえて玲子は正反対の解釈をしてみた。

「何よそれ。姫川班も勝俣班も変わらないってこと？　主任なんてあたしでもガンテツでも一緒って意味？　それって、ちょっとひどくない？」

　葉山は玲子の目を見ず、だが口元に薄く笑みを浮かべ、かぶりを振った。いい男になったなと、素直に思う。でもそれも、悔しいといえば、なんとなく悔しい。

「……違いますよ。自分は、本部での仕事というものを、姫川班で学びました。それを、今も続けているということです。北沢にいっても、勝俣班にいっても、どこにいても、それは同じです……そういう意味です」

ちょこんと、肘でつついてみる。

「分かってるわよ。ノリがいいことというから、もうちょっと掘り下げてみたくなっただけ」

葉山が、笑みのまま無理やり眉をひそめる。

「……いわせましたね」

「いいでしょ。それくらい元上司を喜ばせたって、罰は当たらないわ」

上手く落ちがついたところで、もう一つ訊いておこう。

「そりゃそうとノリ、さっき、『一つは』っていったよね」

「……いいましたっけ」

葉山は眉を戻し、分かりやすい「惚(とぼ)け顔」をしてみせた。最近は、そんな顔もするようになったのか。

「いったよ。人はね、一つのことしか考えてないのに、そんな前置きはしないの。少なくとも、もう一つは話があると、ノリは覚悟していたわけだよね。そっちの方も、一応聞いておこうか」

「……てっきり、聞き流されたかと思ってました」

「はい。きっちり喰いついたんだから、きっちり喋りなさい」

うん、と小さく頷き、葉山は少し、玲子の方に体を寄せてきた。

「うちの、上岡の件ですが……あれ、そっちでは参考人だったんですって？」

声も、他には聞こえないように小さくしている。

「それ、どこ筋から出た話？」

「管理官が、そんなことを勝俣主任に」

ということは、第五強行犯捜査管理官の今泉から、第四強行犯捜査管理官の梅本に話が回って、という流れか。

「あっそう……上がその辺の情報交換を調整してくれる、って話かな」

「いや、現状は逆だと思います。梅本管理官、意外と勝俣主任とツーカーなんで。たぶん……『祖師谷』の人間が歩いてるかもしれない、気をつけろ、みたいなニュアンスだったと思います」

葉山がそこまで喋ってくれたことを嬉しく思う半面、玲子は段々、その真面目な顔つきが面白くもなってきていた。

「なんですか」

「いや、なんか……勝俣班のノリが、そこまで喋っちゃっていいのかな、と思って」

すると急に背筋を伸ばし、玲子から距離をとる。

「別に、この程度は……情報漏洩（ろうえい）とか、そんな話じゃないですし」

「分かってるよ。全然問題ない」

「そうですよ……別に、問題ないです」

ようやく串盛りがきた。


小一時間喋り、一緒に店を出た。勘定は割り勘にした。

「話せてよかった。そっちが一段落したら、また飲みにいこう。今あたし、菊田と同じ係だし」

葉山が小さく頷く。

「それ、菊田さんから聞きました。なんか、凄く嬉しそうでしたよ」

ツキンと、胸に刺さるものがあった。

本当はね、ノリ。あなたにも、菊田と一緒に、ウチにきてほしかったんだよ――そう思いはしたけれど、それはもう、決して口にしてはならない言葉だ。

「じゃあ、ここで……忙しいのに、時間とらせちゃってゴメンね」

「いえ、大丈夫です。主任も、お気をつけて。失礼します」

二人で同時に、反対方向に歩き出した。

振り返って、葉山の後ろ姿を見送りたかったけれど、我慢した。じっと見ていたら、葉山も振り返ってくれるんじゃないか。そんな期待をすること自体が、玲子は嫌だった。

もう、振り返らない。振り返らなくていい。

5

林自身、今の特捜の足踏み状態は苦々しく思っていた。

姫川が現場付近で目撃した不審人物。それを、地道な捜査の結果、ようやく「上岡慎介」と特定した。しかしその途端、上岡自身が殺されてしまった。正確にいうと、「上岡慎介」という名前が初めて出てきた七日朝の会議の時点で、すでに上岡は殺されていたので、どっちにしろ自分たちは事情聴取などできなかったことになる。

たらればの話だが、その報告を上げてきた川澄は、六日夜にはその情報に行き着いていた。ただ会議に間に合わず、報告が翌七日の朝になってしまった。もし六日夜の会議でその報告がされていたなら状況は変わっていたかも、というのはある。

だがそれをいったら、川澄があまりにも可哀相だ。実際、川澄は「すみません、自分が会議にちゃんと戻っていれば」と肩を落としていた。では六日夜に「上岡慎介」の名前を特捜で把握し、翌朝の五時頃まで、上岡が生きているうちにコンタクトがとれたかというと、その可能性は極めてゼロに近い。そもそも七日未明に殺されるなんて誰も思っていないのだから、早くても「明日接触してみよう」が最速の判断だったろう、と林は思う。

新聞やテレビのニュースでは、上岡を殺害した犯人グループは三人、しかも覆面をしていたといわれている。それ以外にも、現場にはもう一人男がいた可能性があり、代々木の特捜は目下、その男の行方（ゆくえ）を追っている、ということだ。

山内係長には「他所の庭を荒らさないように」と釘を刺されていたが、それでも林は、自分なりに上岡について少し調べてみようと思った。姫川たちのように外に出て、足で稼ぐのが苦手な自分でも、何か役に立てることはあるかもしれない。幸いなことに今現在、この講堂にいるのは林だけだ。

連絡をとったのは、だいぶ前に扱った事件で知り合った出版社の社員だ。ひょっとすると、もう週刊誌などは手掛けていないかな、とも思ったのだが、近況を聞くと、あれから三回ほど部署を異動して、今また週刊誌の編集部に戻っているというから、こっちとしては好都合だった。

『ああ、あの事件ね……ええ、上岡さんなら私も知ってましたよ』

知っていてくれたのは幸運だが、こっちとしては一つ心配な点がある。

「もう、他の刑事とか、聞き込みにいきましたか」

『いや、ウチにはまだきてないんじゃないかな。少なくとも、私のところにはきてないです』

「じゃあ、もしあとからきてもですね、私からこういう電話があったことは、内密にお願いできますか」

『ええ、それはかまいませんよ……あれでしょ、部署が違うとか、捜査本部が違うとか、そういうことでしょ。分かりますよ』

「まあ、そういうことです……かたじけない」

向こうも出版社という組織の人間。週刊誌、書籍出版、宣伝や営業、広告、総務など、日頃から部署間の壁で苦労することが多いのだろう。

彼の言葉に甘えて、ざっくり、上岡というのはどういうライターだったのか、聞かせてもらった。

『上岡さんは、ウチよりもむしろ、「週刊キンダイ」さんとか、そういうところに多く書いてたんじゃないかな。歌舞伎町の裏事情に詳しいってのもあって、そっからの枝葉っていうか、繋がってるっていうか、事件モノは全般に強かった印象がありますね。組関係の情報にも通じてたし。何々組の誰々、出所が近いらしいよ、とか。何々の事件で逃げてた誰々、九州にいるらしいよ、とか。あんまり、ガセで小銭を稼ぐタイプではなかったですね。トバシもやんなかったし』

彼らのいう「トバシ」とは、裏取りができていない、根拠の怪しい報道という意味だ。

「誰かに恨まれてるとか、そういうのは？」

『そりゃ、可能性を言い始めたら無限にありますよ。だって、そういう世界に生きてるんだもん。知られたくない、知られちゃいけない情報だからこそ、書く価値がある。こっちにとっては、載せる価値ってことになりますけど。もちろん、何かあったら直接の抗議は版元が受けるわけですけど、ただ、フリーの人はね……顔を晒して情報とることも多いわけだから、まあ……その辺は覚悟の上だったと思うんですよね』

「具体的に、どういう筋、という心当たりは、ない？」

『ああ、そこまではないですね。なんだったら、他に知ってそうな奴にも……』

林は慌てて「いやいや」と遮った。

「話が広まっちゃうのも、あまり都合よくないんで。そこまでは、いいです。ありがとうございます」

また何かあったら、と言い添えて、その電話は切った。

受話器を置くと、けっこう鼓動が速くなっていることに気づいた。

こういう綱渡りを日常的にしながら、姫川たちはいくつもの事件を解決してきたのだなと、改めて思う。特に姫川は、他部署の人間に睨まれようと、上司に止められようと、行くべきときは行くという強固な信念の持ち主だ。だからこそ懲罰人事で本部から出されたり、自らも命の危険に晒されたりと、いろいろあったわけだが、そんな姫川に、林は憧れている部分がある。あんなふうにガンガン、ガツガツ、仕事に邁進できたら気持ちいいだろうと思う。

「裏方は、裏方に徹すべし、と……」

そんなことを呟いていたら、講堂に人が入ってきた。その顔触れを見て、林は心底、電話を早めに切り上げてよかったと思った。

管理官の今泉と、係長の山内だ。

林が椅子から立つと、二人もすぐこっちに顔を向けた。そのまま、デスクに向かって歩いてくる。

「どうも、お疲れさまです」

声をかけると、後ろにいる今泉は親し気に手を挙げてみせた。

山内は無言のままデスクまできて、左右一往復、机上の様子を窺った。

「……林さん。今ちょっと、いいですか」

特捜がこんな状態なのだから、急ぎの仕事などあるはずもない。

「はい、私は、大丈夫ですが」

「他の連中は、いつ頃戻ってきますか」

「昼飯に出たばかりなので、小一時間は戻らないと思います」

「じゃあ、ここで話しましょう」

山内が促し、今泉と二人でデスクの島を迂回してくる。何か、他の捜査員には聞かれたくない話があるようだ。

今泉が、抱えていたコートとカバンを近くの机に置く。山内が二つ椅子を引き、それぞれが腰を下ろす。

「林さん……率直にお訊きします。私はこの特捜から、姫川主任を、代々木の特捜に転出させたいと思っているのですが、林さんはどう思いますか」

代々木の特捜？　つまり「上岡殺し」の捜査本部に？

「ええと、それは……」

山内が無表情のまま続ける。

「姫川主任にもいいましたが、組織捜査には正式な手続きというものが必要です。このままだと、彼女はなんらかの手段を講じて、上岡の持っていた情報にアクセスしようとするでしょう。ひょっとすると、もう始めているのかもしれない。昨夜、彼女にしては珍しく、誰よりも早く帰っていきましたね。しかも一人で。むろん、捜査とは関係ない用向きで帰ったのかもしれません。ここも泊まり込むような時期ではないですから、帰宅すること自体はなんら問題ではない。しかしその後、誰かと会ったりしたとなると……これは私の、まったくの想像ですが、代々木の特捜には、かつての彼女の部下がいますね。葉山という巡査部長だそうですが。そんな人物にコンタクトして、情報を引き出そうとなどされると、あとで面倒なことになる」

これは、どこまで進んでいて、どこまで確定している話なのだろう。姫川と葉山が接触したというのは、本当に山内の想像なのだろうか。何かそういう情報が、山内の耳に入ったのではないのか。

「確かに、それは……褒められたことでは、ありませんね」

「幸いに、などというべきではないのでしょうが、代々木もあまり人数が足りているわけではないようです。現在、本部から入っている捜査員は担当主任以下四名。係長も統括も、まだ小岩の特捜から動けない状態らしい。二係としては、二人でも三人でもいいから、本部捜査員を代々木に補充投入したい……そういうことと、私は解釈しましたが。今泉管理官」

ようやく、今泉が「うん」と話に入ってくる。

「……二係には日々、捜査の進捗状況を報告しているわけだが、そろそろな……ここもマズいんだ、このままじゃ。いったん規模を縮小して、まだ捜査を開始したばかりのところに人員を振り分けて、二つでも三つでもケリをつけさせて、特捜の数が絞れてきたら、またここに戻すからと、そんなことをいわれている。通常なら、姫川たちを残して、ありゃどこだ、井岡がいるのは……七係か。あの辺を転出させるところだが、山内さんは逆だという」

間髪を容れず山内が言い返す。

「逆だなどとは申し上げておりません。どうせなら、と申し上げたまでです」

「そう、どうせなら……放っといても奴はやるんだから、葉山に連絡をとったのかどうか俺は知らんが、まあ、姫川ならいずれやるだろうし、井岡たちを転出させても、それもまた同じ話で、むしろ井岡の方が、ほいほい喜んで姫川に情報を流すかもしれない。だったらいっそ、姫川本人を代々木に転出させちまおうと、そういう案が出てきたわけだ」

大胆といえば、あまりに大胆な采配だ。

「お話は、分かりました。まず確認させていただきたいのが、ここから代々木に転出するのは、姫川主任だけですか」

今泉が、唸りながら首を捻る。

「二係からは、最初は五人といわれた。でも、五人はさすがに難しいといったら、じゃあ三人という話になった。姫川の他に、あと二人は欲しい」

山内が、林の方を向く。

「私は、菊田をつければいいと思っています」

思わず林は、「えっ」と漏らしてしまった。

「菊田も、ですか」

「何か不都合でも」

確かに、姫川と菊田というコンビは収まりがいい。だが、残される側としては、担当主任二人に抜けられるというのは、正直キツい。

「あの……せめて主任の転出は、一人にしては」

「あなたがいるじゃないですか」

「いや、私とあの二人とじゃ、いる意味がまるで違います」

「では林さんと姫川、あともう一人です。中松か、日野、小幡。どうしますか」

そうか。姫川が転出した場合、向こうで誰が彼女のサポートをするのかという問題もあるわけだ。そうなると、自分がいくよりは菊田がいった方が、いい働きが望める。それは間違いない。

「分かりました。私よりは菊田がいった方が、向こうの戦力になると思いますので……はい。菊田で」

「もう一人はどうしますか」

それもまた、難しい問題だ。

「特に、管理官と係長から、誰というのがないのであれば、そこは主任たちに選ばせてはどうでしょうか。彼らにも、彼らなりの考えがあるやもしれませんし」

林が言い終わるや否や、山内は椅子から腰を上げた。

「ではそういうことで。姫川主任は、今日は外に出てないんでしたよね」

「はい、ですから今、昼飯を……」

「では戻り次第、そのように伝えてください。他の係との調整もありますんで、今すぐ代々木にいけという話ではありません。管理官、具体的にはいつからになりますか」

今泉も、よっこらしょと立ち上がる。

「早くて、明後日(あさって)……土曜からになるかな」

「それも合わせて、林さんから伝えてください。私はこれから、光が丘署に回ります。夜の会議も出られませんので、林さん、よろしくお願いします」

「はい、承知しました」

山内は今泉に一礼し、講堂を出ていった。

今泉は、ぽかんとした顔でそれを見送っていた。

「……不思議な男だよなぁ」

林と今泉は二十数年前、当時の捜査第一課強行犯捜査第七係、通称「和田班」で一緒に仕事をして以来の、長い付き合いだ。ただ、今泉は林と違い、その後もずっと捜査の第一線で戦ってきた男だ。歳は一つ下になるが、林にとって今泉は、刑事としても男としても、最も尊敬できる人物の一人だ。

逆に、どんなに捜査の第一線で活躍しようと、素直には尊敬できない男もいる。

「管理官……そりゃそうと、代々木にはガンテツがいるんでしょう。そんなところに、姫川を送って大丈夫ですか」

今泉は下唇を嚙み、林に顔を向けた。だが、目は合わせない。

「そういう贅沢を、いっていられる状況でもないし、姫川を代々木に、って話は、山内さんからしてきたんでね。あそこには勝俣がいるから、なんてのは、あの人には通用しないから。それが何か？　っていわれたら、それでお終いでしょう」

それはまあ、そうなのだが。

「そんなに、代々木は足りてないんですか」

今泉が、うん、と深く頷く。

「ここも、マル害の一人が芸能人ってことで、捜査範囲を広くせざるを得ませんでしたが、向こうもね……フリーライターってのが、かなり厄介らしくて。梅本も、あんまり詳しくはいわないんですが」

梅本警視は第四強行犯捜査の管理官。勝俣のいる殺人班八係は、その第四強行犯捜査に属している。

「何しろ、マル害の交友関係……というか、ほとんどが取材対象なんでしょうが、これが広過ぎて把握しきれないんだそうです。歳が五十でしょう。下手にキャリアもあるもんだから、押収したパソコンの中には、もう膨大な量の原稿が保存してあるみたいで。でもそっちは、ほとんど手付かずの状態で、デスクの下働きしてる奴に、とりあえずチェックしろって、丸投げしてるんだそうです」

そこまでいって、今泉は急に自分の腕時計を覗き込んだ。

「あ、いかん。私もあまり時間がないんだった……林さん、今日の夜は、私が会議に出ますんで。途中からになるかもしれませんけど。姫川とは、そのとき改めて話してもいいですし。そこんとこ、よろしくお願いします」

「はい、承知いたしました」

「じゃ、すみません」

コートとカバンを引ったくって、今泉も講堂を出ていった。


姫川が戻ってきたのは意外と早かった。今泉が出ていった、十分後くらいだったろうか。

「姫川主任、ちょっとォ、こっちにいいですかァ」

「あ、はーい」

荷物を自分の席に置いて、姫川が大股でデスクの方に歩いてくる。鈴井と、デスクの若い
の二人をランチに連れ出し、多少は気分転換ができたのだろう。表情は比較的明るい。

手招きをして、窓際まで姫川を誘導する。

「……はい、なんでしょ」

さて、どういったものか。いや、こんな話に、そう幾通りも言い方などありはしない。

「実はね、今さっき、今泉管理官がきてね。山内さんと」

「あらそうですか。でもあたし、別に怒られるようなことしてないですよ」

葉山の件を確認してみたくなったが、それは今でなくてもいい。

「別に、小言をいいにきたわけじゃなくてさ、一つ相談なんだけどね……相談っていうか、
提案というか……命令というか」

姫川が、綺麗に口紅を引いた唇を尖らせる。昼飯に出たついでに、化粧も直してきたのか。

「なんなんですか。はっきりいってください」

「うん……実は、君をね、代々木の特捜に、転出させようかって、話が……」

キュッ、と姫川が眉間（みけん）をすぼめる。視線も、見られるだけで穴が開きそうなほど鋭い。

「代々木に、あたしを？」

「うん、菊田と一緒に。なんなら、もう一人くらい連れて」

「代々木って、だって、ガンテツがいるんじゃ」

「そう、いるよね……そこ、やっぱり気になるよね」

姫川の眉間が、徐々にほどけていく。

「代々木の、特捜……上岡殺しの、特捜に……転出……」

ときどき姫川は、こういう顔をする。本人はただ考え事をしているだけなのだろうが、見ている側は、なんというか、非常に不安な気持ちにさせられる。誤解を恐れずにいうならば、たとえば、心が消えてなくなるんじゃないか、姫川の頭から、それこそ人魂（ひとだま）みたいに、ふわりと魂が抜け出てしまうのではないか、そんな心配をさせる顔だ。いや、人によって見方は違うのかもしれない。それこそ勝俣が同じ顔を見ても、ただ「なに阿呆面（あほづら）を晒してやがる」としか思わないかもしれない。菊田辺りは、その無防備な横顔にじっと見惚（みと）れるだけかもしれない。でも、林は——。

「……分かりました、いきます」

それでいて、戻るときは、ほんの一瞬で戻る。

「あ、ああ、そう。いく。いってくれる」

「だって、命令じゃしょうがないでしょう。ガンテツがいようが日下がいようが、いけっていわれればいきますよ」

そうだった。姫川はかつて十係で一緒だった日下警部補とも仲が悪かった。いま彼は一つ昇任し、統括警部補になっている。

「……で、あたしと菊田と、あと誰ですって?」

「いや、それはまだ決まってない。中松、日野、小幡……むろん、七係の誰かでもいいけど」

「それは要らないです。七係は連れていきません……じゃあ、小幡を連れていきます」

意外なまでの即答、そして意外な選択だ。林としては、中松が適任ではないかと思っていたが。

「ほう、小幡……そりゃまた、なんで」

「中松さんと日野さんの方が、頼りになるからです。あたしは菊田をもらっていくんですから、それ以上贅沢はいえませんよ。林さんだって、ある程度の戦力は残してほしいでしょう……あ、でもこんなこと、冗談でも小幡にはいわないでくださいよ」

そんなこと、いうわけがない。
勝俣じゃあるまいし。

第三章

1

俺は家族から逃げていた。ベトナムで重ねた殺戮の記憶から逃げていた。ベトナム人に追い回され、小便も大便も漏らした過去から逃げていた。

否定したかった。

俺は家族を愛している。俺はアメリカ国民であることを誇りに思っている。だから戦った。あの戦いは正義だった。そして勝った。俺たちは強かった。あんなチビの東洋人なんざ怖くもなんともない。

だがそう思い込もうとすればするほど、俺は逃げ場を失っていく。血塗れのベトコンに取り囲まれ、心臓を撃っても頭を吹き飛ばしても、両手両脚をもぎ取っても、奴らは俺の周りを這い回って口々にいう。口もないのに喋りかけてくる。

やあ、グレート・アメリカン。お前の女房子供は元気にしてるかい。次の休日に、家族を思い出の地に連れてこいよ。お前たちが薬で枯らしたジャングルで、ハンティング・ゲームをしようぜ。次は負けないからな。お前も、お前の女房も、お前の息子も、俺たちと同じ目に遭わせてやる――はは、冗談だよ。ただの遊びじゃないか。首をナイフで掻き切って、自動小銃でハチの巣にする遊びだよ。そんな怖い顔をするな。

なんなら、ジャングルじゃなくたっていいんだぜ。たとえば小さな家だっていい。外は雨が降ってるから、もう真夜中だから、家の中で遊ぼうじゃないか。お前の女房をレイプして、息子を吊り上げて頭から床に叩きつけて、腐って潰れたフルーツみたいになるまで顔面を殴りつけて、最後には、肛門に銃弾を撃ち込んで――だから、そういう遊びだっていってるだろ。ムキになるなって。くくく――。

悲鳴を上げて目覚める朝が、何しろ多かった。特に休暇で家に帰ると、ほとんど毎朝、起こしにきた妻に心配そうな顔をされた。

あなた、またうなされていたわ。ひどい汗ね。大丈夫よ、アンソニー。ここはあなたの家、あなたの国なんだから。何も怖いことなんてないのよ。

そんな俺にとって、息子の成長を見るのは何よりの喜びだった。

よちよち歩きだった赤ん坊が、次に帰ったときにはサッカーボールを蹴るようになっていた。その次に帰ってみると、サッカーはもう好きではなくなっており、将来はＮＢＡの選手になるんだと、庭にある子供用のバスケットゴールでダンクシュートの練習をしていた。ジュニアハイスクールの卒業式には出られなかったが、ハイスクールの卒業式には出られた。その頃にはNBAもすでに諦め、将来は建築家になるのだといっていた。

俺はその「将来」を、もう何年か先のことだと思っていたが、息子は——ケンは「今すぐだ」といった。なぜそんなに急ぐのだと訊くと、理由はいま交際している女性にあるという。

「父さん。いま僕には、とても素敵なガールフレンドがいるんだ。サユリ、というんだけど……父さんなら分かるよね。そう、日本人女性だ。同じ歳で、僕の高校に転入してきて出会ったんだけど、みんなの人気者でね。僕もひと目で恋に落ちたよ。彼女も、僕を愛してくれている。僕は彼女と日本にいって、建築の勉強をしたいんだ。そして、結婚するつもりだ……今度の週末に、父さんにもサユリを紹介したい。彼女を、家に呼んでもいいよね？」

嘘だろう、と思った。

確かに俺は、家では「日本は素晴らしい国だ」と話していた。街は清潔だし、自然も多い。人々は親切で平和的で、何より勤勉だ。日本での勤務は、ほとんど休暇も同然だったと。

だがそれと、息子の交際相手が日本人だというのはまた別の話だ。

俺は意識的に、日本人の怖さについては話さなかった。怖いと思っている、ということを家族に知られたくなかった。なぜ怖いと思うのかも話したくなかった。それはすべて、ベトナムの記憶に繋がっているからだ。東洋人は気味が悪い。何を考えているか分からない。一見、ニコニコしているように見えるが、心では笑っていない。たとえば雨の夜、道に迷って駅がどっちかを尋ねても、断りも、挨拶すらもせずに逃げていくんだぞ。こっちは異国の、雨降りの暗闇で心細い思いをしているのにだ、置き去りにしようとしたんだぞ。赦せるか、そんな女が。ア？　殺されて当然だろう――。

いや、俺は何をいってるんだ。そんな、いつ見たかも分からない悪夢の話をしても仕方がない。違う、そうじゃない。日本は素晴らしい。ああ、いいじゃないか。日本人のガールフレンドか。連れておいで。楽しみにしているよ。

妻にも話を聞いた。いつからケンは日本人女性なんかと交際を始めたのかと。なぜ今まで、俺に黙っていたのかと。

だって、あなたは海外にいってしまったら電話にも出ないし、手紙といったって、私たちはどこに送ったらいいのかも分からないのよ。それに「日本人女性なんか」なんて言い方は、よくないわ。ケンが聞いたら悲しむわよ。サユリはとてもいいお嬢さんよ。私も気に入ったわ。あなただって、日本は素晴らしい国だし、日本人は素晴らしい国民だって、いつもいっていたじゃないの。ケンはね、あなたのその言葉が、とても印象深かったみたいよ。サユリにも、そう話したみたい。僕は父さんから、日本はとても素敵な国で、日本人はみんな親切で真面目だって聞いている。僕らの家族は、みんな日本のファンなんだって。

違う違う、そうじゃないんだ。それは表向きの話で、アメリカと日本の関係というのは、もっともっと難しくて複雑なものなんだ。経済においても、政治においても、過去の戦争についても、拭い去れない様々な問題を孕(はら)んだまま、今日に至っているんだ。いいか、たとえばだ、アメリカ人は過去に、大量の日本人を殺している。空襲でだって、原爆でだって、硫黄島でだって沖縄でだって、雨の降る真夜中の小さな家でだって、ボロボロになるまで殴り倒して肛門に銃弾を撃ち込んで――いや、これは違う、違う話だ。いや、違うんだ。

いいか、落ち着け。そういうことじゃないだろう。

分かってる、分かってるさ、あんなのはただの悪夢だ。実際には、あんなことはなかった。日本人だって、あんな事件のことはもう覚えちゃいないさ。いや、だから、実際になかった事件のことを覚えてないとか、それ自体が違うだろうといっているんだ。

なんとケンはその週末、本当にサユリを家に連れてきた。

十月のフロリダはまだ蒸し暑く、サユリは薄手の白いワンピースを着て現われた。

「初めまして、アンソニー。サユリです。サユリ・トヨダ」

「こちらこそ、初めまして、サユリ……そうか、トヨタか。トヨタなら、私もよく知っているよ。ナゴヤの工場見学にもいった。日本に勤務しているときには、クラウンに乗っていたよ。中古だったけどね」

「あ、その……文字は、漢字はあの自動車メーカーのトヨタと同じなんだけど、読み方が違うんです。私のファミリーネームは、トヨダ。最後が『ＴＡ』ではなくて『ＤＡ』。そういうのは、日本人でも迷うところなんです」

「ああ、トヨダか。よく分かった。でも、私はサユリと呼んでいいね？」

「もちろんです、アンソニー」

妻がいっていたのは本当だった。ケンがサユリを好きになるのも無理はないと理解できた。サユリは、日本人女性としては大柄な方だった。センチでいったら、百七十くらいあるのではないか。長い黒髪が美しく、切れ長の、知的な目をした少女だった。

そう、ケンはこの娘を愛し始めている、妻もこの娘を気に入っている。自分も、それを受け入れなければならない。サユリを、ケンの恋人として、認めなければならない――。

サユリを迎え、四人でランチを食べた。

「サユリは、いつフロリダにきたんだい」

「二年前です。父の仕事の関係で、母と弟と私と、四人できたんですが、父は三ヶ月前からアトランタ勤務になってしまって、今は単身赴任です。なので私は、母と弟と三人で暮らしています。父はとても心配性なので、彼がいなくても大丈夫なように、わざわざセキュリティのしっかりしたアパートメントに引越して……それなのに、父はアトランタのワンルームに住んでいるんですよ。可笑しいですよね」

とても、家族思いの父親のようだ。自分とは大違いだ。

妻が料理を運んできた。

「二年もフロリダに住んでいるんじゃ、もうこんなものは食べ飽きたかしら」

フロリダロブスター。我が家では、あらかじめ殻を剝いて皿に盛るようにしている。なぜって、ケンが面倒臭がるからだ。

「わあ、美味しそう。大好物です。母はいまだに日本を恋しがって、家では日本食が多いので、もう二年もいるのに、ロブスターはそんなに食べていないんですよ」

真っ先に、ロブスターに手を伸ばしたのはケンだった。

「サユリのお母さんの料理は、とても美味しいんだ。なんていったっけ、あれ、あの、丸い、小さなパンケーキみたいなんだけど、甘くなくて……」

「ああ、タコヤキね」

ガールフレンドの家でタコヤキをご馳走になったなんて、ケンは今まで家で話したことはなかった。それとも、妻には話していたのだろうか。

サユリがこっちを向いた。

「アンソニーは、日本でも働いていたんですよね。タコヤキは知っていますか?」

「ああ、うん……ただ、タコヤキと、オコノミヤキの区別がつかなかったんだが、丸くて小さい方が、タコヤキなんだね」

「そうです。オコノミヤキは平たくて、そっちの方がパンケーキに似ていますね」

「私は、日本ではラーメンが好きだった。味に様々なバリエーションがあるし、どこのお店に入っても美味しかったが、私はベーシックなショウユが一番だと思う」

　すると、ケンはちょっと嫌そうな顔をした。

「僕はまだ、あのスタイルには馴染めないな。あの、音をたてて吸い上げるのは、見ていて気持ちのいいものじゃない」

　あれこそ日本のスタイルなのだから、と弁護しようかと思ったのだが、サユリに先にいわれてしまった。

「うん、アメリカやヨーロッパの人には、馴染めないスタイルかもね。でもあれはね、温かいスープの湯気に乗ってくる、香りも一緒に楽しむための食べ方なのよ。それに、あの食べ方なら、熱いうちに口に入れることができるの。ケンもトライしてみるといいわ。そうしないと、ソバやウドン、ラーメンの、本当の美味しさは分からないと思う」

　妻も興味深げに話を聞いていた。

「私はまだ、その……ラーメン？　食べたことがないわ。どんなものなのかしら」

　可哀相に、サユリは話すばかりで、なかなかロブスターを口に運べないでいた。

「熱いスープに入ったヌードルですけど、でもラーメンは、正確にいうと、日本食ではないんです。もともとは中国の食べ物で、私たちは中華料理の一種だと思っています。でも日本人は、なんでもすぐにアレンジしてしまうから。中国人の友達は、日本のラーメンは中国のと全然別の食べ物だといっていました。だから、最初は分かり合えなくて。ラーメンは中華でしょ？　こんなの中華料理じゃない、いえ中華料理よ、違う中華料理じゃないって、言い合いになってしまって」

サユリは、英語もとても上手だった。仕草や表情も、とても上品に見えた。東洋人——そう、東洋人には違いないのだが、不思議と彼女には違和感を覚えなかった。むろん、怖いとも思わなかった。フロリダにもたくさんいる、東洋系アメリカ人と変わらないように感じた。

そう思って、逆にぞっとした。

国と国とを隔てているものとは、西洋と東洋とを断絶させているものとは、ひょっとして、言葉なのか。あのベトコンたちが流暢（りゅうちょう）な英語を喋っていたら、あの真夜中、雨の中で出会った女が英語を理解してくれていたら、何かが違ったのか。アメリカはソ連や中国とベトナムを奪い合うこともなく、我々がベトコンを虫けらのように撃ち殺すことも、焼き殺すこともなく、薬をばら撒くこともせず、自分が雨の夜に一家を惨殺（ざんさつ）することも、なかったというのか——。

「……と思うんだ」

ケンが何かいったが、聞き逃してしまった。

「すまん、なんといった。聞こえなかった」

「やだな、父さん。サユリがきて、緊張しているんじゃないの？」

「ああ、そうかもしれないな……ケン、一つ忠告しておくぞ。お前はあまり多くの日本人女性を知らないだろうが、サユリはとても美人なんだぞ。日本にいったら、サユリみたいな女性がいっぱいいるだろうなんて、そんな期待はしない方がいい」

するとサユリは「違います」と大袈裟に手を振った。

「私は、美人なんかじゃありません。特に日本では……もっと、目がパッチリと大きくて、鼻もスッと高くないと、美人とはいわれません」

だがそれには、妻が反論した。

「いいえ、サユリはとても美人よ。あなたの目はとてもチャーミングだし、鼻が高いのは西洋人の特徴であって、それが決して美しいわけではないわ。大き過ぎる鼻は、かえって醜いものよ」

そう妻が話している間、なぜかケンはこっちの方をじっと見ていた。サユリが褒められているというのに、それはあまり聞いていないようだった。

「どうした、ケン」

「……父さん、今、僕が日本にいったら、っていったよね」

「ん?」

「日本にいっても、サユリみたいな美人がたくさんいるなんて思うなって、いったよね」

「あ、ああ……そう、いったよ」

「つまり、僕がサユリと日本にいくことに、賛成してくれるってことだよね。サユリのお父さんは、来月から日本勤務になる。サユリも帰国することになってる。サユリのお父さんは日本の建設会社の社員でね、まあ、それは直接関係ないんだけど、僕は日本式の建築を学んで、それをアメリカに輸入したらと考えているんだ。日本の建築には、独特の美しさがあるだろう。あれを輸入したら、凄いビジネスになると感じてるんだ」

まさか、無意識のうちに叩いた軽口が、息子の日本行きを賛成したように解釈されるとは、思ってもみなかった。

ケンがサユリと日本に旅立ったこともあり、私はしばらく、妻とアメリカ本国で暮らすことにした。

穏やかな日々だった。まもなく私は空軍を退役し、民間の会社で働くようになった。そうするように、いや、そうしなければならないと、何かが私を導いたようにも感じた。

妻の病気が分かったのは、そんな頃だった。肺癌（はいがん）だった。皮肉なことに、サユリがケンの子供を身籠（みごも）ったと知ったのは、その一週間後だった。二人はまだ学生だったが、サユリは産む決断をし、あちらの両親もそれで納得してくれているという。もちろん、ケンはすぐにでも結婚するつもりだといった。

しかし、初孫が生まれても、私たちはその顔を見にいくことすらできなかった。妻の病状が思わしくなかったからだ。

そして妻は、孫が――「ジョージ」と名付けられた私たちの初孫が、一歳の誕生日を迎えた十日後に亡くなった。

葬儀にはケンも駆けつけてきた。サユリも、ジョージを抱いてきてくれた。

ようやく、自分で何歩か歩けるというくらいの、まだまだ小さな赤ん坊だ。笑うと、大袈裟でなく天使のように可愛かった。ケンが小さかった頃を思い出した。でも、なぜだろう。私の記憶の中のケンは歩かず、立ったまま動かない――そう、私の知っているケンは、ほとんどが写真なのだ。それもひどく色褪せた、角がこすれて丸くなった、古びたスナップ写真だ。

「……ジョージ。おお、ジョージ……」

私は最愛の妻を失い、だが新たな命と出会った。この幸運だけは、神に感謝せずにいられなかった。そしてこの子を愛おしいと、心から思えることが嬉しかった。

今なら、自分は変われるんじゃないか。本気でそう思った。

妻を亡くして悲しむ自分。初孫を心から愛おしいと思える自分。その両方ともが私だ。それこそが私なのだ。私は悪魔ではない。殺人鬼でもない。戦争は終わった。もはや私は軍人ですらなくなった。戦争は人の心を狂わせる。あのベトナムの地で、テレビゲームのようにベトナム人を殺戮していたのは、私であって私ではない。あの雨の夜、ふいに覚えた怒りに任せて一家を惨殺したのも、私ではない。あれはただの悪夢だ。全部違う。違うのだ。

もう、酒も飲むまい。タバコも吸うまい。生まれ変わることはできないが、生き直すことならできる。そんな気がしていた。


葬儀のあとで、ケンが「話がある」と私をリビングに呼んだ。ジョージは寝かしつけたから、サユリも話に加わった。

「父さん。僕は今のまま、日本で暮らしていこうと思っている。来年には大学も卒業だし、就職先ももう決まってるんだ。むろん、いつかはアメリカに、日本の建築を輸入したいと思っているけど、今はまだ無理だ。もう少しキャリアを積まなければならない。それまでは、帰ってこられない……だから、父さん。逆に父さんが、日本にくるっていうアイデアはどうかな。父さんだって、日本は好きだろう。本当は、母さんも一緒に呼びたかったけど……僕の力不足で、それはできなかった。だからせめて、父さんには日本にきてほしいんだ。ねえ、どうだろう。考えてみてもらえないだろうか。アメリカで一人で暮らすより、日本にきて、僕たちと一緒に暮らす方が、お互いのためじゃないかな」

とても嬉しい申し出だった。昔の私だったら、即答で「できない」と答えていただろうが、もう違っていた。

「ありがとう、ケン。でも少し、考えさせてくれないか。確かに私は、日本で暮らした経験もあるし、もう一人なんだから……身軽だというのも、事実だ。この家も、この先ずっと一人で暮らしていくには、ちょっと大き過ぎる気がするしな。ただし……日本で暮らした経験があるといっても、私の場合は、ほとんどずっと、米軍の基地内にいただけなんだ。たまに外に飲みにいったり、任務でどこかにいったり、観光も少しはしたけれど、日本で暮らした、というよりは、日本の中にあるアメリカで暮らしていただけなんだよ。そこのところは、分かってほしい。今から……まったくの異文化の中で、新しい暮らし方を身につけられるかというと、正直、そんな自信はないんだ」

むろん、理由はそれだけではない。

私は、日本の地が怖かった。あの街並が怖かった。小さく区分けされた土地に小さな家が立ち並ぶ、あの几帳面(きちょうめん)な風景が怖かった。

あんな街にいて、また雨の夜に、道に迷ってしまったら――。

いや、それは大丈夫だ。私はもう、あの頃の私ではない。もう軍人ではないし、酒もタバコもやめた。そして何より今、私には可愛い孫がいる。天使のような孫、ジョージがいる。この子のためなら、なんだってできる。そう、日本に移住するくらい、大したことじゃない。

この天使と一緒に、新しい人生を生き直すのも、悪くないじゃないか。

2

二月十五日、土曜日。

玲子が決めた集合時間は朝七時だったが、菊田も小幡も何分か前にはきていたようだった。

「おはよ」

「おはようございます」

返事はほぼ同時だったが、声は明らかに小幡の方が小さかった。

「なに、元気ないじゃない。二日酔い？」

「……いえ、大丈夫です」

玲子も、戦争映画の軍曹のように「声が小さいッ」などとやる気はないので、ここはよしとしておく。

菊田が横から覗き込んでくる。

「……なに」

「主任。一つだけ、確認させてください」

「うん。なに」

「今回の転出を受け入れたのは、『上岡事件』解決のためですか、それとも『祖師谷事件』

解決のためですか」

そんなのは、決まっている。

「……両方よ」

「分かりました。両方、解決しましょう」

三人で玄関を入り、エレベーターで講堂のある五階まで上がる。

講堂出入り口には「代々木三丁目短期賃貸マンション内強盗殺人事件特別捜査本部」と掲げてあり、ドアは大きく開けられていた。

「おはよう、ございます……」

中を覗くと、下座のデスクに三人ほどスーツ姿の男性がいる。座っていた二人も立ち上がり、三人でこっちまで出てきてくれた。

「本日からこちらに入ることになりました、殺人班十一係、主任の姫川です」

「同じく、菊田です」

「小幡です」

その場で名刺交換をした。

一番年嵩に見えるのが、昨夜、電話で話した代々木署刑組課統括係長の橋本警部補だった。

今、この特捜の情報デスクをまとめているのは彼だという。そう、ならざるを得ないだろう。

四人しか本部の捜査員がおらず、しかも主任警部補は一人という状況で、あの勝俣が大人しくデスク業務などやるわけがないのだから、そうなったら所轄署の、できるだけ捜査経験の豊富な人間がやるしかない。

二番手は新宿署刑事課の小川（おがわ）巡査部長。線の細い、刑事というよりは区役所の職員といった雰囲気の男だ。ある意味、デスクには向いているかもしれない。

一番若そうなのは、代々木署刑組課の阿部（あべ）巡査長。スーツが黒だというのと、ちょっとズングリしているからだろうか、なんとなくカブトムシをイメージしてしまった。

以上、デスクはここの統括と、区役所と、カブトムシと。

玲子は橋本に向き直った。

「では早速、これまでの資料を拝見できますでしょうか」

「ここに、揃えてあります」

三人分、あらかじめコピーしておいてくれたのと、閲覧用のファイルに綴（と）じられたものとがある。

まず、どのように事件が発覚したのかから頭に入れていく。

橋本に訊く。

「この通報者、吉岡夏夫が朝のジョギングを日課にしている、というのは間違いありませんか」

「確認済みです」

ジョギング中に現場前に差しかかり、血痕を発見、通報と。特に疑問点はない。

現場となった二〇五号室を借りていたのは「斉藤雄介」、ただし偽名である可能性が高い。まあ偽名だろう。マル害の上岡は朝四時過ぎ、その部屋に自称・斉藤を訪ねてきて、五時過ぎに覆面の三人が現われて、上岡が殺されて、自称・斉藤と覆面の三人は現場を離れて、その際に上岡のバッグは持ち去られた、と。だから「強盗殺人事件」なわけだ。

覆面の一人だけが徒歩で逃走、自称・斉藤を含む三人は車で。徒歩の一人の行方を追跡すると、云々かんぬんで、下北沢で下車、顔の確認に成功、意外と有名人だったため、氏名が「砂川雅人」と判明した。なるほど。

下北沢か。

「……高志のバイト先って」

そう玲子が呟くと、隣で即座に菊田が頷いた。

「ええ、下北ですね」

ただ、下北沢の周りには大学が複数あり、若者には大変人気の街なので、それくらいの一致があるくらいは、決して不思議なことではない。

砂川雅人というのは、このところ都内各所で行われている「反米軍基地デモ」のリーダーだという。

再び橋本に訊く。

「反米デモと、上岡の関係は？」

「上岡が、デモ関係の取材をしていたのは間違いないですね。まだ原稿にはなっていなかったようだが、関係者からそういう話は拾えている。あと、新宿の刑事課に東という警部補がいて、その東は上岡と付き合いがあったらしい」

東警部補なら知っている。あの有名な「歌舞伎町封鎖事件」の捜査で、中心的役割を果たした人物だ。退官した和田徹元捜査一課長も彼を非常に高く評価していた。

橋本が続ける。

「その東も、上岡とデモ絡みの話をしたといっている。上岡が殺される、三日前だそうだ」

そのとき、上岡と「祖師谷母子殺人事件」については話さなかったのだろうか。にわかに興味を覚えた。

「そうですか……」

死体検案書にも目を通す。

死因は出血性ショック死。凶器は刃渡り十センチ程度の、ナイフ状の刃物。腹部に十一ヶ所の刺創、これが複合的に致命傷となったと考えられる。その他にも、右頬を刺された状態で口腔内を執拗に抉られており、右上下の歯茎、下四本、上二本の歯が激しく損傷している。さらに死後、一度心臓を刺されている。顔面を含む頭部、肩、腕に生活反応のある打撲痕、擦過傷、防御創——。

要するに、執拗に暴行された上に滅多刺しにされ、死んでからもなお心臓を刺された、というわけだ。

「……覆面、というのは」

「これですね」

橋本が資料の、画像のページを開いてみせる。ウィークリーマンションの防カメ映像から切り出したものだろう。やや不鮮明ではあるが、それでもまともな人間の顔でないことは理解できる。

なんというか、動物の皮革を黒い糸で縫い合わせて丸めたような、なかなかホラーなマスクだ。むろん、三人とも頭髪がないスキンヘッド状態だ。一応、目の辺りには穴が開いているようにも見える。

「市販のものですか」

「いや、今のところ販売されているものかどうかは分かってない。ただ小川がいうには、こういう覆面をした猟奇殺人鬼が出てくるホラー映画が、洋画であるらしい……な、小川」

区役所の小川が無言で頷く。特に付け加えることはないらしい。なんとなく使えない感じのする男だが、それよりも玲子は、橋本の口調が昨夜の電話よりぞんざいになっていることの方が気になった。昨夜は、もっともっと紳士的な印象だった。

「もちろん、砂川の行方は追っているんですよね」

橋本が、あからさまに嫌そうな顔をする。

「ええ、追ってますよ……まだ、確保はできてないがね」

あとからきた人間に、「ちゃんとやってるんでしょうね」みたいに訊かれていい気分がしないのは分かる。だが、これが組織捜査というものなのだから仕方ないだろう。だったら補充要員がくる前にさっさと解決すればよかったのだ。まあ、「祖師谷事件」を三ヶ月も解決できないまま、代々木に転出してきた玲子にそれをいう資格があるか否かといわれれば、それは当然「否」だが。

橋本が資料をパラパラめくる。

「それまでは、歌舞伎町をメインに書いてきたライターということで、暴力団関係や飲食店、風俗店、外国人……そういう、裏ネタに絡みそうな範囲で捜査をしてきたんだが、砂川という名前が上がって、反米デモという話が出てからは、完全に人員をそっちに振り分けて捜査を進めている。ただ……それで捜査範囲が絞り込めたかというと、一概にそうともいえなくてね。デモはデモで、また動いてる人間がやたらと多い。それと、どういう経緯で身柄にしたのかは分からんが、砂川に資金提供をしていたヤブキコノエという男が、今現在、新宿署に勾留されている」

トントン、と橋本が資料のページを人差し指で叩く。

矢吹近江（やぶきこのえ）。写真も添付されている。魔女鼻をした、白髪の、けっこうなお爺さんだ。目つきが最悪。雰囲気は極悪だ。

玲子は講堂下座の奥、窓際の角に目をやった。そこには、警視庁のロゴ入り段ボールが十箱以上積み上げられている。

「上岡の部屋の家宅捜索も、済んでるんですよね」

「済んでますよ。なんたってライターだからね、押収してきたパソコンには……」

橋本が目で示したデスクの端っこには、ちょっと古めのデスクトップパソコンが置かれている。

「何十年分かは知らないが、まあ、大量の原稿が保存されてる。もう、それのリストを作るだけで大仕事ですよ……なあ小川」

また区役所が無言で頷く。

玲子はその、上岡のパソコンの近くまでいってみた。

デザイン自体も古いが、それ以上に表面パネルの変色がひどい。もとは薄いグレーだったのだろうが、今はベージュになりかけている。上岡はかなりのヘビースモーカーだったようだ。電源ケーブルは繋がっている。今すぐにでも、中身を見ることはできそうだ。

「橋本統括……」

だが、それ以上玲子がいうことはできなかった。

「おーやおーや、おやおやおや。お早いご出勤ですなぁ、姫川玲子警部補。よほど慌てて化粧をしてらしたんでしょう……付け睫毛が、半分剝がれてるぜ」

誰が特捜本部に付け睫毛なんぞしてくるもんか。

「おはようございます、勝俣主任。本日からこちらに……」

「オメェの世話なんざする気はねえから、下らねえ挨拶は会議までとっとけ……それにしても、上手いこと捜査一課に舞い戻ってきやがったな、姫川。一体、どんな手ぇ使いやがった。誰を誑し込んだら、そんなに簡単に戻ってこられる」

勝俣にだけは、人事についてとやかくいわれたくない。

「別に、前回が任期途中だったので、単にその続きということではないでしょうか……それをいうなら、私は勝俣主任に関する人事の方がよほど不思議です。もう十年くらい、捜査一課に居続けていらっしゃるんじゃなかったでしたっけ」

「残念だな、まだ八年だ。算数の苦手なお嬢ちゃんは、これだから困るなぁ……そんなんじゃ、コピーもお茶汲みも任せられねえ」

どっちにしろ、同一部署への配属期間は通常五年だ。イレギュラーな手を使っているのは明らかに勝俣の方だ。おそらくそれも、極めて恐喝に近い手法と思われる。

勝俣が、デスク周りを見回す。

「挙句の果てに、だ……テメェんとこのヤマが糞詰まりになってるからって、他所まで手ぇ伸ばしてくるってなぁ、一体どういう了見なのかね……姫川、オメェが上岡の身辺を洗いたがってたことくらい、こっちはとっくに承知の助なんだ……いいか？」

勝俣は大袈裟に、デスク担当の三人を指差した。

「お前らもよく覚えとけよ。この女はな、上岡が誰に殺されたかなんてことにゃ、端（はな）っから興味がねえんだ。ただ、そこにあるパソコンの中身が、見たくて見たくて仕方ねえだけなんだよ……なあ、どうする。見せてやるか……おい姫川、代わりに私がパンツ見せてあげるからって、いつもの調子で頼んでみたらどうだ」

ぐっ、と菊田が一歩前に出る。

だが、その「気」を押し返すように勝俣が睨みを利かせる。

「オメェもオメェだ、菊田。いつまで姫川のケツばかり追いかけていやがる。若い嫁もらったんだろう？　だったらそっちを喜ばしてやれよ。こんな年増女なんざ放っとけって」

以前の菊田だったら、睨み返すだけで精一杯だったかもしれない。

だが、今の菊田は違う。

「……あんたに指図される覚えはないな」

勝俣が、ふざけたように片眉だけを吊り上げる。

「ほっほぉ、警部補ともなると、こうも違うもんかね。全身に揺るぎない自信が漲（みなぎ）っておいでだ……女も、二人くらいならいっぺんに満足さしてやれるか」

くいっ、と菊田が顎をしゃくる。

「やめた方がいいですよ、勝俣さん……そういう冗談も、そろそろ年寄りのやっかみに聞こえますから」

菊田、ナイス。

勝俣も、ちょっとはやられたと思ったらしい。

「あのなァ、菊田……」

だがそこに、十人くらいの捜査員がいっぺんに入ってきた。その中には葉山の顔もあった。

「……おはようございます。姫川主任、菊田主任……勝俣主任」

玲子は勝俣に背を向け、完全に葉山に向き直った。

「おはよ、ノリ。今日から、あたしたちもここだから」

「はい。昨日、管理官から聞きました。よろしくお願いします」

葉山が、やけに折り目正しく、玲子と菊田に頭を下げる。葉山自身は、ごくごく普通に挨拶をしたつもりなのだろうが、それを見た勝俣はどう思っただろう。さぞや腹立たしく——と思いきや、振り返ると、意外なほどにこやかにこっちを見ていたのが、玲子にはかえって不気味だった。

「そうだったなぁ。葉山にとっちゃ、二人は元上司だったな」

いいながら前に出てくる。自分よりだいぶ高い位置にある、葉山の肩を叩く。

「……ここでお会いできたのも、何かの縁だ。昔の上司に、立派になった今のお前を、よぉーく見てもらえ……なあ。それから、お二人の仕事ぶりも、よぉーく勉強させてもらえ……なあ。この二人ほど、ためになる刑事はいないんだから」

引きずるような足取りで、勝俣は最前列の席に歩いていった。

あいつ、絶対いま、何かよからぬことを思いついたな——。

そう、玲子は直感した。

玲子たち三人は会議テーブルには座らず、後ろの情報デスクでそれまでの捜査資料に目を通しながら朝の会議に出席した。

この特捜では、砂川の行方を追うのはもちろん、家宅捜索もすでに行い、それに関する検証も進められているようだ。

砂川は小さなIT企業の契約社員だが、今月に入ってから出社はしていないという。家宅捜索でパソコンの類(たぐい)は押収できていない。犯行に備えて持ち出したのか、あるいは処分したのか。本人名義の携帯電話の位置情報も拾えていない。こちらも電源を切っているのか、処分したのだろう。

銀行口座の流れを見ると、確かに何度か多額の現金が預金され、すぐに引き出されている。本人が手作業で預け入れをしているので、その出処(でどころ)が矢吹近江かどうかは分からない。ちなみに矢吹近江とは、「左翼の親玉」とか「フィクサー」などと噂されている人物のようだ。

そういう男が「反米軍基地デモ」に資金を提供していたというのは、実に分かりやすい話ではある。

米軍基地問題といえば、まず沖縄。沖縄といえば反本土、反政府、即ち左翼だ。ただし、沖縄県民の政治思想が左寄りである、というよりは、左翼思想の持ち主が沖縄を利用している、といった方が事実に近いようだ。玲子は比較的政治に興味が薄い方なので、通り一遍のことしか分からないが。

前の方では、昨日の夜の会議に戻れなかった捜査員を中心に、短めの報告が続けられている。橋本がいったように、今現在は砂川の関係者に対する鑑取りに多くの捜査員が割り当てられているようだ。

小幡が、二つ向こうの席を立ち、玲子に書類を持ってくる。

「……どうぞ。上岡の、保存文書の一覧です」

「ありがと」

この特捜は設置から八日が経つ。すでに捜査資料も、けっこうな量が溜まっている。それを玲子、菊田、小幡で三分割し、読み終わったものから隣に流す、というふうにしている。いま渡されたのは、小幡が読み終わったものだ。

書類を置くついでのように、小幡が身を屈めて顔を近づけてくる。

「……あれが、噂の『ガンテツ』ですか」

そうか。小幡は初遭遇か。

「そう。まさに『下衆の極み』でしょ」

「確かに。凄まじいまでの、悪口雑言のボキャブラリーですね」

「あんなの、警察辞めたら三日で犯罪者だから」

「でも、慣れですか？　主任たち、一歩も退きませんでしたね」

「ひいてたわよ。ドンビキよ」

小幡は「いやいや」といいながら、自分の席に戻っていった。朝方より、若干機嫌がよさそうに感じたのは気のせいか。本当は「ガンテツ」という渾名の由来は「頑固一徹」だとか、いろいろ過去の悪行までレクチャーしてやりたかったが、まだ会議中なのでそれは今度にする。

各捜査員の報告も片耳で聞いてはいたが、さして目新しい情報はなかった。

たとえば百人の参考人がいたとして、そのうちの九十九人が何も知らなかったとしても、「九十九人は知りませんでした」と報告することには意味がある。その九十九人を参考人リストから除外できるのだから、それだけ捜査範囲をせばめられるのだから、決して無意味などではない。ただ、それをやっている間というのは、本当にシンドい。最後の一人は何か知っている、犯人逮捕に繋がる重要な情報を握っている、そう信じて話を聞きにいくしかない。

しかし、それすらも裏切られるのが刑事の日常だ。

「……以上、デモ参加者七名に話を聞きましたが、砂川の行方に心当たりがある者も、素面の男を知っている者も、中にはいませんでした」

残念。こっちはこっちで、気を取り直して上岡の保存文書について頭に入れていこう。

どうやら上岡という男は、フォルダーやファイルの名前にその内容を反映させないで原稿を整理していたようだ。たとえば【2008–08】というフォルダーには【2008–08–12】というようなファイルが収められており、リスト上では、これに【週刊キンダイ　ホストの日常】みたいな注釈が書き添えられている。おそらく、デスクの誰かが中身を読んで付け加えたのだろう。この手の作業がどこまで進んでいるのかも、全体でどれくらいの量の原稿があるのかも、いま手元にある資料からは見当がつかない。これは相当、難儀な仕事になりそうだ。

ただ玲子の、そもそもの目的からいえば、この上岡の整理方法は案外理に適っているといっていい。「祖師谷事件」が起こったのが去年の十月二十九日、警察が認知したのは十一月一日。上岡とて、それ以前に「祖師谷事件」について調べることはないわけだから、玲子は十月二十九日以降のファイルを読んでいけば目的は達成できるはずである。そこに上岡が何を書いていたのか、なぜ長谷川宅周辺で白人の目撃情報を拾おうとしていたのか、その根拠さえ知ることができれば——。

「……姫川主任」

ふいに上座から声がかかり、玲子は慌てて立ち上がった。

「あ、はいっ」

てっきり、今日からこの特捜に加わることになった捜査員として紹介されるのかと思ったが、全然違った。

座ったままの梅本管理官が玲子を指差し、マイクでいう。

「十一係の三人は、そのままデスクで、上岡のパソコンの内容を調べてください。上岡は、デモ団体のかなり深い部分にまで喰い込んでいたはずなので、一日も早く、その取材内容の全貌を明らかにしてください」

「はい、分かりました……」

見れば、勝俣は最前列に座っている。前を向いたまま動かない。他の捜査員のように、こっちに顔を向けることはしない。玲子がいるデスク席からは、ただくたびれたスーツの背中が見えるだけだ。

なぜ勝俣はあそこにいて、しかも玲子の本来の目的が上岡の原稿データだと知っていて、それを玲子が調べることに異を唱えないのだろう。いつもの勝俣なら、真っ先に「それは姫川には任せられねえ」とかなんとかいいそうなものだが。

なんだろう。奴は、何を企んでいるのだろう。

3

一応、勝俣にも割り振られた捜査範囲はある。都内の出版社を回って、上岡と仕事をした編集者から話を聞き、そこにトラブルの種がなかったかを調べる、という役回りだ。だがそれは、自分がやるべき仕事ではない。他の誰かがやればいい。たとえばこの、不幸にも自分の相方に任命されてしまった、代々木署の担当係長辺りがやればいいことだ。

「……おい、吉澤(よしざわ)」

この吉澤警部補とは、毎朝一緒に特捜本部を出てくるが、一緒に帰ったことは今まで一度もない。なぜか。途中で必ず勝俣が撒くからだ。毎日、必ずどこかで。

吉澤も、初日は自分のミスで勝俣とはぐれてしまったと勘違いしたようだ。特捜に帰って、いの一番に「すみませんでした」と頭を下げてきた。だが二日目に、降りる予定ではない駅で勝俣が降り、その後も携帯に出なくなった辺りから、これは偶然でも自分のミスでもなく、わざとなんだと分かってきたらしい。

さすがに一週間も同じことを繰り返すと、態度もあからさまに悪くなる。今もＪＲ山手線の吊革に摑まって、窓の外をしかめ面で見ている。

「おい吉澤、聞こえねえのか？　耳糞で耳の穴が塞がっててんじゃねえのか？」

ここまでいっても返事をしない。だったらもう付いてくるな、気持ちよく別行動ってことにしようぜ、と勝俣は思うのだが、そこは意外と、吉澤は頑固だった。なんとか勝俣を追尾し、別れたあとに何をやっているのか探ろうとする。

あれは三日目だったか。吉澤は夜の会議中に「勝俣さん、今日はどこにいっていたんですか」とやり始めた。管理官や係長のいる前で恥を掻かせてやろうとでも思ったのだろう。

管理官の梅本は「またか」という目で勝俣を睨んだだけだったが、代々木署の刑組課長はテーブルに拳を落とし、えらい剣幕で捲し立てた。

「勝俣主任、どういうことか説明してもらおうか。キサマは、組織捜査というものを軽く見てるんじゃないのか？　刑事になって何年だ。オイ、何年だッ……まったく。二年や三年の駆け出しでもあるまいし。今さら、そんなに手柄が欲しいかッ」

そんなもの、説明できるくらいならわざわざ相方を撒いたりするわけがない。

「お言葉ですがね……手柄の、要らねえデカが……どこの世界にいるってんだこの糞バカ長がッ」

座ったまま、会議テーブルを蹴飛ばしてやった。蹴った場所が端っこだったのでただ倒れただけだったが、音はそこそこ派手だった。

むろん、それで終わりではない。

「そもそもよォ、捜査会議は『帰りの会』じゃねえんだよ。小学生かオメェらは。『勝俣くんは掃除の時間、どっかにいってました、なんでですか、説明してくださぁい』じゃねえよ馬鹿。下らねえんだよ。スカート捲りよりまだ下らねえや。そんなことで俺様を吊るせると思ったら大間違いだぜ……おいバカ長。いっとくがな、俺がどっかにいったんじゃねえんだよ。オメェんとこの使えねえ兵隊がグズだから付いてこられなかっただけなんだよ。だったら明日から、もうちっとマシな奴に替えりゃいいじゃねえか。ア？　こっちだってな、ションベン臭えガキのお守りなんざ願い下げなんだッ」

そういうと、隣から吉澤が摑みかかってきたので、思いきり両手でキンタマを握って、握って握って、それから足を引っかけてスッ転ばせてやった。いま思えば、吉澤はあれで、かえって意地になってしまったのかもしれない。

お陰で一週間、勝俣は追いかけられ続けている。

「おい耳糞、次で降りるぞ」

勝俣はドアの近くに移動し、電車が停まるのを待った。

《目白（めじろ）ぉ、目白ぉ……です》

ドアが開き、勝俣が一番で降りる。他の客に続き、吉澤も少し間を置いてから降りてくる。勝俣が何度も、降りそうで降りない、降りたのにまた乗る、降りてまた乗るかと見せかけて乗らない、というのを繰り返してきたので、用心深くなっているのだろう。振り返ると、ちょうどドア一つ分の距離を置いて尾（つ）けてくる。これなら勝俣が急に再乗車しても対応できる、と思っているのだろう。

甘い。あまりにも甘くて前歯が痛くなる。

降りたのが階段裏手だったので、人の流れに乗ってそのまま進む。当然、勝俣の方が先に階段口にたどり着く。だがあえて先には上らず、階段口で待っていると、あとから吉澤もやってきた。

そこで、吉澤が「マズい」という顔をする。

そうだ。向かいのホームには逆向き、内回りの電車が停まっている。すでに発車のメロディも鳴り終わろうかというタイミングだ。

勝俣はその電車、内回りの新宿行きに飛び乗った。

すかしっ屁(べ)のような音をたて、ドアが閉まる。

広告ステッカーが貼られた窓の向こう。怒りと、情けなさが入り混じった表情を浮かべ、吉澤は立ち竦(すく)んでいる。

やがて、内回りの電車が動き出す。

勝俣はかつて、公安部に八年いた。その経験から、一つだけ吉澤に教えてやれることがあるとしたら、これだろう。

一人を尾行するには、最低でも三人以上は必要だということだ。

新宿まで戻って、東口にあるコインロッカーから荷物を取り出す。上岡が持っていたUSBメモリー。その収録データの一部をプリントアウトしたものだ。手提げ袋が一杯になるまで詰め込んであるが、これでもまだほんの一部だ。

それを、どこでもいい。長居できそうな喫茶店や、漫画喫茶辺りに運び込んで隅々まで読み込む。ここ一週間、勝俣はそんな作業をずっと続けている。

どうやら上岡という男は、メディアで発表した原稿はパソコンに保存し、現在進行形の原稿はこのUSBメモリーに保存すると決めていたようだ。パソコンの中身については特捜のデスク担当が調べを進めているが、その報告を聞いている限り、どうやらそういうことのようだ。中には、どのメディアにいつ掲載したのか明記していない原稿もあるらしく、それを調べるだけでもけっこうな手間だという。

ではUSBの調べが楽かというと、残念ながらそうでもない。

こっちは日付すら打っていない、通し番号のフォルダーに原稿が保存されており、「エクスプローラー」というフローチャート式の表示画面で見ても、どこにどんな原稿が入っているのかはさっぱり分からない。最初は勝俣も、どうやったら原稿内容を簡単に把握できるのだろうと、一人漫画喫茶で悪戦苦闘した。

一度は、デスク担当の奴に相談しようかと思った。あの、仕事を言い付けられなければ朝から晩までずっと、ぼぉーっと窓の外を眺めていそうな、新宿署の小川とかいう巡査部長だ。

だが、やめた。なんでそんなことを知りたがるんですか、いま勝俣主任はパソコンを使う捜査はしてないですよね、などと当たり前過ぎる質問をされたら答えようがないからだ。

あとは、安藤というハッカーに訊いてみるというのも考えた。四年くらい前までは、辰巳圭一という「裏社会の情報屋」をよく使っていたのだが、残念ながら辰巳はヤクザ者とトラブルを起こし、殺されてしまった。その後、慌てて代わりを探して見つけたのが、その安藤だ。安藤斗真。裏社会ではなぜか「新野」と呼ばれている。ハッカーなのだから当たり前だが、奴はパソコンに非常に詳しい。

でも、それもやめた。もっと簡単で、ずっと安上がりな方法を思いついたからだ。

「ちょい、ちょいちょい、店員さん……」

新宿の街を見回してみれば、家電量販店がいくつもあるのが分かる。そこで、パソコン音痴の中年男を演じて——いや、実際にあまり得意ではないので、恥を忍んで、売り場の店員に教えを乞うてみようと、そう思いついたのだ。

「はい、何をお探しですか」

何も探してないし、何も買うつもりはない。

「いや、あのね、下でね、USBっていうの？　こういうの、買ってね、使ってるんだけども、それのね、中身をね……前は、なんかもっと、簡単にね、見れた気がするんだけども、なんか途中から、上手くね、見れなくなっちゃったんだよね。私がね、どっか変なところを、弄っちゃったのが、いけなかったんだろうけど……」

胃が痛い。こういう田舎者臭い、まさに自らの人格を否定するかのような芝居をすると、途端に体が拒否反応を起こす。長く続けたら貧血を起こしてぶっ倒れてしまいそうだ。

それでも、効果は絶大だった。

「はい、ではお客様は、今そのＵＳＢメモリーはお持ちですか？」

持ってはいるが、その内容を、たとえ一部であろうとこんなところで晒すわけにはいかない。

「いやぁ、大事なものだから、家に、置いてあるんだけどもぉ」

「では、代わりの画面でご案内します」

それができるんだったら最初からそうしろや、ニイちゃん。

「こちらの、デスクトップ画面を表示いたしまして」

「うん、うんうん」

そこまでは分かる。できる。

「こちらの、エクスプローラーでフォルダーの内容を見ます。で、右側にこのように、ファイルの内容がプレビューされます」

それがされないから相談にきたんだろうが。

「あのぉ、それがね、うちのね、パソコンだと、出ないんだよね。出なく、なっちゃったん胃が痛えんだから、早く正解を教えてくれ。

「はい、それでしたら、こちら……『表示』というところを押していただきまして、『プレビューウィンドウ』、こちらをオンにしていただきますと、表示されるようになります。今はオンでしたから、一回押してオフになって、非表示ですね。もう一度押して、オンで表示、オフで非表示……こういう感じですね」

なんだ、それだけか。

「あ、そう、それだけぇ……へえ、そんだけかい。いやいや、ありがとうねぇ」

その「プレビューウィンドウ」を使いこなせるようになってからは、格段に作業効率が上がった。どのファイルにどんなネタが書いてあるのか、ごく簡単に分かるようになった。

ただし、パソコンに保存されている原稿と違って、こちらはあくまでも書きかけが多い。メモのようなものもたくさんある。上岡が自身で調べたデータのようなものも、インタビューの聞き書きも、原稿の下書きも、日記のような文章も交じっている。多くのものには結論がなく、ひどいものだと文末に句点もなかったりする。

確かに上岡は、裏社会ネタには強かったようだ。勝俣もよく知っている組関係の、覚醒剤取引に関する詳細も書かれていたりする。もう、それだけでいつ殺されてもおかしくはないのだが、あくまでもこっちは下書き、あるいは情報ノートのようなものなのだろう。プロの文章とはとてもいえないものが多いし、箇条書きに近いものも多く存在する。

あと、いっときは「歌舞伎町セブン」という、歌舞伎町で暗躍する殺しのプロ集団についても調べていたようである。

その噂なら勝俣も耳にしたことがある。女衒の真似事をしていた人でなしのホストが消されたとか、歌舞伎町一丁目町会長の不審死も、実は「セブン」の仕業だとか。勝俣自身は、そんなのはただの都市伝説だろうと高を括っていたが、この原稿を読んでいると、そうとも言い切れない真実味を覚えずにはいられない。実をいうと、途中に出てくる「欠伸のリュウ」というキーワードを、勝俣はまったく別の人物から聞いたことがあるのだ。

かつて新宿の裏社会には、体をまったく傷つけず、まるで心臓発作のように人を死に至らしめる技を持った人間がいた。その通り名が「欠伸のリュウ」だったというのだ。話してくれたのは、産廃処理の裏稼業として死体の処理も行っていたという人物だ。彼も、具体的にどうやったらそんなことが可能なのかは話してくれなかった。というか、知らなかったのかもしれない。

「……そりゃそうでしょう。見た目は心臓発作なんだから、普通に医者に診せて、死亡診断書をもらえばいいんだから。あたしらのような処理業者のところに、そんな綺麗な死体は回っちゃきませんよ。あたしらのところにくるのは、首の骨が折れたのとか、頭がないのとか、目玉を抉り出されて舌も切り取られたのとか、そういう、半分腐ったような、汚い死体ばっかり。ま、全部燃やしちゃうんだから、腐ってても関係ないですけどね」

そんな彼も、半年もしないうちに心筋梗塞で死んでしまった。ちゃんと医師の書いた死亡診断書もあった。だから勝俣にも、それが自然死なのか、あるいは「欠伸のリュウ」の仕業なのかは分からなかった。

これを読んだだけだと、上岡も裏社会について知り過ぎ、「歌舞伎町セブン」に消されたのかと勘繰りたくなる。だが防犯カメラにその姿が捉えられていたり、現場が血だらけだったりという状況を考え合わせると、「セブン」にしては手口が杜撰過ぎるといわざるを得ない。そんなのはプロの仕事ではない。上岡を殺したのは、あくまでも素人だ。そこはまず間違いない。

では、どういう線が現実的かというと、やはり沖縄絡みということになる。

SSBCが突き止めた、覆面男の一人の正体。砂川雅人。昨今、都内でも頻繁に行われている「反米軍基地デモ」のリーダー。

上岡は、砂川について直接書いているわけではないが、「反米軍基地デモ」についてはいろいろ調べていたようではある。

そもそも、今のようにデモが盛り上がるきっかけとなったのは、沖縄の普天間基地の近くで、米軍基地の撤廃を求める市民運動家の老人が、米憲兵隊のパトカーに撥ねられて死亡した件にあるとされている。米軍は、そのような事実はないと発表し、沖縄県警もそれに倣ったが、のちに、その事故の瞬間を捉えた写真がネット上に出回り始めた。これによって、デモは沖縄から全国に飛び火し、とりわけ都内で頻繁に、しかも大規模に行われるようになった。それをリードしていたのが、砂川雅人だとされている。砂川は沖縄出身の三十五歳。まあ、ありそうな話ではある。

しかも、それに資金提供をしていたのが矢吹近江。「左翼の親玉」とか「最後のフィクサー」などと呼ばれている人物だ。ところが今現在、その矢吹近江は新宿署に勾留されている。罪状は公務執行妨害だそうだが、今どき、矢吹ほどの大物を公務執行妨害で身柄にするというのはどういうことだ、と勝俣は疑問に思っていた。

しかも、その矢吹近江に関する記述が上岡のファイルから出てきたのだから驚きだ。更新日時を確認すると、今年の一月二十七日。矢吹が逮捕されたのが二月四日だから、その一週間ほど前。今から二週間ちょっと前の、比較的新しい記述だ。

【活動家老人の死亡事故写真は果たして本物か。あれに似た写真を過去に見た記憶があるのだが、今は思い出せない。どこから手をつけたらいいのだろう。スクラップブックを捲ってみても、ネットで検索してみても行き当たらない。

あれが仮に捏造(ねつぞう)写真だとしたら、どうなるだろう。政治的なアクションが本当に起こるかどうかは分からない。デモによって米軍が沖縄から出ていくかどうかを考えたら、それはないといわざるを得ない。

一方、矢吹近江は沖縄の米軍基地の土地を買い占めている。これは間違いない。】

USBに納められているファイルは、たいていはこんな調子だ。なぜ矢吹が沖縄の軍用地を買い占めているのが間違いないといえるのか、その根拠はここには書かれていない。関連情報は別の文書ファイルに書いてあったり、ときには形式の違う、表計算ソフトか何かにデータで示されている場合もある。

でも、こういう人間は少なからずいる。他人から見ると片づけが極端に下手で、いつも取っ散らかった仕事部屋でウンウン唸っているような奴だ。でも実は、本人にとってはそれこそが整理された状態であり、どこに何があって、それに何が書いてあるのか、ちゃんと把握していたりするのだ。

しかし、あの矢吹が上岡殺しに関わっている可能性があるとなると、事はかなり厄介になる。

矢吹は、そもそも貿易によって伸し上がってきた男だ。

表向きは北朝鮮から松茸、ウニ、カニ、エビといった海産物を輸入していたことになっているが、裏では覚醒剤などの密輸にも手を出していたといわれている。北から覚醒剤を輸入していたのであれば、当然、朝鮮人民軍や朝鮮労働党との結びつきが疑われる。それも、単に覚醒剤の密輸と密売だけなら組対（組織犯罪対策部）の捜査対象だが、矢吹のように、明確な左翼思想の持ち主となると、公安部の監視対象とされる。

実際、矢吹は日本の共産主義政党に、海運系労働組合を通じて資金提供をしていたことが分かっている。それ以外にも、たとえば与党、民自党の古参幹部や、新民党左派とも繋がりがあるとされており、ソ連時代のロシアには何度も招かれ、現地で政府要人と会食を重ねていたことも確認されている。

そんな矢吹も、今年で七十八歳になる。歳のせいか、ここ数年は勝俣もあまり名前を聞かなくなっていたが、どうしてどうして。こんなところに名前が出てくるのだから、まだまだ健在ということなのだろう。

矢吹は沖縄で軍用地の買い占めをしていた。少なくとも上岡は、そのネタに確信を持っていた。矢吹の目的がなんなのかは、今のところ勝俣にも分からない。だがそれが本当だとしたら、どうなるだろう。軍用地買い占めが何か大きな陰謀に繋がっているとしたら、矢吹は、それを嗅ぎ回っていた上岡をどう思っただろう。邪魔なペンゴロだと思ったのではないか。排除したいと考えたのではないか。

おそらく砂川のような若者は——三十五歳が一般的に「若い」かどうかは別にして、矢吹にとって砂川のような男は、実に使いやすい「鉄砲玉」だったはずだ。デモに参加するような輩は、実のところ、その意味を深くは理理解していなかったりする。ちょっと煽ってやるだけで、急に熱くなって突っ走り始める単純馬鹿が多い。ペンゴロを一匹片づけさせるには、ちょうどいい駒だったのではないか。

上岡殺しの根っ子が矢吹だとすれば、この線を深く手繰れば手繰るほど、公安とバッティングする可能性が高くなる。ひょっとすると、いま矢吹が新宿署に勾留されていること自体、公安の差し金なのかもしれない。やるならもうひと手間かけて、搦め手で攻めることを考えるべきだろう。

あと、面倒なのは姫川だ。あいつは、何かというとこっちの庭に入ってきたがる。特に今は捜一に戻ってきたばかりで、手柄が欲しくて欲しくて仕方ない時期だ。ただでさえ祖師谷の特捜は塩漬け。代々木でなんとかして、失地回復を図りたいところだろう。

まあ、それに関してはいい考えがある。

姫川にはお誂え向きの「エサ」がある。

馬鹿な雌犬は、こいつを咥えてどこにでもいきやがるがいい。

4

玲子たちはずっと、上岡の原稿データの洗い出しを行っている。

特捜本部に入って玲子がやることといったら、普通は地取りか鑑取り。事件発生から時間が経っていれば、地取りには加わらず鑑取りに回る方が多い。なので、こういった特命捜査に従事するのは非常に珍しい。ひょっとしたら初めてかもしれない。

一日や二日、特捜にこもって調べ物をすることはこれまでにもあったが、今回のはもう、それらとは比べ物にならない。何しろ量が桁違い(けたちが)に多い。新宿署の小川巡査部長が、曰く(いわ)ありげな原稿をせっせとプリントアウトして積み上げていくのだが、はっきりいって、その山を見ているだけでうんざりしてくる。一台のデスクいっぱいに並べて、すでに高さが二十センチくらいになっており、それでも小川にいわせると、これでようやく三分の一なのだという。

「……小川さん、この山の一覧表がないんだけど」

「すみません、いまプリントしてます」

「っていうか、一覧表作る段階で、ちゃんと取捨選択してます？」

「してますしてます、有楽町(ゆうらくちょう)のグルメレポートとかはちゃんとはずしてます。あと、歌舞伎町再開発プロジェクトの議事録とか、商店会のイベントの雑感とか……ただ歌舞伎町のイベントでも、ウイスキーのブレンド大会というのがありまして、それには民自党とか、新民党とか、公民党(こうみんとう)の議員とかも参加してるんですよ。区議会議員ですけど。私も目は通して、関係ないかな、とは思ったんですけど、あとで、この議員とこの議員はここで繋がってた、とかなると困るんで、一応、他の方にもお見せしておいた方がいいかなと……」

「思って、プリントアウトしたと」

「はい」

そうなのだ。

今現在、特捜全体としては砂川雅人の行方を追う方向で動いている。それはいい。犯人グループと思われる覆面三人組の一人が砂川だと判明したのだから、その身柄を最優先で確保するのが事件解決の早道であるとすることに異論はない。砂川を確保し、覆面の残り二人と素面の「斉藤雄介」が何者であるのかを白状させ、その居場所も吐かせ、全員を逮捕して自白させれば事件は解決だ。

ただし、このまま砂川の行方が摑めず、捜査が長期化したら、という懸念も一方にはある。そうなったら、マスコミがグチャグチャ言い出すより前に、まず刑事部長が騒ぎ出すだろう。そもそも初動捜査の方針に誤りがあったのではないか、砂川以外にも犯人はいるのに、なぜそっちの捜査をもっと広く深くやらなかったのだ。そう怒鳴られて、顔を真っ青にした捜査一課長と管理官が会議にきていうのだ。捜査方針を抜本的に見直す、砂川の関係者を当たる人員を半分に減らし、明日からは再び上岡の過去の交友関係、並びに取材対象者、協力者を徹底的に洗い直す——。

要は、そういう事態にまで至らないように、玲子たちが上岡の原稿の洗い出しを続けている、というわけだ。

だから玲子も、大変だとは思うけれど、この仕事を疎かにするつもりはない。一所懸命、真面目にやっている。読んでも読んでも、小川と阿部があとからあとから原稿を積み上げている。

いく。わんこ蕎麦じゃないのよッ、と叫び出したいのを堪えつつ、原稿をチェックし続けている。

「これじゃ、わんこ蕎麦だな」

なんの偶然か、隣の菊田がそう呟き、あーあと背筋を伸ばした。

玲子も真似て伸びをする。

「あたしも、ちょっとそれ思った。これじゃ、まさに『わんこ蕎麦状態』だよね……あ、なんかお腹空いた。お蕎麦食べたくなってきちゃった。わんこじゃないやつ」

すると、菊田の向こうにいる小幡が顔を覗かせる。

「主任、捜査中でも、普通に『長シャリ』食べちゃうタイプですか」

「うん。だって、ちゃんとよく噛んで食べてるもん」

菊田が、ぷっと吹き出す。

「……よく噛むとか、そういう問題じゃないでしょ」

「そういう問題でしょ。長いのが縁起悪いっていうんなら、短くしちゃえばいいんじゃない。一番よくないのは、あれよ。うどんは喉越しだとかいって、嚙まないで飲んじゃう人いるでしょ。あれはよくないわね。あれが一番よくない」

「それもなんか、違う問題のような気がするな」

ただ、実際に捜査が長引いてきたとき、それまでに自分が「長シャリ」を食べていたりすると、あれがよくなかったのかな、と思うことは玲子にもある。蕎麦やうどんはそうでもないが、玲子はけっこうパスタが好きなので、普段から食べる機会が多い。

実は「祖師谷事件」の初動捜査中にも、赤坂で「生トマトと貝柱のパスタ」を食べている。食べたときは気にならなかった。一週間しても思い出さなかった。一ヶ月過ぎても、まだ大丈夫だった。だが一ヶ月半、二ヶ月経つ頃には、あれがよくなかったのかなと、徐々に思い始めた。今は、けっこう後悔している。よく嚙んで食べれば大丈夫、というのは自身に対する言い訳だ。本当は駄目だったんじゃないかと、もはや反省に近い気持ちにまでなっている。

そう、「祖師谷事件」だ——。

こっちは犯人四人で一人の被害者。向こうは犯人一人で三人の被害者。そんな数字で事件の重い軽いを計るべきではないが、「祖師谷」が稀(まれ)に見る痛ましい事件であったことは間違いない。

やっと人気が出始めたアイドルグループのリードボーカル。そんな繭子が、体を傷つけられるなどという生易しい表現では済まされない、まさに「肉体を破壊」された状態で発見された。拳銃が使用されたことはマスコミにも発表したが、繭子が有名人というのもあり、股間に銃弾が撃ち込まれていたことは伏せてある。一部のマスコミには漏れたらしいが、事情を話してまだ書かないようお願いし、現状それは守られている。

ファンがこれを知ったら。そう考えるだけで、玲子は震えるほどの痛みと悲しみを覚える。

繭子が乱暴されて殺されたというだけで、ファンは狂わんばかりの怒りと悲しみに暮れている。それくらいのことは、西森冬香にいわれなくても分かっている。そんな彼らに、あの損壊状況を知らせることなどできない。それは、あまりにも酷過ぎる。

さらに母親の桃子、弟の高志まで。単身赴任先で、家族三人が殺されたことを知った父親、隆一は、一体どんな気持ちになっただろう。世界が自分一人を残して、一瞬にして消失したかのように感じたのではないだろうか。

若かった頃の桃子、小さかった頃の繭子、高志。幸せな思い出がたくさん詰まった我が家。それが、帰ってみたら血塗れの事件現場になっている。そこはもう、自分の帰りを待ってくれる家族もいない、空っぽの闇を抱えた、沈黙の地獄でしかない。

人は健常な状態であれば、自殺が如何に愚かしい行為か認識することができる。だが今の隆一が、幸いにして自殺を図ったなどという情報はこれまでにないが、仮にそういう行為に及んだとして、それを一体誰に責めることができるだろう。自分がまったく手も口も出せない状況で、あっというまに、家ごと家族を奪われたのだ。家族のために、単身赴任までして一所懸命働いてきたのに、まさにその隙に、一番大切なものをグチャグチャに壊されてしまったのだ。これ以上の空虚があるだろうか。

おそらく隆一は、今日も福岡で——いや、今日は日曜だから休みだろうが、平日は毎日福岡で働いている。なんのために、誰のために。そう自問しながら、福岡でたった一人の休日を一秒一秒、切り刻むように過ごしているに違いない。五十を過ぎて、自分の人生がこんなことになるなんて思いもしなかったに違いない。

玲子自身、自分はひどく傷ついた人間だと思ってきた。だがこういう事件に直面すると、そうでもなかったな、と思う。同じように犯罪に遭遇しながら、生き残った自分と隆一。しかしその苦しみは、隆一の方が圧倒的に深く、重く、暗く、冷たいと思う。今の隆一に、逃げ道などどこにもないのだ。それだけに――、

「……あ」

これ、この感覚。こういう偶然、じゃなかったらお導き。よく分からないけど、こういうこと。

「なんですか、主任」

「ん……んーん、なんでもない」

まだ菊田にはいうまい。秘密とかそういうことではなく、今はいうべき段階ではない。

いま手に取った新しい紙の束。その冒頭を読んで、思わず「あ」と漏らしてしまったのだが、自分が懸命に事件について思えば思うほど、こういう偶然が向こうからやってきてくれるように玲子は思う。そういうことが、過去にも何度かあった。玲子は元来、験担ぎとか縁起の善し悪しとかには拘らない方だ。だがこういうことが起こると、想いとか念とかが、時空を超えて次元を超えて、繋がることもあるのかも、と思いたくなる。

【「昭島市一家四人殺人事件」と「祖師谷母子三人殺人事件」。多くの共通点がありながら、警察が同一犯の犯行と考えないのはなぜか。】

何がどこで繋がるか分からないのだから、やはり捜査中に「長シャリ」は食べない方がいいんだろうな、とも思う。今は。

【夜、民家に押し入って、そこにいた家族全員を殺した点。犯行後も長時間にわたって現場に居続けた点。現場で缶ビールを飲んでいる点。犯行後に遺体を損壊している点。それも、拳銃を使用してすべての遺体の肛門に銃弾を撃ち込んでいる点。】

いや、ちょっと待て。確かに「昭島市一家四人殺人事件」は有名な未解決事件であり、犯行後に缶ビールを飲んでいるなど「祖師谷」と似た点はある。ただ「昭島市事件」で拳銃が使用されたという記憶は、少なくとも今、玲子にはない。猟奇的かつ歴史的な一家殺人事件との認識はむろんあったが、そこまで「祖師谷事件」と酷似しているとは思っていなかった。

どうしよう。「昭島市事件」で拳銃が使用されたのが事実だとしたら、なぜ自分はそれを知らなかったのだろう。単なる知識不足か。それなら恥を忍んで勉強し直すまでだが、もしそうではなかったら。事件当時、確かもう三十年くらい前になると思うが、警視庁がなんらかの理由でその情報を伏せたのだとしたら、自分は、また警視庁の暗部に足を踏み入れることになるのではないか。玲子は過去、警視庁の隠蔽を暴いたことで本部を追われ、姫川班は解体され、捜査一課長だった和田や、管理官だった橋爪、係長だった今泉らも懲罰人事でそれぞれ捜査一課から出された。

あれをまた、繰り返すことになるのか。自分が信じる正義を貫くことで、仲間を傷つけることになったら、失うことになったら――。

もし、これがそういう情報なのだとしたら、なおさら菊田には見せられない。どうしよう。本当は駄目なんだけど、こっそり持ち出して外で読もうか。そうだ、図書館にいって、ついでに「昭島市事件」についての正確な情報も確認してこよう。

隠蔽だのなんだのと騒ぐのは、それからでいい。

原稿を、菊田や小幡、その他のデスク要員が見ていないタイミングで机の下に隠す。少し待って、このところ使い続けているロエベのショルダーバッグを、隣の席から自分の足元に引っ張ってくる。ジッパーを開け、その中に原稿をすべり込ませる。

よし、成功だ。誰にも見つからなかった。

昼休み。菊田と小幡を連れてハンバーガーを食べにいった。二人はバーガー類を二個、ポテトもラージをオーダーしたが、玲子はバーガー一個にポテトもスモール。当然、早く食べ終わる。

「ごめん、あたしちょっと、コンビニに寄っていくから。お先」

「ああ、はい」

「……いってらっしゃい」

あの二人、自分がいなかったら会話もしないんじゃないかな、とも思ったが、そんなことは知ったことではない。

店を出たところで携帯を取り出す。どうやら、ここから一番近いのは渋谷区立本町（ほんまち）図書館のようだが、小さいところだと何十年も前の縮刷版は置いていない可能性がある。なので、できるだけ大きなところの方がいい。この周辺だと、中央図書館というのが大きそうだ。位置的には明治神宮のちょうど向こう側、車でいけば十分かそこらの距離。さして遠くはない。

タクシーに乗り、ああ、言い訳するにしても「コンビニ」じゃない方がよかったかな、などと考えているうちに、着いた。

渋谷区立中央図書館。五階建ての、狙い通り大きめの図書館だった。

館内に入り、案内を確認しながら二階に上がる。すると、すぐ右手にあった。朝陽新聞、読日（よみにち）新聞、毎朝（まいちょう）新聞、日東（につとう）経済新聞、各紙の縮刷版がずらりと並んでいる。

とりあえず携帯で「昭島市一家殺人」がいつの事件だったのかを調べる。

「……二十八年前の、六月十四日、か」

その年の六月、念のために七月、八月の縮刷版も棚から抜き出す。一応、メジャーどころは三紙とも。日東経済新聞は、余裕があったらあとでチェックする。

計九冊を抱えて閲覧用のテーブルに運び、その年の六月十四日から順を追って読んでいく。

警視庁が定めた正式な事件名は「昭島市美堀町三丁目一家四人強盗殺人事件」だが、新聞では「昭島市一家殺人事件」と略されることが多かったようだ。社を問わず、この略称が使われている。

報道された内容から読み取れる事件の経緯は、こうだ。

六月十四日金曜日の午後十一時頃、日吉正孝宅に侵入した何者かは、正孝、五十八歳、妻貴子、五十一歳、長女麻里子、二十六歳、次女美穂子、十九歳の四人を次々に殺害。四人はいずれも激しく殴打され、最後は首を絞められて殺害されたと見られている。犯行後、犯人は数時間にわたって現場に留まり、冷蔵庫にあったと見られるショートケーキを食べ、缶ビールを三本飲み、タバコを四本吸っている。また指紋や血痕が至るところから採取されており、犯人が現場内を執拗に物色したことも分かっている。

第一発見者は隣家の住人。回覧板を届けるため、翌十五日十時頃に日吉宅を訪問し、事件が発覚した。十六日には警視庁が捜査本部を設置。犯人のものと思われる血痕や、濡れて吸えなくなったタバコなども現場には遺留していたが、目撃証言などが一切ないことから捜査は難航している――。

ほとんど、玲子が記憶している内容と同じだった。その後の記事を読んでみても、やはり「昭島市一家殺人」で拳銃が使われたという記述はどこにもない。しかも「祖師谷事件」で主な凶器となった刃物すら「昭島」では使われていない。犯行手口は殴打と扼殺だ。これはまったく違う手口といっていい。

この事件の捜査は迷走に迷走を重ね、犯行から十五年後、今から十三年前に時効が成立している。昭島警察署に設置されていた特別捜査本部も同時に解散。玲子も、何ヶ月か前に未解決事件を扱うテレビの特番で観た記憶がある。それくらい「昭島市一家殺人事件」は「歴史上の未解決大事件」と認識され、今もなお警視庁関係者の間では「大きな汚点」とされている。

そんな「昭島市事件」と「祖師谷事件」を、上岡は結びつけて考えていた。

上岡の原稿はこうなっている。とはいっても、このまま編集部に提出するような、いわゆる「仕事」としての原稿ではなく、おそらく取材や検証によって分かったことを書き留めたような、一種の草案みたいなもののように読める。

【「昭島市事件」発生直後、現場周辺では銃声を聞いたという証言があった。また、周辺をうろつく不審人物を目撃したという証言もあった。捜査員も実際にそう語っている。だがそれらは、記者発表では公表されなかった。

警察は「秘密の暴露」を想定して、犯人しか知り得ない情報を意図的に隠すことがある。それは報道機関の人間も分かっているので、自分たちが取材して得た情報でも、書かないでくれといわれれば書くことはない。報道機関が権力に対するチェック機能を失ってはいけないが、犯罪者に利するような報道も、また絶対にしてはならない。それが報道人のプライド

だ。】

この段落の最後の行に、玲子はやや違和感を覚えた。上岡の「報道」に対するスタンスが、フリーライターにしてはやけに「堅い」気がしたのだ。そもそも歌舞伎町を主戦場とするライターが、なぜ「昭島市事件」の記者発表になどもぐり込めたのだ。

警視庁には、大手新聞社と通信社が加盟する「七社会」、NHKやその他の通信社、ラジオ局などが加盟する「警視庁記者倶楽部」、民放テレビ局が加盟する「ニュース記者会」という三つの記者クラブがあるが、そこにフリーライターが入り込む余地はない。

だが、その疑問は上岡の経歴を確認するとすぐに解消された。

上岡は大学卒業後、JPNテレビに入社している。それがちょうど二十八年前。このときに報道局にでも配属されていれば、「昭島市事件」の現場に直接入ることもあっただろう。またそうでなくても、関係者から裏話として聞く可能性はある。その後、三十八歳で病気を理由にJPNテレビを退社している。なんの病気だったかは、いま手元にある資料では分からない。

なるほど。ある程度納得はいった。一時期は確かに「報道機関」に属していたのだから、そういった「報道人としてのプライド」みたいなことを語る資格も、あるといえばあるわけだ。そしてその経験を活かし、のちに「歌舞伎町ライター」として再起していった、ということなのだろう。

また「祖師谷事件」で拳銃が使われたことは公表されているが、股間を——上岡は「肛門」と書いているが、そういった場所を撃たれていることは公表されていない。しかしそれも、上岡なら昔の人脈をたどるなりして知ることも可能だったのだろう。それを報道機関に先んじて週刊誌にでも書いてしまったら大問題だが、幸か不幸か、上岡はそれをする前に殺されてしまった。

先に進む。

【「昭島市事件」はなぜ未解決のまま時効を迎えてしまったのか。

捜査本部は事件当時、長女麻里子に密かに思いを寄せていた男が凶行に及んだのではないか、という筋読みで動いていた。今でいう「ストーカー殺人」の線だが、これでは犯人にたどり着けなかった。次女美穂子についても同様の捜査は行われ、一方では正孝や貴子に対する怨恨（えんこん）の線でも調べを進めていた。しかし、捜査は次第に手詰まりになっていった。

捜査に落ち度があったという印象は、個人的にはない。他局の取材班とも情報交換はしたが、見落としとか手抜きとか、はたまた不祥事があったとかいう話は聞かなかった。

では、何がいけなかったのか。

ズバリ、それは米軍基地だ。

現場となった美堀町三丁目の北には米軍基地がある。言わずと知れた、アメリカ空軍と航空自衛隊が共同使用する、軍用飛行場を備えた、あの横田（よこた）基地だ。日吉宅と横田基地の第五ゲートは車で十分足らず、歩いても三十分ほどの距離にある。

もし、もし犯人がアメリカ空軍の関係者だったとしたら、どうなるだろう。日本の警察は日米地位協定によって、米軍関係者への捜査はできないことになっている。しかし警視庁も、犯人は米軍関係者であるとする決定的な証拠を握っていなかったら、どうなるだろう。警視庁は、米軍関係者以外の線で捜査を続けるしかない。米軍関係者が一番怪しいと思われても、それ以外にはもうあり得ないとなっても、米軍関係者への調べは絶対にできないのだから、他を当たるしかない。犯人などいるはずのない地域で聞き込みをして回り、犯人であるはずのない日本人に事情聴取をし、収穫などあるはずのない会議を重ね、捜査に進展はありませんと、記者会見を続けるしかなかったのではないか。】

「昭島市一家殺人」の犯人が米軍関係者だとしたら、「祖師谷母子殺人」の犯人もまた、上岡の推理では米軍関係者ということになる。

なるほど。だから上岡は、長谷川宅の周辺で事件当時、外国人を見かけることはなかったかと訊き回っていたのか。

確かに、銃が使われたという点においては、日本人よりも米軍人による犯行と考えた方がしっくりはくる。また「昭島市事件」が未解決のまま時効になってしまったことにも納得がいく。

この、上岡慎介が残した手記。

果たして、どこまで真実を言い当てているのだろう。

5

二月十六日、日曜日。

葉山は夜の捜査会議に参加していた。

現在、葉山は多くの捜査員と同じく、砂川雅人の行方を追う捜査に従事している。砂川は「タカミテクノロジー」という小さなIT企業の契約社員だった。所属は「システム営業部二課」。クライアントの要求に対し、自社ではどういうシステムが提供できるのか、というのを提案する仕事だそうだが、実際には、契約社員である砂川がそういった営業をする機会は一度もなく、ほとんどはスキルの高い正社員のサポートと、事務所での電話番だったという。

社内で、砂川が「反米軍基地デモ」の主導者であることを知っている人間はほとんどいなかった。同じ「システム営業部二課」で、砂川の直属上司となるチームリーダーの佐藤卓郎（さとうたくろう）も「初耳です」と目を丸くしていた。

「米軍基地に、反対するデモ、ですか……まあ、テレビでは観たことありますが」

「砂川さんと、そういう話をしたことも？」

「ありませんねぇ。そもそも、そういう個人的な話を彼とした人間なんて、部内にいないんじゃないかなぁ。無断欠勤し出したときも、ああ、やっぱりね、みたいな」

「やっぱりね、と申しますと」

「暗かったからね、彼。なんていうか……ひゅぅぅぅ、って感じで。幽霊みたいな」

砂川雅人に前科はない。現在、特捜が入手している写真は、運転免許証の添付写真、ネットに上がっていたデモ写真に写り込んでいたもの、沖縄の高校の卒業写真と、あとはデモ仲間と撮影したスナップ写真が何枚かだ。仲間と写っている砂川は、決して幽霊のような男ではない。マイクを握って熱弁をふるっている横顔もあれば、お揃いのTシャツを着てVサインをしている得意気な笑顔もある。ただ、会社ではそういう顔を一切見せなかった、ということなのだろう。

また、砂川の行動が最後に確認された下北沢でも入念な聞き込みが行われている。砂川の住居は東京都足立区花畑(はなはた)。橋を一本渡ればもう埼玉県草加(そうか)市という、東京も北東の端っこだ。対して下北沢は、東京の中心部よりだいぶ南西に寄った辺りにある。電車だと一時間半、車でも一時間近くはかかる距離だ。砂川は上岡を殺害したのち、何か下北沢にいかなければならない重要な用事があったと考えることができる。それが逃走に関することなのか、潜伏場所や金を提供してくれる女なのか、今は分からない。ただ、何かあるのだろうとは、葉山も思う。

今ちょうど、そんな報告がされている。

立っているのは原宿署の刑組課係員だ。

「ええ、本日も、下北沢駅周辺に居住する、デモ関係者を当たりました……ええ、世田谷区代田五丁目◎の○在住、ヨシムラテルヒコ、家具メーカー、アンドウ製作所に勤める、二十七歳。ヨシムラは昨年の夏頃に砂川と出会い、ええ……何回か食事をしたり、飲み会などに顔を出しているうちにデモにも誘われ、十月頃から参加するようになったとのことですが、そもそも政治的なことにはあまり興味がなく、活動が活発化していくに従って付いていけなくなり、今年に入ってからは、まったくデモにも、ミーティングにも顔を出さなくなっていたそうです。事件後も砂川から連絡はなく、ええ……もちろん、会ってもいないそうです。また、素面の『斉藤雄介』に関しても……」

彼が言いかけた辺りで、講堂後方の情報デスクで電話が鳴った。振り返ると、軽く手を挙げた橋本統括が、反対の手を受話器に伸ばすところだった。かまわず続けてください、という意味だろう。

上座の梅本管理官が一つ咳払いをする。

「……今の、続けて」

「はい。ええ……『斉藤雄介』に関しましても、写真を見せ、心当たりはないか確認しましたが、特にないと、いうことでした。ええ……次です。世田谷区代沢五丁目、オグラタカヒト、文具メーカーに勤める二十五歳です……」
また後ろの方で物音がし、なんとなく様子を窺っていると、手に何かを持った橋本統括が、やや前傾姿勢で上座の方に上がってきた。手にしているのはメモのようだ。戻っていない捜査員から何か連絡が入ったのだろうか。

そのメモを、上座の梅本管理官に見せる。梅本は一瞬眉をひそめたが、すぐに立ち上がり、内容を読み上げ始めた。

「今、デスクに連絡が入った。捜一の黒田巡査部長からで、デモ参加者のアリシマダイキ、三十二歳が、『斉藤雄介』の写真を確認したところ、フリーライターのイクタハルヒコではないかといい、インターネット上のブログを確認したところ、非常によく似ていることが確認できた……ここで一時、会議を中断する」

各自調べろ、ということなのだろう。梅本は黒板に「生田治彦」と大きく書き、上座の席を離れて後方のデスクに向かった。

葉山も、自分の携帯で調べてみる。

【生田治彦】と打ち込んでみると、すぐに出てきた。

いま梅本がいった「ブログ」というのがこれだろう。【伝えたい真実がある】と題された、ごくありふれたレイアウトのページだ。おそらく沖縄の普天間飛行場であろう、大型のプロペラ機六機が滑走路に並んでいる写真が載っている。【プロフィール】のページに進むと、バストアップの写真を見ることができた。職業も、確かに【フリーライター】となっている。殺された上岡も、殺した側に属すると思われる素面の男も、フリーライターだったわけか。同業者同士だからこそそのトラブルがあったのだろうか。いや、あまり先入観を持つのはよくない。今は、この事実だけを頭に入れておこう。

葉山の三つ前、主任の勝俣が座るべき場所は今、空席になっている。隣、相方の吉澤担当係長はすでに戻ってきている。今日も途中で撒かれたのだろうが、この特捜ではもう、それについてとやかくいう人間はいない。あの姫川ですら「またやってんだ」と呟いただけで、それについて意見するようなことはなかった。同じ係の葉山や黒田、北野にとっては、もはやこの状態の方が普通になってしまっている。勝俣は誰とも組まない。特捜に用があれば昼だろうが夕方だろうが一人で帰ってくるし、帰ってきたくなければ、二日でも三日でも平気で会議を欠席する。

ただ、勝俣が特捜の様子を気にしていないかというと、そうではない。殺人班八係に配属され、最初に入った特捜で葉山はいわれた。

「おい、葉山……俺が出ない会議については、お前が責任をもって、その内容を聞いておけ。そんで、余計なことはいらねえから、要点だけまとめてメールしてこい。誰々に会ったけど何も知らないっていわれましたなんてのはいいから、ハズレが何人いたかもどうでもいいから、重要なとこだけ、新情報とかそういうことだけ、メールしてこい。いいな」

「……分かりました」

葉山はこの言いつけを、忠実に守っている。それが身勝手な命令であることも、組織捜査に携わる者として相応しくない行動であることも、重々承知している。だがそこに込められた意味も、自分なりに理解しているつもりだ。

勝俣なら、数多ある情報の中から何を拾い出し、何を捨てるのか。勝俣の「目」になって見るのだ。勝俣の「頭」になって考えるのだ。すると、今まで自分では重視しなかったような情報にも、なんとなく引っかかるようになってくる。

殺人班八係に配属されて五ヶ月。先月までいた特捜で、葉山は初めて勝俣に褒められた。

「葉山……オメェ、なんでこの、松崎って男が元寿司職人だってことに注目した」

勝俣は、自分の携帯を葉山に向けながらそう訊いてきた。画面には葉山が送ったメールが表示されている。

「それは……マル害が以前住んでいたマンションと、築地市場が歩いて五分の距離だったからです」

「たったそれだけの理由か」

「はい、それだけです」

表示の消えた携帯画面を確認し、勝俣はニヤリと頬を持ち上げた。

「……いいぞ、葉山。オメェ、なかなかいいぜ。これが当たりかどうかは問題じゃねえ。こういう線を見逃さねえセンスが、デカにはどうしても必要なんだよ」

実際、その松崎という男は犯人ではなかった。ところが、犯人だった桜木克也という男は割烹料理屋の、現役の料理人だった。なるほど、と葉山は逆に感心してしまった。

当てずっぽうと筋読み。可能性と推理。想像と勘。それぞれ似ていながら、少しずつ違う。いま自分が考えたことが単なる当てずっぽうなのか、それとも事件の筋を読んだ結果なのか。それを自分で見極めなければ、情報の取捨選択はできない。

勝俣は確かにアウトローな刑事だと思う。叩けば埃も舞い上がるほど出てくるのだろう。だが捜査員として優秀か無能かというと、間違いなく優秀だとも思う。学ぶべき点はある。それが今の、葉山の正直な気持ちだ。その上で、姫川班でやってきたような、柔軟な組織捜査ができたらいいと思っている。

とりあえず「生田治彦」の件は勝俣にメールしておこう。


まもなく会議は再開されたが、新たな情報は特に報告されなかった。逆に幹部からは、生田治彦に関する詳細が発表された。

「現時点で、生田治彦について分かっていることを伝えておく」

最初はブログにも書いてあるような内容だったが、何かの照会でヒットしたのだろう。続けて生田の自宅住所も伝えられた。

「豊島区目白三丁目、◇の▲、ノギワハイツ、一〇三号室。まずここにカツ……はいないから、北野の組、それから……鶴田、庄野の組、今すぐ向かってくれ。黒田はもう向かってる」

「了解」

「了解です」

「他の者は待機」

おそらく今夜は、このままずっと待機状態になるのだろう。特捜本部では決して珍しいことではない。

二十二時を回ったところで、待機組には弁当が出された。ただし、いつものようにビールや焼酎は出ない。待機状態なのだから当然だ。

弁当に回してある輪ゴムを外したところで、声をかけられた。

「……ノリ、お疲れ」

振り返るより前に、声で分かった。姫川だ。

「お疲れさまです」

「勝俣班で、一人だけ残されちゃったね」

「ええ……まあ、末席なんで。いつものことです」

「そんなことないんじゃない？」

姫川は、近くに聞き耳を立てる人間がいないかを確かめるように、辺りをさらりと見回した。

「……ねえ、ガンテツって今、何やってんの？」

輪ゴムを外しただけで、まだフタは開けていない。

「さあ。自分にも、それは分からないです」

「あの人、あからさまに毎日、撒かれてるよね……吉澤さん」

吉澤は今、席をはずしている。

「あれ、初日からずっとです。三日目くらいにひと悶着ありましたけど、でも組替えがあるでもなく、なんとなく……この状態です」

姫川は瞬きもせず、葉山の目をずっと覗き込んでいる。

「本当に、ガンテツが何やってるのか知らないの？」

「知りません。逆に、なぜ姫川主任は、自分が勝俣主任の行動を把握してると思うんですか」

「それは、さぁ……ガンテツがノリのこと、気に入ってるの知ってるからよ」

勝俣が自分のことを「気に入ってる」かどうかは別にして、仕込まれている最中だという自覚はある。

「だからといって、そう簡単に手の内を晒す人じゃないです。勝俣主任は」

姫川は、苦笑いのように口元を歪めた。

「まあねぇ。晒した手の内が、本当に手の内かどうかも怪しいし。案外……くっさい足の裏だったりするのかもしれないし」

「そう、思います」

笑いはしなかったが、今のが姫川なりのジョークであることは、葉山も理解している。

姫川が、弁当の横に置いてある葉山の携帯を指差す。

「生田のブログ、読んだ？」

「ええ、直近の何日分かは」

「見事に、上岡殺しのちょっと前辺りから、更新されなくなってるね」

「一月の二十九日、でしたっけ」

「沖縄関係、けっこう強い人だったみたいね。東京出身なのに」

「あ、東京出身でしたっけ……そんなの、プロフィールにありましたっけ」

「んーん、ブログのどっかに書いてあっただけ。あと……」

いいながら、姫川が自分の携帯を差し出してくる。薄い紫色の、シリコン製のカバーは着けているが、全体の印象は比較的地味だ。

「元、産京新聞の那覇支局の記者だったみたいね。そこで沖縄問題、とりわけ日米安保や地位協定に関心を持つようになった……みたいよ、こいつは」

デモ関係者から名前が出たのだから、沖縄に関心があるのはごく自然なことではある。ただ、新聞社の那覇支局を経験しているとなると、かなり深く、本格的に取り組んでいたのかもと、その印象は変わってくる。

ブログにはバストアップの写真も掲載されている。歳は三十八。それにしては幼い顔つきのように思う。だいぶ昔の写真なのか、それとも童顔なのか。体格は、おそらく中肉中背といったところだろう。

姫川が携帯を上着のポケットにしまう。

「……ノリが教えてくれないんじゃ、自分で調べるしかないか」

「教えないいんじゃありません。自分は本当に知らないんです」

「うん、いいのいいの、気にしないで……ごめんね。お弁当食べて」

肩越しに手を振り、姫川は後ろのデスクの方に下がっていった。

本来、姫川も情報デスクで大人しくしているような刑事ではない。遅かれ早かれ彼女も動き出すだろう。

葉山は、そう思っている。

弁当を食べ終わる頃には、今度は菊田が声をかけにきた。

「よう、お疲れ」

「どうも。お疲れさまです」

筋肉で張り詰めたスーツの肩を、グリグリと片方ずつ回す。いま目の前で、ビリッと生地が裂けてもなんら不思議はない。

「……肩、凝りますか」

菊田は、出ていった北野の席に、こっち向きに跨(また)がって座った。

「ああ、凝るね。一日中原稿と睨めっこだもん……俺、もともとああいう裏ネタみたいなの、好きじゃないしさ。そんなに歌舞伎町って面白いのかね、って思っちゃうんだよ。キャバクラでも風俗でも、ゴールデン街でもいいんだけどさ。そんなに入り浸るほど、面白いのかね。それとも、意外と居心地がいいのかな」

そういわれると、葉山自身も、どちらかというとあの手の街は苦手な方だ。

「まあ、警察官で歌舞伎町好きっていうのも、ある意味困りものですけどね」

「はは、そりゃそうだ」

菊田が、講堂の真ん中辺りに目を向ける。何人かの捜査員が輪になって話している。代々木署の人間が中心のようだ。

「ノリ……お前、このヤマの筋、どういうふうに読んでるの」

かつて、姫川班時代の菊田は、葉山にこんなことを訊く男ではなかった。

「筋読み、ですか」

「お前はどう見てるの」

どう、と訊かれても、正直困る。

「まだ、あまり見えてないとしか、言い様はないですかね」

「覆面の一人は反米デモのリーダー、素面だった男はマル害と同じフリーライター。マル害のバッグも現場から持ち去られ、しかしガサで持ってきたパソコンに、最近の原稿はなかった……持ち去られたバッグの中には、よほど重要な情報が入っていた……そこは、間違いないよな？」

状況だけを見れば、そういう筋立てをすることに無理はない。

それについての、葉山の見解と疑問は、こうだ。

「でも、そもそも現場にいたのは『斉藤雄介』こと生田治彦で、そこに上岡が呼び出されたか何かで、きたわけですよね……その後、一時間ほどして覆面の三人組が現われた。生田が、上岡は今ここにいるぞ、と覆面の三人組に伝えたんでしょうか」

「生田名義の携帯の履歴を調べれば、それも分かるかな」

菊田が、こっちのテーブルに両肘をつく。

「そういえば、砂川の通話履歴ってどうなってるの」

「上岡殺しの少し前から、ほとんど使われなくなってました。かなり計画的です」

「ってことは、その前からトバシの携帯ってわけか」

「おそらく」

「じゃあ、生田の携帯も使われてないかもな」

覆面三人組と生田が仲間であるならば、そういうことにもなるだろう。しかし防犯カメラ映像を見た印象では、どうにも葉山には、四人がそういう関係には見えなかった。生田は、覆面三人組の仲間ではないのではないか。生田自身、映像の中で抵抗らしい抵抗は見せていないし、ましてや連れ去られるような強引さもないのだから、生田と三人は、明らかな敵対関係ではないのかもしれない。でも、だからといって仲間だということにはならないのではないか。

「……なあ、ノリ」

菊田の声が、やけに優しい。

「はい」

「また一緒の班で、捜査できるようになると、いいな」

姫川にいわれるならともかく、それを菊田の口から聞くとは思っていなかった。

「ええ……そうですね」

「なんかさ、お前がいないと俺、心細いよ。たもつぁんも、康平もいないしさ……そりゃ、全員は無理だろうけど、せめてノリだけは、うちの班に欲しかったな。主任もきっと、そう思ってると思うぜ」

いや、姫川はもう割り切っていると思う。自分は勝俣の下に入ってしまった。それはそれとして、受け入れていると思う。

「そんなことないですよ。姫川主任は、菊田さんを頼りにしてます……誰よりも、きっと」

するると菊田は、右手の人差し指で、カリカリッと鼻の頭を掻いた。

「へえ……お前も、少しはそういうこと、いうようになったんだ」

今の自分の発言の、どこが意外だったのだろう。

「なんか、おかしかったですか」

「いや、おかしかないよ。むしろ、いいんじゃねえの……主任もいってたぜ。最近のノリも、悪くないって」

それ以前に、菊田ももう主任なのだから、姫川のことを、ただ「主任」と呼ぶのは、おかしいと思う。

その方が、よほどおかしい。

第四章

1

結局、私が日本への移住を決断したのは、妻が亡くなった二年後、四十六歳になったときだった。なぜ二年、一人アメリカで頑張ってみたのかといえば、それはやはり異国の地で、とりわけ日本という国で暮らすことに不安を覚えていたから、ということになる。

そしてその不安は、むろん杞憂もあったが、多くは現実となった。

何よりまず、日本語が読めないことに苦労した。アルファベットにも大文字と小文字の使い分けはあるものの、日本語の平仮名と片仮名の役割分担は、それとはまったく別次元の複雑さで、とにかく理解に苦しんだ。日本人は「主に外来語が片仮名です」と簡単にいうが、そもそも日本語が分からないのだから、日本語に交じり込んでいるどれが外来語なのかなど区別できるはずもない。大体「ラジオ」や「ミシン」なんて言葉は英語にはない。

しかも、平仮名だけで四十六文字もある。それに濁点や「きゃ、きゅ、きょ」などのバリエーションを加えると優に百種類を超える。それだけでアルファベットの四倍だ。大文字小文字を別に数えても二倍はある。でもそれはまだ平仮名だけの話。片仮名を入れたら四倍、あるいは八倍。漢字はなんと二千種類以上あるという。

ただサユリは、それは心配しなくていいといってくれた。

「アンソニー。二千字すべてを読める日本人なんて、実際にはほとんどいないのよ。だから大丈夫。大人でも、漢字が苦手な人はいるしね。自分に関係のある漢字……たとえば『東京』とか『世田谷区』とか、身近なところから覚えていけば、アンソニーならきっとマスターできると思う」

そんな私が最初に覚えた漢字は「小百合」だった。英語でいったら「スモール」と「ハンドレッド」と「ミックス」だという。「小さな百を合わせる」とは、また奇妙な名前だと思ったが、日本語で「百合」は花の「リリウム」を意味するという。それなら分かる。小さなリリウム。小百合にぴったりの名前だと思った。

のちにケンは日本に帰化するが、それ以前から日本名を「池本健（いけもと）」としていた。「池本」は小百合の父方のルーツとなる、由緒あるファミリーネームだそうで、「健」は「ヘルシー」を意味する漢字だという。ヘルシーなのはけっこうだが、私たちのファミリーネームである「ゴールディング」はどこにいったのだ、と私は訊いた。

健は「それはとても難しい」と苦笑いを浮かべた。

「僕も考えてはみたんだけど、『ゴールディング』を日本名に馴染ませるのは、とても難しいんだ。でも、ジョージはジョージ。『キャッスル』を守る『ウォリアー』という意味の漢字を書いて、『城士』だから。父さんにも馴染みやすいだろ」

ウォリアーなのは実に素晴らしいことだが、やはり「ゴールディング」を意味する部分を、何かしら盛り込んでほしかったというのが、私の正直な気持ちだった。

日本の家はとにかく小さい。玄関のドアからして小さいし、一つひとつの部屋もせまい。ベッドを始めとする家具も小さい。天井も低い。東京の土地はとにかく高いそうで、いま住んでいる家も持ち家ではなく、小百合の名義で契約した借家だというが、何しろ土地が小さいから、家族で暮らすには建物を上に高く延ばすしかない。だが延ばしたら延ばしたで、せまいせまい急な階段を毎日上り下りしなければならない。これがなんというか、非常に私を貧しい気持ちにさせた。

一方、玄関で靴を脱ぐという習慣には、意外なほどすぐに馴染めた。理由はたった一つ。素足でいいのなら、その方が楽だからだ。むろん、それをするためには家の床を常に清潔に保っておく必要があるが、そこは小百合がちゃんとやってくれていた。いや、これは小百合だけが偉いのではなく、日本人は全般的に綺麗好きで、床を清潔かつ安全に保つ術(すべ)に長けている。また建築資材も非常に良質で、均一化されている。特に床材はきちんとコーティングされたものが多いので、素足で歩いてもまったく問題がない。

逆に、道がせまいのにはなかなか慣れることができなかった。東京では、玄関を出て三歩歩いたら、もう向かいの家の玄関だ。以前住んでいたフロリダ州タンパの自宅は、家を出て十メートルくらいのアプローチを歩いて歩道に出て、それから二車線の車道を渡ると、また同じように歩道があって、同じようにアプローチがあって、ようやく向かいの家の玄関にたどり着く。家屋もほとんどが平屋だった。土地があるから、二階建てにする必要がないのだ。日本の国土はアメリカの二十五分の一以下で、そこにアメリカの四割に相当する人口が暮らしているらしいから、一人ひとり所有できる土地がせまいのは致し方ない。しかも日本には平地が少ない。航空写真を見るとよく分かるが、とにかく山地が多い。だから余計に、東京を含む「関東平野」に人口が集中するのだという。

そうなると、私のようなアメリカ人はどうしても疑問に思ってしまう。

これだけの武力と経済力を持ち、科学技術やそれを支える教育も行き届いているのに、なぜ日本人は、戦争をして他国の領土を奪おうとはしないのだろう、と。

私自身は長らく軍人ではあったが、だからといって戦争の歴史を人一倍知っているわけではない。一般論としていわれていることくらいは知っているつもりだが、特に軍にいたからといって、特別な機密に触れる機会があったわけではない。

だから、日本で暮らしていると驚かされることが多々ある。

日本という国は太平洋戦争後、GHQによって作られた憲法を、いまだに一字一句変えずに使っているという。使っているというか、守っている。これには大変驚かされた。

戦勝国が敗戦国の法律を変えてはいけないというのが、確か「ハーグ陸戦条約」の条文にあるのではなかったか。もちろん、私自身は第二次世界大戦を経験してはいないし、戦後の日本がどのような状態だったのかも、ほんの少ししか知らない。ダグラス・マッカーサーが何をどう判断し、なぜ日本の憲法を書き替えたのかなど知る由もないが、そこにどんな理由があろうと、何も、七十年近くもそんな憲法を、しかも日本人が進んで守り続ける必要はないと思う。

国の在り方は常に変わり続ける。国民の意識も、暮らしも、国際情勢もだ。何よりアメリカと日本のそれが、戦勝国と敗戦国という絶対的上下関係から、国際社会に大きな影響を及ぼす同盟関係に変化したのだ。だから、もういいと思う。戦後の混乱期に、しかも、法律の専門家でも研究者でもないマッカーサーの部下たちが、たった一週間で作ったといわれている憲法など、さっさと作り変えればいいと思う。

また昨今、日本はGHQによって戦前の日本を根底から否定する「自虐史観」を徹底的に植え付けられた、という話が出てきているらしい。「War Guilt Information Program」と題された、「日本国民再教育計画」とでもいうべきものだが、しかしこれも、アメリカからしてみたら戦勝国の、当然の行動ということができる。

戦争というのは、戦って勝った国が、負けた国を我が物にする行為である。当然、負けた国は勝った国を恨む。甚大な被害を被ったのだから当たり前だ。日本でいえば、連合国並びにアメリカを恨むのが自然だ。しかしアメリカにしてみれば、せっかく占領したのに恨まれたままでは旨みがない。特にアメリカは領土的野心を持ち合わせていない国なので、敗戦国を直接統治するような政策は採らない。できれば自分たちに都合のいい人材を国家元首に据えて、自分たちの言いなりになる国に作り変えたいと考える。そのためにはどんな手段が相応しいのか、徹底的に考え抜き、実践したはずである。仮に「War Guilt Information Program」なるものが実在し、実践されたのだとしたら、そういう目的だったものと私は考える。

これも世界を見回してみれば、さして珍しいことではないと分かる。中国では王朝が代わるたびに、前王朝が築いてきた歴史は新王朝によって書き替えられてきたという。そこまでではなくても、現政権の正統性を主張するために、前政権を徹底的に批判するのは今の時代でもよくあることだ。アメリカもそれをやっただけのこと。大日本帝国を打ち負かし、アメリカに都合のいい「新日本」を作るために、それ以前の歴史を書き替えたのだろう。それを国内勢力がやったのか、国外勢力にやられたのか、というところに少なくない違いはあると思うが。

ただこれも憲法と同じで、当時のＧＨＱ上層部の人間からしてみれば、「お前ら、まだそんなことを信じてたのか」となるのではないだろうか。日本はアメリカと違い、長い長い歴史を持つ国だ。古い文献もちゃんと残っているという。しかも、民族の歴史が政権交代のたびに書き替えられてきた、ということも、小百合によればないらしい。だったら「こんなのは嘘だ」と、日本人自らが声をあげるべきではないか。

たった一週間で作った憲法を何十年もありがたがって守り続けてきたことも、戦勝国にいいようにすり込まれた「自虐史観」を「はあ、そうなんですか」と信じ続けてきたことも、よくいえば日本人の真面目さがそうさせてきたといえる。

しかし、悪くいえばただの馬鹿だ。発想が子供じみている。

傲慢（ごうまん）を承知でいわせてもらえば、戦勝国の苦悩というのもまたあると、私は思う。

日本はアメリカに負け、強引に変えられた部分も大いにあるだろうが、良い方向に転換できた部分があるのも、また事実ではないだろうか。

それは、戦争をしない国になれたことだ。

アメリカは幸か不幸か——もはや不幸としか言い様がないと私などは思うが、アメリカは、アメリカ本土が火の海になるような負け方をしたことがない。確かに、ベトナムで勝ったとは言い難い。朝鮮半島、イラン、イラク、湾岸、アフガニスタン、様々な戦争に首を突っ込み、そのたびに痛い思いもしてはきたが、それでも本土は無傷だった。だからこそ「勝った、勝った」と国内では喧伝することができた。さすがに、本土が焼け野原になったらアメリカも負けを認めるのだろうが、そういう機会はこれまでになかった。

だから、戦争を否定できない国になってしまった。

誰より、私自身がそうだった。私が戦ったベトナム戦争を、私自身は真正面から否定することができない。あれは正しかった、正義の戦いだったと、そう自分に言い聞かせなければ、ではあれはなんだったのだという話になってしまう。

人殺し――。

正義の戦争でないのだとしたら、あれはただの人殺しだったことになる。それでも、本当は嫌で嫌で仕方がなかった、血を見るたびに実は隠れて吐き戻していた、死体なんて気持ち悪くて触りたくなかったと、それが本心ならまだ救いがある。

だが私は、そうではなかった。実に多くの人を平気で殺してきた。自分が殺されそうになるのは小便と大便を同時に漏らすほど怖いくせに、他人の首を掻き切るのは平気だった。銃で撃ち殺すのも平気だった。他所の家族を殴り殺すのも、見知らぬ女をレイプするのも、まったく平気だった。

これが何を意味するのか、私は理解したくない。

実際に戦場で人を殺してみるまで、自分はそれが平気な人間だったのかどうか。もはやそれを知る術はない。たった一ついえるのは、最初に殺したときも、最後に殺したときも、大差はなかったということだけだ。

最も分かりやすいのは、私という個人は元来人殺しを厭わない人間である、という仮説だ。それよりもっと恐ろしいのは、人間とはそもそも同族を殺す生き物である、という結論だ。そのどちらも、私が再び殺人を犯す可能性を否定してはくれない。酒をやめようがタバコをやめようが、そんなことで人間性が根本的に変わるとは思えない。

私はまたいつか、人を殺してしまうかもしれない。

その考えが、どうしても頭から離れない。

たった一つ、私に希望があるとすれば、城士だろうか。

私が日本にきて暮らし始めた当時、城士はまだ三歳だった。プラスチック製の電車とトラの縫いぐるみで遊ぶのが好きな、黒目の大きな可愛い男の子だった。「アンソニー」とも「グランパ」とも発音できず、しばらくは私を「アンニー」と呼んでいた。日本語的に解釈すると、それは「アンという名前のお兄さん」という意味になるらしい。「アン」が男かどうかはともかく、本当は祖父なのに「お兄さん」だ。まあ、悪くはないと思った。

退役後、再就職したのが軍とも関係の深い食品会社だったため、日本再入国時の私は特別に「軍属」という立場だったが、その会社も日本にきて十ヶ月で辞めてしまった。その後は、少額ではあるが退役軍人年金が支給されていたこともあり、あえて再々就職はしなかった。健も小百合も仕事を持っていたため、私が城士の世話役をするのが最も効率的だと思ったのだ。

その頃は公園によくいった。子供を公園に遊びに連れていくのは、この国では主に若い母親の役目らしい。アメリカでもそうなのかもしれないが、残念ながら私は、健が子供の頃にそのようなことをした経験がないので、その辺りの事情はまったく分からない。

おそらく多くの日本人は、いい歳をした白人が三、四歳の子供を連れて、昼前から公園にいることを奇妙に思ったことだろう。彼女らは一人として、私たちに近づいてこなかった。

私は城士に、「あの中に友達はいないのか」と英語で訊いた。城士がどこまで私の意図を理解していたかは分からないが、彼ははっきり「No」と答えた。家での会話は英語と日本語が半々だったので、城士もある程度は英語が話せた。

「じゃあ、アンニーと『ハイド・アンド・シーク』をしようか」

「うん」

日本でいうところの「かくれんぼ」だ。二人だけでできる遊びといったらそれくらいしか思いつかなかったので、城士とはよく「ハイド・アンド・シーク」をして遊んだ。私は、アメリカ人としてはさほど大柄ではないが、日本人と比べたらやはり大きな方だ。退役後の運動不足もあり、かなり太ってもいた。

「アンニー……もうちょっと、ちゃんと隠れてよ」

「おかしいな。上手く隠れたつもりなんだが」

「お尻が大きいから、すぐ分かるよ」

まあ、三歳児にはいい遊び相手だったのではないか。


こんな先進国であるにも拘らず、日本には保育所が不足しているという。城士はなかなかどこの施設にも入ることができずにいたが、四歳の秋になって、ようやく近所の施設に空きができた。

むろん、送り迎えは私の役目だった。

「アンソニー、本当にいつもありがとう。あなたが一緒に住んでくれるようになって、私たちも城士も、とてもハッピーだわ」

「私からも礼をいうよ、小百合。一人で暮らしていた頃と比べたら、私も百倍ハッピーだよ」

彼らも私を必要とする理由はあったと思うが、私自身、切実に家族を必要としていた。だから城士が保育所に入るというのも、私にとっては良いような悪いような話だった。

城士を保育所に送り届けたあとの私は、本当に独りぼっちだった。近所を少し散歩して、電柱や看板の文字を読んでみたり、最寄りの千歳船橋駅までいってみて、カフェで時間を過ごしてみたり。だがそんなことをしても、潰れる時間は高が知れていた。しかもこれから、城士はどんどん自立していく。こんなアメリカ人のお祖父ちゃんと――私は早くに結婚し、健が生まれたのも二十三歳のときだったから、年齢的にはまだ「おじいちゃん」というほどではないのだが、それでも、いつまでも城士の、唯一の友達でいられるわけではない。

私は私で、この日本で生きていくスタイルを確立しなければならない。


電車に乗れば、三十分足らずで新宿にいくことができた。

新宿は、大きなチャイナタウンのようなイメージの街だ。ビルの外壁は看板で埋め尽くされていて、ひどくゴチャゴチャしている。高層ビルが多いエリアはまったく雰囲気が違うのだが、歌舞伎町のあるエリアでは、強烈にアジアを感じた。それもあって、新宿はあまり好きな街ではなかった。

とはいえ、その日の私の目的は歌舞伎町ではなく、本屋だった。小百合から「日本で一番有名な書店は、新宿の紀伊國屋です」と聞いていたので、そこを目指した。日本人は誰もが親切なので、

「キノクニヤ、ドコデスカ?」

と訊けば、みな指を差して教えてくれる。

そう、日本人は、誰もが、親切――。

みな、指を、差して、教えて――。

「……オゥ、ノゥ……」

また、どこからか雨雲が私に忍び寄り、昼間の光を奪い、私は進むべき道を見失い、闇に溺れ、雨に溺れ、意識がどろどろに腐り、傘が、ギラギラと電灯の明かりを照り返す、ドット柄の傘が、向こうから――。

「……大丈夫ですか？」

若い女性に英語で声をかけられ、私はかろうじて、その悪夢から逃れることができた。幻の奴隷に、ならずに済んだ。真昼の、新宿のノイズが耳に戻ってきた。

「ああ、ありがとう……ちょっと、眩暈がしただけです」

「どこか、休める場所を探しますか？」

「いえ、大丈夫です。キノクニヤは、この先でいいんですよね」

「ええ。もう一つ先のブロックです。そこまでご一緒しましょう」

「ありがとう」

その親切な女性は、たぶん二十歳くらいだったと思う。いや、日本人女性は非常に若く見えるから、ひょっとしたら三十歳くらいだったのかもしれない。黒いロングヘアの、とても美しい人だった。

彼女は売り場まで私を案内するといってくれた。

「どのような本をお探しですか？」

まるで親切な店員のようだと、私は思った。

「実は、まだ日本にきて間もないので、日本語がほとんど分かりません。何か、日本語を学べるような本があるといいのですが」

「ビジネスで？」

「いいえ、日常会話でいいんです。できれば、あまり堅苦しくない、楽しみながらできるような、テキストブックがあると嬉しい」

彼女は、パッと花が咲くような笑みを浮かべた。

「大人なのに、と笑わないでくださいね。コミックは、お好きですか？」

「子供の頃には、よく読みましたが」

「日本には、大人が読んでも楽しめるコミックがたくさんあります。しかも、それのバイリンガル版もあるんです。日本語と英語が併記してあるので、とても分かりやすいですし、日常会話が多く使われているので、きっと役に立つと思いますよ」

「それは、いいですね」

棚に案内されると、さほど数は多くなかったが、確かに私のような大人が読んでも楽しめそうな作品がいくつかあった。アメリカンコミックのような漫画独特の世界観ではなく、もっと現実世界を写し取ったような、スーツを着たビジネスマン同士が普通に会話をする作品まであった。

「こっちは、美食をテーマにした作品です。日本各地に実在する料理を、実際に取材して描いてあります」

「それは面白い……では、そのビジネスマンのと、美食の作品にしましょう」

私が全巻手に取ろうとすると、彼女は慌ててそれを止めた。

「最初の一巻だけで、いいんじゃないですか？　面白くなかったら、無駄になってしまいます」

「そう、ですね……じゃあ、二巻ずつにしておきましょう」

会計を済ませ、彼女とは書店の前で別れた。誰もが忙しそうにしているこの東京で、なぜ彼女が私の本選びに付き合ってくれたのかは分からない。ひょっとしたら、ミーティングの相手に予定をキャンセルされ、時間を持て余していたのかもしれない。

なんにせよ、これは私にとって貴重な経験となった。

少し、日本で暮らしていくことへの不安が、和らいだというか。もう私が、あの雨の夜の悪夢に引き戻されることはないんじゃないか。そんな予感が、微かにではあるが、私の心に芽生え始めていた。

2

玲子は、会議中断の待機中に林と連絡をとった。

「もしもし、お疲れさまです、姫川です」

『はいはい、お疲れさま』

どこかを歩いているような、街のノイズと風の音が背景にある。

「林さん、いま外ですか？」

『うん、いま帰り。もうすぐ千歳船橋』

つまり「祖師谷事件」の特捜がある成城署を出て、まだ間もない。林の自宅は江東区深川。小田急線に乗って、乗り換えるのは表参道だったか。

「すみません、帰るのちょっと待って、少しお時間をいただけませんか」

『ああ、もちろんかまわんけど。何か分かったの』

「一つ、気になる情報が出てきまして。それについて、あたし一人では、なんていうか……判断が下せないというか」

『分かった。私はいいけど、そっちはすぐには出られないんじゃないの』

今は、二十二時三十六分。この待機が何時に解けるかは、正直まだ分からない。

「そうなんですよね……十二時過ぎでもいいですか」

『私はいいよ。とりあえずじゃあ、初台駅の辺りにいるよ』

「すみません。よろしくお願いします」

その後、生田治彦の自宅に向かった勝俣班の黒田から連絡があり、ノギワハイツ一〇三号に人の気配はなし、新聞と郵便物も数日分溜まっているということだった。

犯人グループと密接な関係にあると思われる生田治彦。その自宅周辺で、この真夜中に聞き込みを始めるわけにはいかない。また生田もフリーライターということで、マスコミ関係者に連絡をとり、情報収集をすることも検討されたが、もう少し下調べをしてからでないと、逆に生田に捜査情報が回る危険性があるという玲子の意見が採用され、午前零時には待機状態が解かれることになった。

そうはいっても、この特捜はまだ設置から十日目。ほとんどの捜査員は武道場に布団を敷いて雑魚寝（ざこね）。玲子も、昨夜は署内に一つだけある和室を借りて仮眠をとった。ここも長引くようなら、近所にビジネスホテルでも探そうかと思っている。

バラバラと捜査員が席を立ち始めたところで、菊田に声をかけた。

「菊田……あたし、ちょっと出てくるね」

「ああ、はい。コンビニですか」

どこまで菊田に明かすべきかは、いまだ迷い中だ。

「うん。昼間、買い忘れちゃったものがあるから」

いずれちゃんと説明はする。そう心の中で誓いながら背を向けた。


林は、前に葉山と入った焼き鳥屋の向かい、個室のある居酒屋に席を取ってくれていた。

「すみません、遅くなっちゃって」

「大丈夫。こっちは昼間、ほとんど居眠りしてるから」

そんなはずはない。林は、暇さえあれば報告書や資料、調書の類を繰り返し繰り返し読んでいる。何か見落としはないか、矛盾はないか。誰かに声をかけられたり、別の仕事を頼まれなければ、何時間でもそうやって読み続ける。凄まじい根気と集中力である。玲子には、とてもそんな真似はできない。

「何にする」

「じゃあ、生と……揚げ出し豆腐」

店員を呼んでオーダーを済ませたら、早速本題に入る。

「林さん、あの時効になった『昭島市一家四人殺人事件』って、何か絡んでましたか」

「絡むって……」

林は茄子(なす)の浅漬けを指で摘み上げた。

「当時……捜査に関わったかってこと？　いいや、私は全然」

「誰か知りません？　特捜に入ってた人とか。実は、今泉さんがそうだったりして」

「いや、それは知らんけど……そうねぇ。誰かいたかな」

林は以前、捜査一課強行犯二係で捜査本部設置に関する業務と、捜査資料の収集整備を担当していた。でもそれは、ここ十年とか、せいぜい十数年の話なので、「昭島市事件」のあった二十八年前となると、さすがの林でも守備範囲外かもしれない。

「じゃあ、それはいいです」

玲子は次の話題にしたかったが、林は珍しく眉をひそめ、睨むように玲子を見た。

「よくないよ。なんなの、いきなり『昭島』なんて。上岡がなんか、それについて書いてたの」

スルー失敗か。

「……まあ、そうなんですけど」

「確かに、両方とも一家惨殺事件ではあるけれど、ないでしょ、共通点なんてほとんど」

「と、思うんですけどね、あたしも」

「なのに、何か確認はしたいんだろう？」

そもそもなんの説明もせず、上司に協力を求めること自体に無理があるのだろう。

「はい……」

「なに。ちゃんといってよ、私には。じゃないと、あなたを代々木に出すことに賛成した私が困るんだよ」

「……ですよね」

ちょうど生ビールがきたので、それをひと口いただいてから玲子は始めた。

「お察しの通り、上岡は『祖師谷』と『昭島』の共通点について書いてました。『祖師谷』は刺殺、『昭島』は殴打と扼殺という違いはありますが、上岡は『昭島』でも拳銃が使われ、しかも肛門に銃弾が撃ち込まれていたと書いてるんです」

「そんな……なんで上岡がそんなこと」

「彼は元テレビマンです。知っていても不思議はありません。だから確かめたいんです。当時の捜査について……それと、別に『祖師谷』の特捜幹部を疑うわけじゃありませんけど、現場で採取された指紋は、ヒットしなかったんですよね？」

林はずっと、眉をひそめっ放しだ。

「……ないよ。前科者とも、その他の事件関係者とも照合したけれど、該当者はなしだった」

「『昭島』でも犯人と思しき指紋は採取されています。まあ、当時の新聞にそう書いてあったってだけですけど。でもそれが事実だとすれば、『祖師谷』で採れたのにヒットするはずですよね。ところが、それはなかった……ということは、二件は同一犯ではない、ということだと思うんですが」

「そういうことに、なるよね。普通は」

やはり、そうか。二つの事件で採取された指紋は、一致していないのか。

すると、ふいに林が「あ」と斜め上を見上げた。眉も普段通りにゆるんでいる。

「なんですか」

「思い出した。確かアズマが、『昭島市事件』の特捜にいたって、いってたような気がするな」

アズマ、って――。

「それってあの、いま新宿署にいる、東警部補ですか」

「そうそう」

「和田さんも、けっこう目を掛けていたという」

「うんうん、その東。面識あるっけ？」

「まあ、同時期に本部にいましたんで、顔は知ってますけど。あと最近だと、和田さんの、退官お祝いの会でもご挨拶はしました。しかも彼、上岡が殺される何日か前に、上岡と会ってるんですよ」

「ほう、それは……何かありそうだね」

上岡と東が会っていたことと、「祖師谷」と「昭島」の関連性にどれほどの繋がりがあるのかは分からない。

ただ、会ってみる必要はありそうだ。

東弘樹警部補には。


報告書には、東は上岡が殺される三日前に、新宿郵便局の向かいにある喫茶店で会ったと書いてあった。そのときは「ブルーマーダー事件」で死んだと噂されていた成和会の構成員、浜本清治が、実は室蘭で生きていたという話と、矢吹近江の逮捕が「反米軍基地デモ」に及ぼす影響について話したということだった。

上岡は、東には「昭島市事件」について訊かなかったのだろうか。いや、上岡自身、東が二十八年前に「昭島」の特捜にいたなどとは、想像もしなかったのかもしれない。この偶然には、玲子自身、ちょっと驚いている。

二月十七日の月曜日。玲子は朝の会議が終わるとすぐ、梅本管理官のもとに向かった。

「すみません、管理官」

「……ん、なんだ」

玲子は、あまりこの梅本という男が好きではない。勝俣とそこそこ上手くやっている、というのも理由の一つではあるが、なんというか、いわゆる「ど真ん中の昭和オヤジ」なのだ。中途半端に太っていて、ヤニ臭くて目つきが嫌らしくて、ファッションセンスも何もないくせに、変に威張ってばかりいるタイプだ。まあ、平成生まれも中高年になれば似たようなものなのかもしれないが。

それはそれとして、だ。

「私、これから新宿署にいってきます。刑事課の東担当係長に、先日の聴取の件で確認したい事項が出てきましたので」

「確認？　何を」

「東係長は上岡と、『ブルーマーダー事件』について話したようですが、その『ブルーマーダー事件』の特捜には私もいました。一見、関係ないようにも思えるのですが、この調書には、なぜ成和会の浜本が話題になったのか、という部分が書かれていません。そこがどうも、私は気になるので」

梅本は面倒臭そうな顔で耳をほじり始めた。

「ああ、そう……まあ、別にそれはいいんだが、あれだぞ、矢吹近江のことだったら、下手な手出しは無用だぞ」

理由は大体分かるが、一応訊いておく。

「矢吹について訊くつもりはありませんが、ちなみに、それはなぜですか」

「矢吹は公安マターなんだよ。触るとあとが面倒なんだ」

「でもそれと、東係長とどういう関係が？」

「その、矢吹の調べを担当してるのが東なんだよ」

「は？　だって、東さんは強行犯係の係長ですよね。なんで公安マターの矢吹なんかを？」

するといきなり、持っていた書類を上座の会議テーブルに叩きつけた。

「そんなこと、俺が知るはずねえだろうがッ」

やだやだ。だからこういう昭和オヤジって嫌い。


一応、梅本の許可もとれたということで、玲子は講堂を出ようとしたが、デスクに荷物をとりにいくと、菊田に、何やら意味ありげな目で見られた。

「……ちょっと、新宿まで、いってくるね」

「どういった、ご用件で？」

マズい。菊田、何か勘づいてる。この目はそういう目だ。

「強行犯係の、東係長に、ちょっと」

「ちょっと、なんです？」

駄目だ。絶対、何か摑まれてる。

「そんな……意地悪しないでよ。何かいいたいことがあるんでしょ？　はっきりいいなさいよ」

「いうべきことをいってないのは、姫川主任の方でしょう。水臭いですよ」

いいながら、菊田は自分の携帯を玲子に差し向けてきた。

メールの画面だ。差出人は【林広巳】となっている。

なんだ。全部バレてるのか。そういえば林には、菊田に内緒にしてくれるよう頼むのを忘れていた。

菊田が携帯を引っ込める。

「林さんが心配して、メールくれたんですよ。昨夜、主任が一人で話をしにきたけど、どうなってるんだって。お前はこのことをちゃんと知ってるのかって」

全文は読めなかったが、そんなことが書いてあったのは見えた。

「……ごめん」

「そういうことされると、自分の立場がないんですけど」

幸い、小幡はいま席をはずしている。他のデスク要員は、原稿の山の前で何やら相談している。こっちの話を聞いているふうはない。

「だから……ごめん。ごめんなさい」

「謝ってほしいんじゃありません。ちゃんと、自分にも相談してくださいっていってるんです」

「分かってる……帰ってきたら、ちゃんと話すから」

「一緒にこいとは、いってくれないんですね」

なんか、怖い。菊田が、凄く大きく見える。それだけに、頼ってしまえたらどんなに楽だろう、とも思う。でも、今はまだできない。

ちょっと、このヤマは嫌な予感がする。また不祥事絡みだったら、隠蔽工作絡みだったら。その不安が拭えるまで、菊田はこの線に巻き込みたくない。

「……大丈夫。別に、危ないことをしようとしてるんじゃないから。ちょっと、東係長に、訊きたいことがあるだけだから」

これ以上いっても無駄だと思ったのか、菊田はようやく、溜め息をつきながら、笑ってくれた。少し寂しげだけど、でも玲子が一番好きな、菊田の笑い方だ。

「分かりました。俺、ここで待ってますから」

「……うん」

「昼までには、戻れますか」

「……たぶん」

「そうですか。じゃあ、話は昼飯のときにでも聞きます……いってらっしゃい。お気をつけて」

「うん……いってきます」

途中から、逆なんじゃないかと思い始めていた。

この先にどんな危険が待ち受けているのかを、分かってないのはむしろ自分の方で、菊田はちゃんと分かってるんじゃないか、全部知ってるんじゃないか。

なんだか、そんな気になってきた。

十時半には新宿署に着いた。

一階の受付で身分証を提示し、刑事課にいく旨を告げてエレベーター乗り場に向かった。新宿署に顔見知りはいないはずだが、雰囲気で分かるのだろうか、たいていは署員の方から会釈をくれた。昔は現場にいっても、身分証や腕章を見せるまでテープを上げてもらえなかったのに。

これは、どういうことだろう。少しはそれっぽい貫禄がついてきた、ということだろうか。だとしたら、それは刑事として喜ぶべきか、それとも女として悲しむべきか。難しいところだ。

四階でエレベーターを降り、刑事課に向かう。

一昨年まで勤務していた池袋署もかなり大きな署だったが、新宿署はさらにその一・五倍くらいの超大規模署だ。さすがは日本最大の警察署。デカ部屋もえらくだだっ広い。

それでも、東弘樹がどこにいるかはすぐに分かった。

中央付近の川の、奥の方。統括係長席の手前。玲子が部屋に入り、二、三歩進んだところで向こうも顔を上げた。

昔から思っていたことだが、やはり東という男はシベリアンハスキーによく似ている。まず男っぽい。それが一番。次に、ちょっと狼っぽい。人付き合いがどうかまでは知らないが、どことなく一匹狼的な雰囲気がある。でも、丸っきりの狼ではない。基本は犬なのだ。別に馬鹿にしているのでも自虐的な意味でもなく、警察官らしい警察官、刑事らしい刑事、そういうところが実に犬っぽい。「犬のお巡りさん」までいってしまうと、それは可愛過ぎだが。

東は、もうこっちに気づいているはずなのに、たぶん視線も合っているのに、ずっと無表情のまま玲子を見ている。近くまでいくと、監視カメラのレンズのように、その黒目が玲子を追って動いているのが分かる。

だから玲子も、あえて真横に着くまで会釈をしなかった。

「……東係長。ご無沙汰しております」

そこで、ジャスト十五度の敬礼をしてみせる。

シベリアンハスキーは、一瞬たりとも玲子から目を逸らさず、真っ直ぐに立ち上がった。背はさほど高くないが、体の厚みが凄い。でも太っているのとは違う。なんというか、体の、密度のようなものが非常に高い。

「こちらこそ……前にお会いしたのは、和田さんの退官祝いのときでしたか」

低く、真っ直ぐ、お腹の辺りに響いてくる声。こういう声は、空腹時に聞くとつらいと思う。

「そう、ですね。そうなりますね」

いいながら、玲子は東の机の方に視線を流した。

「あの……今、お忙しいですか」

それでも東は、玲子から視線をはずさない。

「この署にきて以来、暇だったときなんてありませんよ」

新宿署は実際にそうなのだろうが、でも、もうちょっと他に言い方はあるだろう――いや、いいのか。いつきても暇ではないのだから、だったら逆にいつでも、今でもいいと理解すべきか。

「じゃあ、少しお時間いただいても、よろしいでしょうか」

東は頷きも、かぶりを振りもしない。

「何か私に？」

「ええ、ぜひお伺いしたいことがありまして」

「どんな話でしょう。ことによったら、私ではお役に立てないかもしれない」

「そんなことはありません……それに私、今、上岡慎介の事件の特捜にいるんですよ。ご興味、ありませんか」

そこで、東の目が動いた。目の色が変わった、といってもいい。

上岡殺しの捜査状況には、やはり興味があるようだ。

東は小さめの会議室を用意し、そこに玲子を案内した。

奥の方、「ロ」の字に組まれた会議テーブルの角に、途中で買ってきた缶コーヒーを二本置く。

東側に微糖、玲子に近いのがブラック。

「お好きな方を」

「ありがとうございます。じゃあ、こっちを」

玲子はブラックを選んだ。別にそれが好きなわけではない。好き嫌いをいっていいのなら、玲子は常温のミネラルウォーターがよかった。ブラックを選んだのは、わざわざ東の近くにあるものを取るのが嫌だっただけだ。

でも、あったかい。玲子はすぐ手が冷たくなってしまうので、この温かさは嬉しい。

東が、プルタブを引きながら訊く。

「……で、私にどのような」

「ええ、実は、いま私、捜査一課の十一係にいるんですが」

ひと口、微糖のそれを含み、東も「ええ」と頷く。

「一課に戻られたというのは、なんとなく……聞いています」

他にもいろいろ聞いているといいたげだが、今は無視する。

「その、十一係の統括が、林さんなんですよ。林、広巳警部補」

それにも、東は短く頷いた。

「そういえば、和田さんの会のときは見かけなかったな。会場にいましたか、彼は」

「いえ、ギックリ腰かなんかで、急遽欠席したんだと思います」

「そうか。知らなかったな……元気ですか、今は」

「ええ、今は元気にしてます。腰も心配ないみたいで……で、その林さんから聞いたんですが、東さんは二十八年前の、『昭島市一家殺人事件』の特捜にいらしたんですよね」

あえていきなり訊いてみた。

案の定、東は意外そうな顔をした。思ったより、根は単純な人なのかもしれない。単純が失礼ならば、ストレート、素直。こういう人間は、玲子も決して嫌いではない。

東が小首を傾げる。

「……それが、お訊きになりたいことですか」

「はい。ぜひ」

「上岡の事件と、どういう関係が」

そう自分でいって、でも東は玲子が答える前に、何かに思い至ったようだった。ひょっとして、今のひと言だけで「昭島」と「祖師谷」を結びつけたのか。なぜだ。殺される三日前の上岡と話したのは、浜本清治と矢吹近江のことだけではなかったのか。実は「昭島」と「祖師谷」の関連性についても話していたのか。だとしたら、なぜそれを代々木の特捜の聴取で話さなかった。何か都合の悪いことでもあるのか。

この人、何か隠してる——。

今、東は無表情を決め込み、玲子がデカ部屋に入っていったときと同様に、監視カメラの目で玲子を見ている。

そうか。そっちがその気なら、こっちも遠慮はしない。

その胸の内に隠しているものを、何がなんでも引きずり出してやる。

「……『祖師谷母子殺人事件』、ご存じですよね」

もう、東は頷きもしない。

「ええ、もちろん。ニュースと新聞レベルですが。なかなか、捜査は難航しているようですね」

「私、代々木に転出する前は、『祖師谷』の特捜にいたんです」

「ほう。そこからなぜ、『上岡事件』の特捜に？」

口ではそういいながら、目にはまるで疑問の色がない。

「上岡は殺される前に、『祖師谷事件』の取材を熱心にしていました」

「なるほど。あなたは、上岡殺しは『祖師谷』絡みだと睨んだわけだ」

少々馬鹿にされている気もするが、ここで腹を立てたら負けだ。

「そういうことです。二十八年前の『昭島市一家殺人』、『祖師谷』のヤマと似ているとは思いませんか」

「さあ……この二十八年、一家惨殺は他にも何件かありましたしね」

いいだろう。これ以上惚けられないようにしてやる。

「でも、死体の肛門にわざわざ銃弾を撃ち込むようなホシは、いなかったと思いますよ」

するとようやく、東の目が動いた。これは、間違いなくヒットだ。

「……『祖師谷』は、そうだったんですか」

声からも、素直な驚きの感情が漏れ伝わってくる。

嬉しくて、思わずちょっと笑ってしまった。

そういう反応をしてくれるのなら、こっちも素直に話せる。

「お訊きしたいのはその点です。『昭島市事件』当時、警視庁は犯行の手口を詳細には発表しませんでした。あの事件でも捜査は難航し、その結果、徐々に情報をマスコミに流すようになった……それでも、なぜか拳銃が使用されたことは公表されなかった。少なくとも私が確認した限りで、当時の警視庁発表にそういった内容のことは含まれていなかった……まず確認したいんですが、『昭島市事件』で、拳銃が使用されたというのは本当ですか」

東の表情に、次第に疑問の色が濃くなっていく。

「あの事件は、すでに時効になっていますよね」

「ええ。時効を停止する要素がなければ、そうなります」

「ということは、昭島署にいっても捜査資料はすでにない、か……」

自らを納得させるように、東は一度、大きく頷いた。

「いいでしょう。その程度なら、私の個人的裁量でお答えしておきます……確かに、『昭島市事件』では拳銃が使用されました。遺体からは銃弾が複数発採取され、銃声を聞いたという近隣住民の証言も、あったように記憶しています。しかし、それらはすべて伏せられた……私もまだ、あの頃は刑事になりたてでね。それについて異論をはさめる立場にはなかったし、たぶん、そんな発想すら当時はなかった。むしろ、『秘密の暴露』を想定した当然の措置と、理解していたように思います」

上岡の書いていたことはデタラメでも妄想でもなかった。

「昭島」と「祖師谷」は、確実に拳銃で繋がっている――。

東が何を隠そうとしたのかはよく分からないが、それももはや、どうでもよくなってしまった。

もう充分だ。これ以上この男に訊くことはない。

「……分かりました。ありがとうございました」

玲子が立とうとすると、東はそれを止めようとするように訊いてきた。

「疑問は、解消できましたか」

「はい。お陰さまで」

「では、私もそれなりの褒美をもらおうかな」

いいながら、東はやけに強気な視線を玲子にぶつけてきた。犬の中にひそむ、狼の性分をチラつかせるような目だ。

仕方がない。少しはこっちも付き合うとしよう。

「……そういえば、東さんは殺される三日前の上岡と、会ってるんでしたよね」

「ああ。それについての聴取も済んでいる」

「そもそも、どういうお知り合いだったんですか」

「おい、あんたがオマケを欲しがってどうする」

今日初めて思ったのだが、感情を表に出したときの方が、この東という男は魅力的に見える気がする。変にポーカーフェイスは気取らない方が、ずっといい。

「……すみません。そうでしたね」

今も、ちょっと怒った顔をしている。そんな表情も悪くない。

「率直に訊こう。捜査はどこまで進んでる」

本当に、率直の直球だ。

だったら、こっちも礼を尽くして打ち返そう。

「犯人グループが、合計四人だということは？」

「そのうち三人が覆面着用で、一人は素面だったことは知ってる。だが、犯人グループが四人というのは、本当に正しいのか」

「覆面のうちの一人の身元が割れたことは？」

「それも、大きな声ではいえないが……まあ」

「ちなみに、伺ってもよろしい？」

一瞬迷ってから、東は答えた。

「……砂川雅人」

「では、素面の男の身元は？」

今、東は明らかに「知らない」顔をした。それはそうだろう。代々木の特捜が、昨日の夜にようやく摑んだ情報だ。外部の人間が知るはずがない。

「では、それで手を打ちましょう……でも、私から聞いたなんて、誰にもいわないでくださいよ」

東が、分厚い胸の前で腕を組む。

「いいから、早くいえ」

「分かりました……生田治彦。生きるに田んぼ、治安のチに普通のヒコで、生田治彦、三十八歳。上岡と同じ、フリーライターをしている男です」

「『斉藤雄介』の名前で、ウィークリーマンションに宿泊していたのが、その男だな」

その情報はキャッチしていたのか。意外だ。

「本当に、よくご存じなんですね。うちの特捜に『エス』でも仕込んでるんですか？」

「エス」は「スパイ」を意味する、主に公安の人間が使う隠語だが、それが気に喰わなかったのだろうか。

東はやけに意地の悪い目つきで、

「それはそうと……あんた、ガンテツと仲悪いんだって？」

そう訊いてきた。

今ここで、そういうこと訊く——？

反射的に、思いきり睨みつけてしまった。

「……失礼します」

隣の席に置いていたバッグとコートをすくい取り、そのまま会議室を出てきてしまった。最後に頭を下げるくらいはすべきだったのだろうが、それをしたかどうかも自分では覚えていない。

すごい、ムカついた。

ちょっと魅力的とか、そんなこと思って損した。

3

二月十七日、月曜日。

林は朝の会議後、成城署の特捜で出かける支度をしていた。

これからしばらくは、デスクを離れて外回りをすることになる。姫川と菊田を代々木に出してしまったため、林がその穴埋めをするのだ。

相方は姫川と組んでいた鈴井巡査部長。今日はまず、長谷川家が利用していたクリーニング店を訪ね、預けたままになっている服がないかどうかをチェックする。その後は現場となった長谷川宅に入り、姫川がリストアップした高志の服で、なくなっているものがないかをチェックする。むろん、特捜が現場から押収した衣類とは別に、という意味だ。

林はこの、姫川が作ったリストを初めて見たとき、こんなことが現実に可能なのかと我が目を疑った。何番の写真に写っている、このジーパンはなんというブランドのなんという形だとか、このコートは何年から何年まで製造、販売されていたものだとかを、事細かに調べ上げてあるのだ。

むろんすべてではない。【グレー　インナーTシャツ　ブランド不明】というのはある。ただし【丸首　サイズM程度】と備考には書かれている。ほとんどはインターネット上の画像などからヒントを得、メーカーに問い合わせるなりして確認したのだろうが、自分にはこんな仕事、絶対に無理だと思う。これは根気や集中力でどうにかなる作業ではない。洞察力とファッションセンス、及びその知識がなければどうにもならない。

林には、ジーパンなんてどれも同じにしか見えないのだが、姫川は「ポケットの形が違うんですよ」とか、「こっちのステッチはオレンジ、こっちは黄色でしょ」などと、さも当たり前のように根拠を説明した。そういわれてみれば確かにそうなのだが、その違いを自分で発見できるかというと、絶対にできないと断言できる。

「……鈴井さん、長谷川宅の鍵、持ちましたよね」

「はい、持ちました。大丈夫です」

じゃあそろそろ、と思ったところに、ちょうど電話がかかってきた。林の携帯にだ。

「鈴井さん、ごめん……電話だ」

「はい、どうぞ」

ディスプレイを見ると【菊田】と出ている。

「はいもしもし、林です」

『おはようございます、菊田です。今、大丈夫ですか』

「うん、ちょうど出かけるところだったから、かえってよかった」

『え、林さん、外出るんですか？』

そんなに分かりやすく驚かなくてもいいだろう。

「しょうがないじゃない、君らがいないんだから。私だって、たまには刑事の真似事くらいしないと」

『そんな……真似事って』

だが、菊田が笑ったのはほんの一瞬だった。

『それより林さん。今日、姫川主任、早々に新宿署に出かけていきましたが、どういうことですか』

ははあ、早速動き出したか。

「んん、それは、あれだ。新宿署の東に会いにいったんだね」

『なんでですか』

姫川は、菊田にも事情を話していないのか。

「……なんでって、何も聞いてないの」

『昼までには戻るからって、戻ったら話すって』

これは、どうしたものだろう。菊田が知らないということは、即ち代々木の特捜の人間は誰も知らないということだ。姫川が単独行動に出るのは決して珍しいことではないが、それを菊田すら把握していないというのは、ちょっとどうかと思う。

「菊田……姫川は今、二十八年前の『昭島市一家殺人』の線に、注目してるみたいだよ」

『は？　なんですか、それ、いきなり』

「いきなりって、だって、そういうことを、上岡が書いてたんだろう？」

『え、そうなんですか？　そんなの、自分知らないですよ』

昔ならいざ知らず、最近の菊田に「見落とし」はないように思う。それは林が一番よく知っている。それよりは、姫川が意図的にネタを隠している可能性の方がよほど高い。彼女は、勝俣とはまた違った意味で、手段を選ばないタイプの刑事なのだ。

「菊田、そっちの原稿のデータを当たってごらん。どっかにあるはずだから」

『分かりました、調べてみます。また連絡します』

いやはや、姫川には困ったものだ。

菊田をお目付け役につけても、これか。

＊

結局、玲子は昼までには戻ってこなかった。菊田が携帯に連絡しても出ない。折り返しかけてもこない。メールを打っても返信してこない。何度か新宿署の東に電話してみようかとも思ったのだが、そこまではさすがに思いきれなかった。

東弘樹といったら、あの「歌舞伎町封鎖事件」の捜査で名を馳せた男だ。しかも伊崎基子(いざきもとこ)

という、のちに死刑囚となる現役SAT隊員だった容疑者を、爆破されて崩れていくビルの中から、自ら背負って救い出してきたとも聞いている。そんな男に「うちの姫川主任はいってませんか」などと、とてもではないが訊けない。単なる先入観なのだろうが、こっちの心根まで見透かされて、まったく予想もしないことを指摘されそうな気がする。

だから、それはいい。いま自分は、ここでできることをやろう。

菊田はまず、玲子が座っていた机に積んである原稿の束をチェックした。通し番号と、小川がつけた簡単なタイトル。それと一ページ目の内容が合っていれば、その原稿はよしとする。

そうやってチェックしていったのだが、一つだけ【２６６】【事件雑感】という原稿だけが見つからなかった。

「小川さん。これ、どういった内容ですか？」

リストを直接、小川に見せる。

小川は眉をひそめ、首を傾げた。

「そんなタイトル、ありましたっけ」

「ありましたっけって、これ作ったの小川さんでしょう」

「そうですけど……すみません、記憶にないんですよね」

本当に大丈夫か、この男。

「じゃあ、元のデータを調べて」

「はい」

小川は上岡宅から押収してきたパソコンの前に移動し、電源を入れた。

リストの日付の欄を確認し、フォルダーをいくつか開く。

「二百六十六番、ですよね」

「ああ」

「……あったあった、これだ」

日付がそのままタイトルになったファイルを開く。

「それ、プリントアウトして」

「はい」

プリンターの前で原稿が出てくるのを待つ。まもなく出てきた、最初の一枚を読んでみる。

【半年ほど前から、歌舞伎町ではホテルの建設ラッシュが始まっている。これはもうバブルの域といっていい。】

その続きも読んでみたが、歌舞伎町に建設される新しいホテルや、オーナーが代わったホテルなどを投資対象としてどう評価すべきかという、ごく真っ当な経済評論的原稿にしか思えない。一部、取引の背景に中国系資本家や、指定暴力団の元構成員の暗躍云々という行もあるにはあるが、そういった意味ではチェックする必要はあるのだが、でも、この内容に【事件雑感】はないと思う。

「……小川さん、なんでこの原稿に」

小川も、パソコンのモニターで同じ原稿を読んでいる。

「そう、ですよね……なんで僕、これに【事件雑感】なんてつけちゃったんでしょう」

知らねえよ、とは思ったが、むろんいいはしない。

「記憶にないんですか」

「ええ、覚えてないですし、こういう内容だったら、歌舞伎町のホテルバブルに関して、とか、僕だったら、そういうタイトルにすると思うんですけどね」

小川はリストを持って椅子から立ち、斜め向かいのデスクにいる阿部巡査長に声をかけた。

「阿部くん、阿部くん。君さ、リストのファイルにタイトル入力したりは、全然やってないよね」

「え？　あ、はい。手書きでタイトル書いて、付箋（ふせん）貼って、小川さんに渡すまでで、入力自体は一件もやってないです」

「だよね」

くるりと小川がこっちに向き直る。

「……なので、仮に阿部くんが考えたタイトルだとしても、入力するのは僕なんで。さすがに、自分で入力したら、覚えてると思うんですけどね」

「なのに【事件雑感】には、覚えがない？」

「はい……なんででしょう」

「うん、なんでだろうね」

どうにも釈然としない話だが、致し方ない。

「ま、いいや。分かった……ありがとう」

今一度、自分が読む予定の原稿や、小幡の担当するそれもチェックしてみる。いま菊田が持っている【事件雑感】は二度プリントアウトされているのだから、玲子が担当する山にないのなら、菊田か小幡のところに紛れ込んでいる可能性が高い。

小幡も、面倒臭そうにはしていたが、一応探してくれた。

「こっちは読み終わった山ですから、ないですよ……あと、あるとしたらこっちですけどね」

どこにもなかった。【事件雑感】は菊田が手にしている一部しか存在しない。

ということは、今さっきプリントアウトしてもらうまで、【事件雑感】はこの特捜から紛失していたことになる。最も考えやすいのは、むろん玲子が持ち出した可能性なのだが、こんな、といっては亡くなった上岡に失礼だが、こんな原稿をわざわざ玲子が持ち出すだろうか。

なんだろう。段々、嫌な予感がしてきた。

さらに待ってみたが、夕方になっても玲子は特捜に戻ってこなかった。外回りでも、早いところは何組か戻ってきている。

そんな中の一人が、葉山だった。

「菊田さん、お疲れさまです」

いいながら、葉山が情報デスクの周りを見回す。いったん菊田の顔を見て、再度デスク周りを見る。

「……姫川主任は」

相変わらず、葉山は察しがいい。

「目下、所在不明の真っ最中だ」

葉山の目が、上座の梅本管理官の方に向く。だが、その心配なら無用だ。

「一応、管理官には断って出かけてる。管理官も、姫川主任が何時に戻るかまでは気にしてないみたいだ。ただ、これ以上遅くなると、あんまりいい気持ちはしないよな」

「……ですね。あのヤマのときも、最初はそうでした」

葉山のいう「あのヤマ」とは、つまり「東中野五丁目暴力団構成員刺殺事件」のことだ。玲子が単独行動をし始め、最終的に、姫川班の解体に繋がった事件だ。

葉山が、菊田の顔を見ずに訊く。小さく、低い声で。

「……何があったんですか」

数秒迷ったが、葉山のことは、係が別々になった今も元姫川班の仲間だと思っている。たとえ現在の所属が殺人班八係で、直属上司があの勝俣だとしても、その気持ちに変わりはない。

葉山には、正直でいたい。

「実は……主任は今朝、新宿署の東警部補に会いにいっている。それは俺も本人から聞いてるし、うちの統括の、林さんも承知している。でもさすがに、丸一日新宿署にいるはずはない。途中で気が変わって……あるいは、何か新しいことを思いついて、新宿からどこかに向かったんだろう」

「電話やメールは」

菊田は、ただかぶりを振ってみせた。

「また、こんなことになるんだったらな……あらかじめ、GPSでも仕込んどけばよかったよ。それと、主任は上岡の原稿を一部、持ち出してる。タイトルからすると、歌舞伎町のホテルバブルに関する、当たり障りのないものにしか読めないんだが……」

なんでもいい。葉山の意見を聞きたかった。

だが何秒待っても、葉山は返答をしてこない。

見ると、やけに険しい目つきで、上岡のパソコンの方を睨んでいる。今そこには誰もいない。電源も入っているのかどうか、ここからでは分からない。

「……どうした、ノリ」

すると、何かが切り替わったように、葉山が菊田に向き直った。それこそ、何かのスイッチが入ったみたいだった。

「ちょっと、調べてみましょう」

葉山が上岡のパソコンに向かっていく。まだ十八時四十分。夜の会議が始まるまでには三十分以上ある。

「調べるって、何を」

「パソコンの、印刷履歴です」

「そんなことできるのか」

「分かりません。パソコンのモデルとか、設定にもよると思いますが、機能的にはさして特別なものではありません。上岡がその設定をオフにしていなければ……できるはずです」

情報デスクの端っこ。上岡のパソコン前に葉山が陣取る。電源は入っていたので、葉山はマウスを握り、そのまま作業に入った。

普段、菊田が見たこともないウィンドウを次々と開き、葉山は何かを確認しては「違うな」とか「これだ」とか呟く。やがて背景の白い、ただのテキストデータにしか見えないページを開き、それを入念に見ていく。菊田はそれを、隣に立ってずっと見ていた。

「……菊田さん、姫川主任が持ち出した原稿というのは、どれですか」

「まだ、そうと決まったわけじゃないけど……たぶん、これ」

キーボードの横に置くと、葉山はさっと冒頭だけを読んで、また画面に目を戻す。

そんな作業を、五分ほどしていただろうか。

「……あれ」

そう葉山は漏らし、急に立ち上がった。

「小川さん、ちょっといいですか」

「あ、はい」

呼ばれた小川が葉山のところまでくる。

「小川さんがこのパソコンからプリントアウトしたのは、原稿だけですか」

「ええ、と……はい、そうですね。そうです」

「年代ごとに分かれている、こういうフォルダーを開いて」

「そうですそうです。三月なら三月を開いて」

「各ファイルを読んで、必要があればプリントと」

「はい、その通りです」

「あとからこのパソコンに、何かファイルを足したことは？」

小川が首を傾げる。

「これに、ファイルを読み込ませて、ということですか？」

「そう。ＳＤカードとか、ＵＳＢメモリーとかを使って」

「いいえ、そういうことはしません。ここから読み取ったものを、別のパソコンに移したことはありますが。といってもそこの、いま私が使っているやつですけど」

「他の捜査員で、そのような作業をした人は」

「いません。このパソコン内の原稿にタイトルを振って、一覧表を作って、プリントアウトして、一覧表と対応するように通し番号を原稿に振るのは、私の役目ですから」

葉山が頷く。

「分かりました。ありがとうございました。けっこうです」

なんだかよく分からないという顔をしていたが、小川は一礼して元の席に戻っていった。

葉山は辺りを見回し、座ったまま菊田に目配せをしてきた。

菊田は、覆いかぶさるようにして耳を貸した。

「……何者かが、あとからこのパソコンにテキストデータを入れて、それをプリントアウトしています」

「なんのために」

「おそらく、上岡の原稿と偽って、あの原稿の山に、別の情報を紛れ込ませるためじゃないでしょうか」

「……すまん、もうちょっと分かりやすくいってくれ」

一拍置き、葉山が頷く。

「小川さんがプリントアウトしたのとは別に、何者かが、どこからか持ってきたファイルをこのパソコンに移し、あたかも上岡の原稿であるかのように見せかけて、このパソコンからプリントアウトした、ということです。姫川主任が持ち出したのは、ひょっとしたらそっちの原稿なのかもしれない」

「その原稿がどういう内容かは、分からないの？」

「削除されているので分かりません。そういうプログラムを当てれば、復元できる可能性はありますが」

ニセの原稿をこの特捜に持ち込み、玲子に読ませる。その原稿を読んだ玲子は、新宿署の東に会いにいき、連絡を絶った。

考えられるとしたら、あの男か。

「……ガンテツか」

葉山も頷く。

「おそらく、そうでしょう」

勝俣の仕掛けた罠に、玲子はまんまと、はまってしまったということなのか。

うにだ。

＊＊

その後、姫川は何喰わぬ顔で特捜に帰ってきた。それも、ちゃんと夜の会議に間に合うようにだ。

「ノリ、お疲れ」

「お疲れさま、です……」

意外なほど、普段通りの姫川だった。何か困っているふうではない。焦っているでも、興奮しているでもない。葉山に声をかけ、スタスタと奥の情報デスクまでいき、自分のコートとバッグをいつもの場所に載せる。

席が遠いので内容までは分からないが、菊田には一応、事情を説明しているようだった。少なくともあの事件のときのように、自分一人でどうにかしようとしているわけではなさそうだ。菊田も、まだ眉間の辺りに険しさを残してはいるものの、だいぶ安堵したのではないだろうか。全体としては、表情も和らいで見える。

だが、まもなく会議が始まる、そんなタイミングで、気になる人影が講堂の出入り口前を横切った。しかも入ってくるのではなく、エレベーター乗り場の方に向かっていく。

葉山は慌てて席を立ち、その後ろ姿を追った。

今のは、勝俣主任だった——。

「ちょ……すいません」

講堂に入ろうとする捜査員の何人かを押し退け、葉山はエレベーター乗り場へと急いだ。

あと五メートルというところでドアが閉まり始めた。

「すいませんッ」

手を伸べながらいうと、いったんドアは停止し、再び開き始めた。

くたびれたコートの肩、小さな目の二つ並んだ顔が、ドアの陰から現われる。

開ききったドアを手で押さえ、葉山は中を覗き込んだ。

「……すみません、勝俣さん」

「乗れ」

勝俣は瞬きもせず、葉山の背後、廊下の先にある講堂の方を見ている。

「勝俣主任」

「いいから乗れ。エレベーターは、みんなで仲良く使うもんだぜ」

葉山が中に入ると、勝俣は「閉」ボタンを押した。「1」のボタンはすでに押してある。

「主任、会議は出ないんですか」

「お前が出ろ。俺はいい」

そういう問題でないことは、百も承知でいっているのだろう。

「主任、いくつかお訊きしたいことがあります」

「駄目だ。質問は一つだけにしろ。それもできるだけ、イエスかノーで答えられる、簡単なやつな」

一階に着いた。途端、雨の匂いがした。今日は朝からずっと曇りだったが、この時間になってようやく降り始めたようだ。

勝俣は、受付に挨拶もせずに出ていく。玄関を出て、傘も差さずに歩き出す。しかも、初台駅とは反対方向に。

「主任」

「早く訊けよ。早く訊けば早く答えてやる。そうしたら、雨にもさして濡れずに済むぜ」

もう遅い。今夜の雨は思いのほか大粒だ。

「じゃあ一つだけ……姫川主任のデスクにあった原稿を、別のものに差し替えたのはなぜですか」

「そいつあルール違反だろう。イエス、ノーじゃ答えられねえ」

「お願いします。この質問にだけは答えてください」

勝俣はしばらく歩き、二つ目の角にあるマンションの軒下に入った。コートはすでに、全体に色が濃くなるほど濡れている。その背中を丸め、内ポケットから煙草の箱を出す。一本銜（くわ）え、短い指の並んだ手で口元を囲う。握っているのは使い捨てのライターだろう。カチカチと二、三回音がして、その手の中が明るくなる。

ふわりと、最初の煙が吐き出される。

「……原稿を差し替えたのは俺、という前提でお前は質問してるんだろうが、そこんところはいいのかい」

「違うんですか」

「俺が、小川か阿部に小遣いやってやらせた可能性だってあるだろう。あるいは、梅本辺りを使ったのかもしれない」

この話には乗らなくていい。ただの揺さぶりだ。

「犯人捜しをしたいわけではありません。誰が実行したのかは、この際さて措いてください」

「ほう、潔いねぇ。そんなに姫川を守りてえか」

「そんなことではありません。勝俣主任のされていることの意味が、自分には分かりません」

煙を吐きながら、勝俣がかぶりを振る。

「いいや……お前は分かってる。分かってるのに、分からねえ振りをしてるだけだ。要は、認めたくねえだけなんだろう？　俺の片棒を担がされるのが怖えからな」

そうかもしれない。ただこれに関しては、本当に分からない。

「……質問に、答えてください」

「いいよ。答えてやるよ、一つだけなら……なぜ原稿を差し替えたのか、だったよな。そりゃあ、姫川がそう望んだからだよ」

「ガセネタを摑ませたってことですか」

ぽつ、と大きく煙が吐き出される。

「……なるほど、それもいいかもしれねえな。ただよ、あれだけ原稿を残してる人間の文章を真似てガセネタを仕込むってのは、けっこうな手間だぜ。あいにく、そこまでの文才もねえんでな、俺には。姫川に摑ませたのは正真正銘、上岡が残した原稿の一部だよ。そもそもあの田舎モンの鼻先に、泥付きの人参をぶら下げてやったまでよ。それに奴は、まんまと喰いついた……面白えな、人間を意のままに操るってのは。でも、お前のことも褒めとくぜ。わりと簡単に、俺の仕込みだってことに気づいたんだな」

これがおそらく、日頃から勝俣の「目」で事件を見、勝俣の「頭」で事件を考えようとしてきた結果だ。知らぬまに、勝俣の思考に同調し、読めるようになってしまったのかもしれない。

ダメモトで、もう一つ訊いておく。

「だったら、主任はなぜ、特捜でプリントアウトしたんですか。他所でプリントアウトしたものを持ち込んで、姫川主任のデスクに置いておくだけで、事は済んだんじゃないんですか。そうされていたら、自分は今回のこれには気づかなかったと思います。少なくとも、確信は持てなかった」

ぽとりと、勝俣がタバコを足元に落とす。線香花火の終わりに似て、火種が暗く地面に滲む。

「……紙だよ」

「は？」

「俺が用意してきた原稿は、もうちょいと紙が上等でな、並べたらえらく真っ白で、綺麗過ぎちまったんだ。それがもう、笑っちまうくらいバレバレでよ。それで仕方なく、あそこで改めてプリントアウトしたんだ……な。悪巧みなんてのは、意外と下らねえことで足がつくもんさ。オメェも、よく覚えとけ」

そういって、勝俣はマンションの軒下から出ていった。

短い手を肩越しに振り、駅から離れる方に歩いていった。

その夜の会議にも、もちろん勝俣は出てこなかった。

勢いよく新宿署から出てきはしたものの、玲子は次の一手を考えていなかった。

4

上岡の原稿にあった、「昭島市一家殺人事件」で拳銃が使われていたという話は本当だった。となると、犯人は当時、横田基地に勤務していた米軍関係者という説にも信憑性が出てくる。「昭島市事件」の特捜も、そう考え得る証拠なり情報なりを握っていたに違いない。

しかし、それを確認する術がない。「昭島市事件」はすでに時効になっている。捜査資料は時効成立時に、検察官へと渡っているはずである。どこの警察署も、捜査資料や証拠品の保管場所には常に困っており、不要になったものは検察で保管してもらうなり、所有者がいるなら還付、それ以外は廃棄処分にするのが通例だ。昭島署にいったところで、玲子が欲しい情報に当たる確率は極めてゼロに近い。

これが一般企業などであれば、当時を知る人物がまだ勤めていてくれたりもするのだが、公官庁においてはそれも期待できない。同一部署での任期は通常五年。とうの昔に、みんな異動になっている。

ただ、産休と育休という例外はある。

原則、産休、育休からの復帰は元の所属に、というのがあるため、育休中に次の子を妊娠し、二人分の産休、育休を終えて元の所属に復帰したら、なんと任期が通算九年になってしまった、という実例もあるにはある。しかし、玲子が欲しいのは少なくとも十三年以上前の情報だ。産休、育休で任期が延びたとしても、十三年を超えることはまずあり得ないだろう。しかも玲子が知りたいのは、捜査現場の生の情報だ。決して「子育てあるある」ではない。では検察に捜査資料はあるのか、というと、それもほとんど期待できない。玲子もうろ覚えなのだが、時効を迎えた案件の資料の保管期間というのは、確か一年ではなかっただろうか。殺人事件の時効が廃止されて久しいので、その辺の細かいことはもう頭から抜け落ちてしまっている。

困った。一体、この続きはどうやって調べたらいいのだろう。

一瞬、刑事の基本である「迷ったら現場にいけ」を実践してみようかと思ったが、よく考えたら、玲子は「昭島市事件」の現場住所さえ知らないのだった。

仕方ない。いくら時効を迎えているといっても、昭島署の署員なら、事件のあった場所くらい知ってるだろう。

昭島署まで、いってみるとするか。

新宿駅から中央線の特別快速に乗ると、運よくそれが青梅(おうめ)線直通となっており、乗り換えなしで昭島駅までくることができた。腕時計を見ると十二時半。それでも四十分近くはかかったようだ。

さしてお腹が空いているわけでもなかったけれど、この後の展開が読めないので、駅前にあるコンビニでお握りを一つ買って食べた。歯に海苔が残ると嫌なので、「赤飯おむすび」にしておいた。

それをコンビニ前で食べているときは、辺りを見て、そんなに田舎っぽくはないんだな、と思っていた。だが歩き始めて、駅から離れるに従って高い建物が減ってくると、やはり都心とは違った景色が見えてくる。一番に感じたのは空と道の広さだ。今日はあいにく曇りだが、晴れていればそれなりに清々しい眺めだろうと想像する。

昭島署前に到着したのが十二時五十分。新宿署から梯子してくると、まあ、その小ささに驚く。管区の広さでいえば新宿署の三倍も四倍もカバーしているはずなのに、新宿署庁舎は確か十三階建て、いま見ている昭島署は三階建てだ。おそらく、人員も新宿署の三分の一か四分の一だろう。

庁舎警備の署員に会釈をし、自動ドアを通る。とりあえず受付で現場住所を訊いてみて、分からなかったら改めて誰かに訊いてもらう、というのでいいと思っていた。

「失礼いたします。捜査一課の、姫川と申します」

身分証を提示すると、制服を着た女性警察官はサッと椅子から立ち、十五度の敬礼をくれた。

「はい、お疲れさまです」

「あの……つかぬことを、お伺いしますが」

「はい、なんでしょう」

いざとなると、なんだか気恥ずかしい。

「二十八年前に、ここの管内で起こった一家殺人事件、正確にいうと、『昭島市美堀町三丁目一家四人強盗殺人事件』という、あれなんですが」

途端、彼女の顔色が大袈裟でなく、白くなるのが分かった。

「……はい」

「現場の正確な住所って、お分かりになりますか」

「え、あ、あの……私は、その……すぐ、刑組課長に」

何をそんなに慌てているのだ。というか、いきなりそこまで話を大きくされると、かえってこっちが困る。

「いや、そんな、課長さんでなくても、このフロアにどなたか……」

「いえ、今すぐ課長を呼びますので、おお、お待ちください」

彼女はもう、玲子が止める間もなく目の前の電話機に手を伸ばし、内線ボタンを、人差し指の第一関節が反り返るほど強く押し込んだ。

「……もしもし、少年係のイノウエです、お疲れさまです。い、今、本部の、捜査一課の方が、美堀町三の件で……はい……はい、では一階の……え？……あ、はい……はい、分かりました。ではそのようにお伝えします……はい、失礼します」

なんか、大事になった感ありありだ。

受話器を置いた彼女が、また律儀に頭を下げる。

「……では、二階の、刑事組織犯罪対策課に、お上がりください。課長のアカオが、お話を伺います」

あとひと言、玲子が「ちょっと」とでもいおうものなら、目に涙を浮かべて「すみません、ごめんなさい」といいながら逃げていきそうな緊張状態だ。

「分かりました……ありがとうございます」

受付周辺にいるその他の職員にまで、なんとも妙な緊張感が伝播している。過去の未解決事件を恥に思う気持ちも分からないではないが、でももう「昭島市事件」は二十八年前だ。ここにいる署員は誰一人関係ないのだから、そこまで緊張することはないだろうに、と思う。

二階に上がり、廊下を進むとすぐ【刑事組織犯罪対策課】の出入り口に着いた。

玲子が覗き込むと、すぐそこのデスクの椅子に腰掛けていた男が立ち上がった。小柄な、けっこうな年配者だ。

「……失礼いたします」

玲子が入ると、彼も一歩前に出てきた。

「捜査一課の方、ですか」

「はい、捜査一課殺人犯捜査第十一係、担当主任をしております、姫川と申します」

すると、なんだろう。彼はグッと奥歯を強く嚙み、数秒何かに耐えるようにしてから、ほんの、小さく頷いた。

「……刑事組織犯罪対策課、課長のアカオです」

名刺交換をする。【警部　赤尾忠義】とある。振り仮名がないので分からないが、おそらく下は「ただよし」と読むのだろう。実に、警察官に相応しい名前だ。

一礼して、玲子から切り出す。

「実は、『美堀町三丁目一家四人強盗殺人事件』の現場住所を……」

「ええ。では、こちらにどうぞ」

赤尾課長が廊下を手で示す。別室にどうぞ、という意味にしか思えない。

「いえ、そんな、本当に番地だけ……」

「会議室を開けてありますので、どうぞ」

ほらぁ、やっぱり大事になっちゃった、とは思ったが、こうまでいわれたら従わないわけにもいかない。

「恐れ入ります……」

赤尾は廊下を進み、刑組課の二つ先のドアを開け、そこに入った。

ドアロで立ち止まり、玲子を奥へといざなう。

「……失礼いたします」

会議テーブルが二つ突き合わせてあり、赤尾と玲子は、そこに向かい合わせに座った。

赤尾の歳は、五十代半ばから後半といったところだろうか。小柄というのもあり、ちょっと見は林統括に近いタイプのように感じたが、でもそれよりは、だいぶ目つきが鋭い。子供に対し、ふにゃっと笑顔を向けるのも想像はできるが、被疑者に対し「亡くなった方に申し訳ないという気持ちはないのかッ」と凄む顔も、容易に思い浮かぶ。硬軟自在。そんなタイプの刑事だったのではないか。

今一度、玲子から訊く。

「あの、先ほども申しましたが……本日は、『美堀町三丁目一家四人強盗殺人事件』の現場住所を、お教えいただけないかと思い、お伺いいたしました」

赤尾が「はい」と頷く。

「もう、二十八年も経ってますんでね。当時の建物はありませんし、周りの風景もだいぶ変わってしまっていますが、お望みなら、ご案内いたしましょう。現場住所は美堀町三丁目、○○の◆です」

「ありがとうございます……○○の◆ですか」

玲子が手帳に書き取るのを待って、赤尾は訊いてきた。

「姫川さんは、なぜ今になって、あの現場を？」

当然、そこは気になるところだろう。

「はい。赤尾課長は、三ヶ月ほど前に発生した……」

だが、玲子が言い終わる前に、

「ひょっとして、『祖師谷母子殺人事件』ですか」

赤尾はやや興奮気味に、そうかぶせてきた。

けっこう、びっくりした。

「よく、お分かりになりましたね。でも……なぜですか」

「派手な事件ですしね、捜査も難航しているようなので、注視はしていたのですが。ほお、そうでしたか……では、姫川さんは今『祖師谷』の特捜に？」

「いえ、それが、いろいろありまして……今は代々木の特捜におります。あの、ウィークリーマンションでフリーライターが殺された事件です」

「ああ、あの……防犯カメラに、覆面をした犯人グループが映っていたという」

「ええ、その件の特捜です」

赤尾が小首を傾げる。

「ん……今は、代々木なのに、でも『祖師谷』の関係で、こちらにいらしたのですか」

「あの、その辺は少々、複雑でして」

んん、と赤尾が低く漏らす。

「あまり、私のような部外者が、立ち入ったことを伺うべきではないのでしょうが、もし、不都合でなければ、お話しいただけませんか。ひょっとしたら、ご協力できることもあるかもしれない」

何かある。そう思わざるを得ない口ぶりだ。むしろ、この赤尾という男は、何かを玲子に話したがっているように感じた。

「ありがとうございます。では、簡単に、今の状況を申し上げますと……」

本当に、掻い摘んで掻い摘んで、ごくごく簡単に説明した。

確かに「祖師谷」の捜査は難航していたが、上岡というフリーライターが何か情報を握っていそうだ、というのが分かってきた。だがコンタクトをとる前に、その上岡は殺されてしまった。やがて自分は代々木に転出し、上岡が残した原稿を読む機会に恵まれ、「祖師谷」と「昭島」を関連付けるような情報が得られた。遺体の股間に銃弾を撃ち込むという手口は完全に共通していた。しかも、「昭島市事件」の背景には日米地位協定が絡んでいるという――。

「……駆け足になってしまって、申し訳ありません。でも簡単にいうと、こういうことです。つまり、『祖師谷』と『昭島』は、同一犯による犯行なのではないかと……」

話している途中から、赤尾の様子が変なのは感じていた。

だがまさか、涙を流し始めるとは、予想だにしていなかった。

「……赤尾、課長？」

赤尾は目を閉じ、震えながらひと息、深く吐き出した。

その両頰に、ぽろぽろと滴が伝い落ちる。

「……いや、長かった……でも、待っててよかった……」

上着のポケットからハンカチを出し、目元を押さえる。

玲子には、さっぱり意味が分からない。

「あの……今、長かった、と仰ったのは？」

赤尾が玲子を見る。もう、流れ落ちる涙を拭おうともしない。

「我々は、あなたのような方が現われるのを、ずっとずっと、待ち続けていたんです。十三年……いや、時効前から数えたら、もっともっと、ずっとずっと長くです」

我々——？

「それは……どういう」

「姫川さん。私はね、二十八年前の、あの事件の特捜本部に、いたんですよ」

「えっ……」

そんな馬鹿な、と思ったが、玲子が訊くより早く、赤尾から話し始めた。

「むろん、ずっとではないです。特捜は縮小され、私もほどなくして、玉川署に異動になりました……ああ、私はここではなく、八王子からね、応援に入ってたんですけど。でも……ずっとずっと、苦しかった。悔しかった……テレビの、昭和の事件簿みたいな番組ではね、必ず取り上げられるんです。物証は数多くあったのに、警視庁は容疑者を特定することすらできなかった。番組によってはね、ほとんどオカルトかホラーですよ。おどろおどろしい再現シーンをでっち上げてね……刑事なんか、みんな馬鹿面をした、間抜け野郎ばかりですよ。なんにもできない、ただ無駄に街を歩き回って、街角でアイスキャンデー齧(かじ)ってるシーンばっかりだ……私たちは、そんな捜査なんかしていないッ」

硬く硬く拳を握りしめ、それでも足りず、行き場を失った怒りが逆流し、赤尾の肩を震わせる。

「やがて事件は時効を迎え、ここに置かれていた捜査本部も、正式に解散となりました。その、ひと月あとくらいですかね。当時、捜査に携わった人間に、ある連絡が回りました。昭島に集まって、一杯やらないかという……ああ、みんな覚えてるんだな、みんな俺と同じ、悔しい十五年を過ごしたんだなって、思いましたよ。もちろん、私はいくと返事をしました。今はその店もありませんが、駅の近くにあった、居酒屋の座敷にね、集まりました。当時の昭島署員はもちろん、私のような応援要員も、捜査一課の幹部もいました。三十人は、集まったんじゃないかな。各人の勤務の都合がなければ、もっともっと集まったんじゃないかと、思うんですがね」

東は、その会には出なかったのだろうか。おそらく、出なかったのだろう。

「でもね、その集まりは、ただ昔のあれを、互いに労うための集まりじゃなかったんです。私も、その場にいた全員の顔を覚えていたわけじゃないんで、特に不思議にも思わなかったんですが、その集まりには、当時の、昭島署刑事課長も参加していたんですよ」

事件発生から十五年経って、時効。当然その刑事課長は、事件発生当時は昭島署にいなかったことになる。

「その課長がね、ひと言申したいと……今、私の手元には、まだ『美堀町事件』の捜査資料があると、言い出したんです。まだ、検察に送ってない、という意味なんでしょうね。それで、みなさんの了解を得た上で、この資料の写しをとりたいという。写しをとって、それを、証拠品と合わせて、昭島署刑事課で永久保存したいという」

捜査資料を、永久保存――まさか。

「なぜだか分かりますか、姫川さん」

玲子は頷いてみせた。

「それは、容疑者が、米軍関係者かもしれないという」

「はい……いや、かもしれない、じゃないんです。そうなんです。姫川さんもさっき仰いましたね。事件の背景には日米地位協定があると。その通りです。我々は確信を持っていた。犯人は米軍関係者です。これはもう間違いない。でも、我々は捜査できなかった。米軍が相手では、手も足も出せなかった……証言はいくつもあったんです。事件当夜、雨の中、ふらふらと歩いている外国人を、何人もの通行人、ドライバーが目撃していた。また現場と横田基地の通り道にある、タイ人母娘が経営するスナックでは、まさに同じ風貌の男が暴力沙汰まで起こしていた。似顔絵だって描かせた。名前までは確認できなかったが、でもそういう男が、他の店にも出入りしていた事実までは摑んでいた。しかし……逮捕できなかった。事件後、その男はぱったり、街では見かけなくなった。犯人は、基地から出てこなくなった……おそらく、そのままアメリカに帰ったんでしょう。軍用機で直接、アメリカにね」

赤尾が、濡れた両目を真っ直ぐ、玲子に向ける。

「……もう、お分かりですよね」

「はい。時効の未完成ですね」

刑事訴訟法第二百五十五条には「犯人が国外にいる場合又は犯人が逃げ隠れているため有効に起訴状の謄本の送達若しくは略式命令の告知ができなかつた場合には、時効は、その国外にいる期間又は逃げ隠れている期間その進行を停止する」とある。

つまり「昭島市事件」の時効は、いまだ成立していない可能性がある、ということだ。

赤尾が頷く。

「その集まりはね、捜査資料を守る会の、いわば決起集会だったわけですよ。その席には、実は本部の人事一課、二課の幹部もきていました。今後、昭島署刑事課の幹部には必ず一人、ないし二人、この捜査に携わった人間を配置する、その者は、『美堀町事件』の捜査資料を守り、次の幹部に引き渡す任を担うという……その、人事に関するからくりは、私にもよく分からないんですが、でも昭島署勤務の辞令が出たときは、武者震いしましたね。私にも、順番が回ってきたぞ、あの資料を守る、重大な役目を担うんだ……そう、静かに燃えました。でも、ただ待つというのは、思ったよりつらいものですね。この資料を求める捜査員は、いつくるのか、本当にくるのか、そんな保証、どこにもないじゃないかと……私も今、ここが五年目でね。だからもう、本当にあと、二ヶ月もないんです。ああ、私の代でも駄目だったな、この資料は日の目を見なかったな、でも次の幹部に託そう、次の時代に現われてくれれば、それでいいんだって、思いかけてたんです。それが今日、まさに今日……ようやく現われた。あなたが、きてくれた。まさか、こんなに若い、しかも女性刑事だなんて、思ってもみませんでしたがね」

こっちだって、信じられない。

「昭島市事件」の捜査資料は、ちゃんと守られていた——。

赤尾の手を握り、額が床につくまで頭を下げたい気分だ。

「課長、ではその資料を、私に……？」

「ええ、もちろん、お見せできますよ」

一つ、分からない点がある。

「でも、その……こんなこと、図々しいのは百も承知でお尋ねするのですが……赤尾課長ご自身、『祖師谷事件』には関心を持っていらっしゃったわけですよね。でしたら、こちらにご一報いただく、というわけにはいかなかったのでしょうか」

うん、と赤尾が頷く。

「それはしない、というのが、我々の考えです。事の性質上、捜査資料がここに保管されているというのを、できるだけ秘密にしておく必要がありました。変に話が広がって、回り回って、米軍の耳にでも入ったら、水の泡ですからね……実は一度、私の前の前の課長が、やはり東村山で一家惨殺事件があったときに、特捜にそれとなく、探りを入れたことがありまして。そうしたら数日後に、部署名も明かさない警視が怒鳴り込んできて、どういうことだ、説明しろと……あとで調べたら、外務省に出向中の人だったそうです。そのときは、慌てて資料を道場の防具置場に隠して、事なきを得たらしいですが」

下手をしたら、没収されていたかもしれないわけか。それは確かにマズい。

赤尾が続ける。

「でも、もう大丈夫……姫川さん。知りたいことがあれば、なんでも訊いてください。私の知っていることは、なんでもお話しします。私で足りなければ、別の奴に連絡をとったっていい。まあ、あの決起集会からも十三年経っているんでね。退職した人間もかなりいますが、OBだってね、この件に関しては別ですから。みんな喜んで協力してくれますよ」

ならば遠慮なく、一つ訊かせてもらおう。

「ありがとうございます。では今、私が一番疑問に思っている点を、一つ。『美堀町』の事件では、犯人のものと思われる指紋が採取されていますよね」

「ええ、採取、しました。確かに」

「それは『祖師谷』でも同じなんです。でも、照合しても一致するものはなかったんです。手口に大きな共通点はあるんですが、指紋は一致しないという」

赤尾は、実に落ち着いた表情で頷いてみせた。

「それはそうでしょう。『美堀町』の指紋は、データベースから抹消されていますから」

「えっ……」

なんで、と玲子が訊くまでもなかった。

「米軍からの圧力ですよ。それに、サッチョウ（警察庁）と検察が屈したんです」

なるほど。データが抹消されていたら、指紋がヒットするはずがない。

さらに赤尾が続ける。

「何年か前にもあったでしょう。海保の巡視船に、中国の密漁船が体当たりしてきた事件。あれの船長を釈放したのだって、当時の総理と官房長官が命令したから、ってことになってますけどね……それこそ最初は、検察が独自の判断をしたとかね、デタラメをいってたけど、結局は総理と官房長官だっていう。でも、あれだって実際は違うでしょう。あの総理に、外交的配慮なんてできるはずないんだから。どうせね、外務省と法務省からネチネチやられて、それをそのまま、検察に下ろしただけなんですよ」

その事件なら玲子も覚えている。まったく、司法の独立を踏みにじる、肚に据えかねる情けない事件だった。

「つまり、『美堀町』の指紋が抹消されたのも？」

「同じ理由でしょう。日米地位協定に抵触する案件は、必ず日米合同委員会で協議される。日本側は外務省を筆頭に、法務省、財務省、農水省に防衛省なんかが代表委員を出している。向こうはほとんど軍人なのにね……そこでどういう協議がされたのかなんて知りたくもないが、まあ米国側から、そういう要請があったら、連中には断れないでしょう。で、外務省、財務省辺りから、また総理にネチネチとレクが入って、そこから警察庁に話が下りてきて……どうせ逮捕できないんだから、指紋データだって不要だろうと。おそらく、そういうことだと思いますよ。まあ、そうとしか思えませんよね。証拠なんか一切ないけど……まあ、あの指紋が警察庁のデータベースにないというのが、逆に、証拠といえば証拠なのかな」

段々、玲子も面白くなってきた。

「赤尾課長。さきほど、昭島署には、捜査資料と共に、証拠品も永久保存する、と仰いましたよね」

「はい、そういいました。そしてそれらは、今も守られています」

「ということは、美堀町の現場で採取された指紋というのも……」

赤尾が今、玲子の前で初めて、ニヤリと頬を持ち上げた。

「……ええ、ありますよ」

優しさや正義感だけではない。それも赤尾の一面なのだと思う。

懐で温めた拳銃。赤尾はその引き鉄に指を掛け、歪んだ笑みを浮かべている。警察官の、秘めた「暴力装置」としての顔だ。

同時に玲子も、捜査員として大きな武器を手に入れたことを確信した。

5

厄介なことになったなと、勝俣自身思っている。

上岡殺しの犯人逮捕に関しては、正直もうどうでもいい。砂川雅人だけならともかく、生田治彦の名前が出てきた段階で、急激にやる気が失せた。残り二人の名前もそのうち判明し、いずれ誰かが、四人とも逮捕してくるだろう。どうせケチなフリーライター殺しだ。挙げたところで大した旨みはない。

むしろ、逮捕される前に犯人グループが消されたら。その方が勝俣は面白いと思っている。そうなるかもしれないという予感もある。なぜか。上岡が探っていたネタは、それくらいデカいヤマに繋がっている可能性があるからだ。

上岡は確かに、いくつか興味深いテキストを残している。一つは例の、「祖師谷母子殺人」と「昭島一家殺人」とを結びつけた、姫川に喰わせてやったあのネタだ。銃弾の撃ち込まれた個所を「肛門」と表現した辺りはなかなか秀逸だった。生きていたらビールの一杯も奢ってやりたいところだ。

実のところ、「昭島一家殺人」の犯人が米国人だというのは、事情通の間では知られた話だ。これを、姫川が穿って引っ繰り返して混ぜっ返して、怒ったアメリカがCIAでも使って姫川をぶっ殺してくれたら面白いのだが、まずそこまではいかないだろう。その前に外務省、法務省辺りから横槍が入って、気を利かせた検察庁と警察庁が適当に揉み消して「ジ・エンド」がいいところだ。上手くすれば、姫川はまた懲罰人事で所轄に放出。そうなったら、めでたしめでたしだ。

もう一つはだから、矢吹近江の、軍用地転売ネタだ。個人的にはこっちの方が数倍面白い。やりようによっては金蔓にもなるし、公安部との取引材料としても使える。実際、公安総務課がこの件で動いていることも確認済みだ。

ただ、こっちが本筋だと思って調べ始めたところ、勝俣はそれとは違う、また別のネタを掘り当ててしまった。

なんと矢吹は、ここ最近、石油利権の獲得に動き出しているというのだ。それもまた、不思議なことに沖縄絡みでだ。

改めていうほどのことでもないが、中国が尖閣諸島周辺の領有権を主張し始めたのは、一九六八年に国連が海底調査を実施し、東シナ海には莫大な量の石油や天然ガスが眠っていると、その調査結果を発表してからだ。良質な漁場云々は、基本的には関係ない。さらに現在、沖縄近海には「メタンハイドレート」という新エネルギーが埋蔵されていることも分かっている。

これで一気に、沖縄という島の存在価値が変わった。

沖縄の産業といったら、観光を除いたら農業と漁業がぼちぼちといった程度。「琉球独立」というのは古くから燻り続ける「沖縄の火種」だが、これがただの夢物語とされてきたのは、沖縄に国家として自立できるだけの産業がなかったからだ。

だが、沖縄がエネルギー産業を手に入れたら、どうなるだろう。尖閣周辺の石油だけでも、イラクに匹敵するほどの埋蔵量があるといわれている。それにメタンハイドレートが加わったら、沖縄はとんでもないエネルギー産出国になれる可能性がある。

矢吹が狙っているのはその利権だ。勝俣はそう確信した。そのためなら矢吹は、なんの迷いもなく中国とも、ロシアとも北朝鮮とも手を結ぶだろう。なんといっても、奴はゴリゴリの左翼なのだから。

しかしこれと、上岡がいうところの「軍用地転売ビジネス」との関連が見えてこない。

まったく関係がない、ということはあり得ない。

何かしらで、深く結びついているはずだ。


勝俣が上岡殺しの捜査で、「俺が調べる」といってキープしたまま、放置していたネタがいくつかある。新宿ゴールデン街の「エポ」という店もその一つだ。放置していた理由はただ一つ。単純に、他の調べ物で忙しかったからだ。

だが十七日の十七時半過ぎになって、連絡が入った。主に新宿で商売をしているシャブの売人からだった。

「……おう、なんだ」

関係者からは「ニコル」と呼ばれているが、本名は「小倉和弘（おぐらかずひろ）」。その由来は知らない。興味もない。

『へへ、勝俣の旦那。新宿署の東、動き出しましたよ』

「ほう。高級ソープに入ってってたとか、そんなつまんねえ話だったらテメェのキンタマ消火器で叩き潰すぞ」

『違いますよぉ。東の野郎、なんか、コソコソッと怪しい感じで、ゴールデン街の店に入ってったんすよ。あらぁ、なんかの取引っすね、絶対』

東は確かに目障りな男だが、シャブの売人にチクられて困るような取引をする男ではない。

そんな簡単な男なら、勝俣が手を下すまでもなく潰れている。

だが、ゴールデン街というのは、ちょっと気になる。

「それ、なんて店だ」

『「エポ」ってバーなんすけど』

ほほう。東が「エポ」か。偶然の一致にしては面白い。

「ニコル、でかした。あとで小遣いをやる。三時間したらもう一度連絡してこい」

『あいがたあーす』

好都合にも、そのときいたのは高田馬場の喫茶店だったので、慌ててタクシーを飛ばしてゴールデン街に向かった。

「エポ」の場所は、街の案内板に出ていたのですぐに分かった。ちょうど「花園三番街」の真ん中辺り、「ババンバー」という店の上のようだった。

だが店の前まできてみると、黒いペンキで「エポ」と手書きされたシャッターは閉まっている。閉まっている店に、東はわざわざ入っていったのか。それは確かに妙だ。売人に怪しまれても仕方ない。

「と、いうことは……」

やはり、開いた。片手で引き上げるだけで、そのシャッターは軽々と持ち上がった。かえって勢いがつき過ぎ、シャッターボックスに巻き上がってからも、上でガシャガシャと暴れていたくらいだ。

中はすぐ上り階段になっていた。せまいし急だし、段板は古い木製だが、掃除はなかなか行き届いている。個人的には、こういう雰囲気も嫌いではない。ただし、階段下に空洞でもあるのか、やけに自分の足音がゴトゴトとうるさい。そこは少々気になった。

上りきると、正面に幅のせまいドア、これはトイレだろう。左手には引き戸がある。店はこっちか。

しかし勝俣が触れるまでもなく、その引き戸は勝手に開いた。

中には五十かそこらの、背の高い男が立っている。開けたのはその男だ。おそらく、雇われ店長の陣内陽一だろう。歌舞伎町商店会の名簿にそう書いてあった。

情報通り、東もそこにいた。偉そうに、カウンターに肘をついて座っている。

「……おら、ちょいと邪魔するぞ」

すると、陣内と思しき男が慇懃に頭を下げてくる。

「あの、申し訳ございません。本日は休業日となっておりまして」

だったらそう店の表に書いておけ。この役立たずが。

「心配すんな。シャッターならいま俺が開けてきてやった。本日は営業日、たった今から、挨拶は『いらっしゃいませ』だ。さもねえと……そこのカウンターの御仁の、立場がなくなるぜ」

勝俣が一歩入ろうとすると、陣内はそれを阻止しようとするように立ち塞がった。

「ちょっと、困りますよ」

ところが、その動きが、なかなか悪くない。

こいつ何者だ。ただの飲み屋の雇われ店長とは思えない。

しかしそこで、

「陣内さん」

ようやく、カウンターにいる東がひと言発した。相変わらず、融通も利かなきゃ可愛げもない顔をしていやがる。喩えていうなら、飼い主のいうことしか聞かない馬鹿な柴犬みたいな顔だ。

「陣内さん……それは、私の同業者です」

なんとも、奥歯にネギの筋が引っかかったような言い回しだが、ここはよしとしておこう。

陣内もある程度納得したのか、一歩下がって再度頭を下げる。

「刑事さんでしたか……それは、失礼いたしました」

今のところは、それで勘弁しといてやる。

勝俣は東に向き直った。

「この店は俺が調べるから触るなって、押さえるだけ押さえて、しばらく寝かせといたんだがな……こんな、小鼠(こねずみ)が引っかかってくるとは、思ってもみなかったぜ」

東がスツールから下りてくる。

「なんの用だ」

何を偉そうに。

「オメェ、耳糞で耳の穴が塞がってんじゃねえのか。特捜に呼ばれもしねえ役立たずなんぞに用はねえ。この店はな、俺が調べるっていってんだよ、捜査一課のデカとしてな。むろん、協力してえってんなら、仕方ねえから手伝わしてやってもいいぞ。わざわざ休みの店に、コソコソ聞き込みに入るくらいだ。テメェがホモでもなけりゃ、それなりにいいネタ拾えてんだろう……あ？」

東の眉間に力がこもる。遠吠えでもしてみるか、ワンコロ。

「だったらなんだ。公安に捨てられたあんたなんかに、俺がネタをくれてやる義理はない」

ほう。少しは言うようになったか。

「それなら黙ってそこで聞いてろ。俺様の仕事に、余計な茶々入れんじゃねえぞ……ほれ、雇われ店長。話聞いてやっからそこに座んな」

どうも、この二人は似た者同士らしい。陣内は勝俣の指示には従わず、わざわざカウンターの向こうに回った。実に反抗的な態度だ。まあ、それならそれでかまわない。

勝俣は手前から二番目のスツールに座った。

一応、挨拶代わりに確かめておくとしよう。

「あんたが、陣内陽一だな」

「ええ」

やはり、この二人は似ている。愛想の欠片(かけら)もない。

続けて訊く。

「上岡はここの常連だった。最後に、この店にきたのはいつだ」

「五日の水曜日です」

「ずいぶんとはっきり覚えてるんだな」

「東さんにもそのお話はしましたので。同じことを申し上げたまでです」

段々、本気でこの二人はホモなんじゃないかと思えてきた。

「その日はなんの話をした」

「お疲れのようだったので、忙しそうですねと……そんな程度のことです」

「上岡はなんと答えた」

「忙しいといってましたよ」

「何で忙しいといった」

「仕事でしょう」

この陣内という男、ホモかどうかは別にして、おそらく只者ではない。素人は普通、こんなふうには感情を殺せない。勝俣を前にして、こういう態度をとれる人間は非常に稀だ。

「そんなこたぁ分かってる。どんな内容の仕事だといった」

「彼はフリーライターですよ。車の営業マンなら、今月は何台売ったとか、いくら売り上げたとか、仕事の自慢話もするんでしょうが、ライターが仕入れたネタを自慢げに喋ってたら、商売にならないでしょう」

なかなか、面白い理屈をこねるホモ野郎だ。

「まあいい……それくらいのネタは、こっちも素人じゃねえ、ちゃんと摑めてる。だが俺が聞きてえのはな、そんなどこにでもあるような、毒にも薬にもならねえ茶飲み話じゃねえんだ。いいか、よく考えて答えろよ……確かにあんたの言う通り、上岡はフリーライターだ。特に歌舞伎町を主戦場とし、裏社会ネタを得意とする……ま、いったら、ドブ浚(さら)いみてえなペンゴロだ」

特に陣内の顔色に変化はない。東も黙って聞いている。

「その上岡が、だ。覆面かぶった連中に滅多刺しにされて殺されたんだぞ。何か恨みを買ったのか、知っちゃならねえことを知っちまったのか。たかが飲み屋のオヤジだって、それくらいの想像はできるだろう。そら……もう一回よく考えて答えろ。死ぬ前の上岡と、あんたはどんな話をした。奴はどんなネタを握り、どんな筋に恨まれてた……ヤクザ、半グレ、チャイニーズ、コリアン、右翼に左翼、地元のしょんべん議員なんてのも、怪しいっちゃ怪しいが、それくらいの裏ネタなら、もうそろそろ割れてきてもいい頃だ。ところがこのヤマは、そうひと筋縄ではいきそうにない……もう一枚、分厚い暗幕を捲ってみなけりゃ、裏の裏までは見通せそうにない」

陣内が、ゆっくりとかぶりを振る。依然、素人にしては過ぎた落ち着き方だ。

「申し訳ありませんが、心当たりはないですね。たかが飲み屋のオヤジが、そんな深い話……知るはずないじゃないですか」

確かに素人ではない。だが、ときと場合によっては否定が肯定を意味することもあると、そういった理屈まで使いこなせるほどの玄人でもない。

「そうか、よぉく分かった……陣内陽一、覚えとくぞ。それと東、オメェには別の話がある。ちょいとツラ貸せ」

というか、そもそも本筋はこっちだ。端から、貧乏居酒屋のホモ店長の戯言なんぞに興味はない。

あえて東の返事は聞かず、勝俣はスツールを下りて戸口に向かった。

後ろで東と陣内は何か言葉を交わしていたが、ホモのやり取りなんぞ聞いても胸糞が悪くなるだけなので、そのまま店を出てきた。

・

ゴールデン街から五分ほど歩いた場所に知り合いの店がある。店というか、住まい、ねぐら、倉庫、アジト、あるいはゴミ置き場か。

「ここでいいか」

目で示したが、東は黙って頷いただけだった。

オンボロビルの二階。ほとんど廃墟みたいな建物だ。実際いつ倒壊しても不思議ではない状態だが、こういう場所も個人的には嫌いではない。

二階まで上がって、折り返して廊下を進んで三番目。ドアに鍵がかかっていないことは分かっている。

「おう、邪魔するぞ」

薄暗い室内から、埃とカビの臭いが雪崩れ出てくる。それはそうだろう。昔、バーとして営業していた時代の名残で、カウンターと多少の酒がかろうじて残ってはいるものの、あとは全部ただのゴミだ。壊れた家電、錆びついた大工道具、車輪のとれた自転車、寝小便の染みた布団、どこで拾ってくるのか、空っぽのゴルフバッグ、空っぽの植木鉢、空っぽの金庫。ここの主の人生そのものだ。

「……ああ、勝俣さん……どうも」

坪井健明。これでも昔は警察官だった。それも勝俣のような叩き上げではない。東大法学部卒の、バリバリのキャリアだった。

それが今や、このザマだ。風通しが悪い分、ホームレスの寝床より始末が悪いかもしれない。

「お前、ちょっとはずしてろ」

坪井に、千円札を二枚渡してやる。

「あ、はい……分かりました……じゃあ……すんません。いただきます……ああ、あの……ごゆっくり」

毛糸の帽子を脱ぎ、坪井は東にちょこんと頭を下げて出ていった。

勝俣は、手近にあったパイプ椅子を広げて座った。東の分はない。

「……久し振りだな、東。オメェとサシで話をするなんて、何年ぶりだ」

東は、さも不快そうな目で辺りを見回している。

「早く用件を話せ」

「なんだ、歌舞伎町の地回りはそんなに忙しいのか」

「あんたと無駄話をしている暇はないという意味だ。早くしてくれ」

東の、早くここから退散したいという気持ちは充分理解できる。また、そう思ってくれなくては勝俣が困る。相手が不利になる条件を用意する、相手が焦り、先を急ぐ状況を作り出す。交渉事の、基本中の基本だ。

「なんだよ……一人で、世の中の不幸を全部背負い込んだみてえな顔しやがって。いまだに、出ていった女房のおっぱいが恋しいか」

東の、太い眉がピクリと跳ねる。だがそれだけだった。よく耐えたと褒めてやりたい。

を得ない。

「用がないなら帰るぞ」

「オメエ、なんか勘違いしてんじゃねえのか」

こっちが声を荒らげると、明らかに東の表情も変わる。そこら辺は、まだ甘いといわざる

目つきも幾分尖っている。

「……盗人猛々しいという言葉を、知らないようだな」

「ほう、俺様のどこが盗人だ」

「骨の髄まで。だから公安なんぞに使われる」

「どうも話が嚙み合わねえな。オメエ、俺に何か恨みでもあんのか」

むろん、この問い自体が東に対する誘い水だ。

「……あるとしたら、なんだと思う」

「知らねえよ。俺がオメエを恨むって話なら、筋が通るが」

「どうやら、根本的に話が嚙み合わないようだな」

いいや、ちゃんと嚙み合ってるぞ、東。

「だから、そういっただろう。その様子じゃあ、テメエでテメエが何をしでかしたのか、気づいてもいねえようだな」

「だから、なんの話だ」

「中林瑞穂(なかばやしみずほ)……覚えてねえとはいわせねえぞ」

中林瑞穂は、保険金欲しさから自分の夫と息子を殺した女だ。だが、警察の捜査の手が及ぶことを怖れて自殺している。

「覚えているが、それがどうかしたか」

「あの女は、俺が十ヶ月もかけて抱き込んだ女だ。それを……たかが保険金殺人で騒ぎにしやがって。こっちの苦労が水の泡だ」

「それで、どうして俺が恨まれる」

冷静を装っているつもりなのだろうが、東の頭の中が大混乱になっているのは透け透けの見え見えだ。

「それだけじゃねえ。米谷一征(よねやかずゆき)、会沢光史(あいざわみつふみ)……なんでオメェは、いつも俺の仕事の邪魔ばかりしやがるんだ」

まるで訳が分からんだろう。なあ、なんの恨みがあって、俺のヤマを土足で踏み荒らすんだ」

さあ、どう出る、東。

「……だから、俺の家に忍び込んで、妻と娘の写真を撮ったのか」

あまり上手い話の繋ぎ方ではないが、ここは乗ってやろう。

「なんの話だ。寝言と鼾(いびき)は逃げた女房にでも聞かせてやれ」

「覚えがないというのか」

いいや、ちゃんと覚えている。

「ねえな。仮に俺に覚えがあったところで、オメェに何ができる」

東はしばし、恨みがましい目でこっちを見ていた。だが、東にできるのはせいぜいその程度だ。

「……安心しろ。今のところ、あんたをどうこうする気はない」

違うな。どうこうする気がないんじゃない。できないんだ。

「そいつぁありがてえ。じゃあ恩に着るついでに、もう一つ俺の話を聞いてみねえか」

流れを変えるために、ここで一服させてもらう。こういう小道具も、交渉事の流れを作るためには必要不可欠だ。

「オメェ、今……矢吹近江の調べ、やってんだろ」

東の黒目が固まる。分かりやすい男だ。

「それがどうした」

「新宿のチンカス警備係長が、転び公妨で身柄にしたらしいな」

「だから、それがどうしたと訊いている。差し入れをしたいのなら取り次いでやってもいいぞ」

たまには、面白いことをいうじゃないか。

「センスのねえ冗談はそれくらいにしとけ。品性を疑われるぞ」

「なら早く本題に入れ。あんたと言葉遊びをしている暇はない」

そんな暇はこっちにもない。

「もうとっくに入ってんだよ、本題に……矢吹の調べは何日目だ。もう延長勾留か」

「ああ。今日からだ」

「どこまで進んでる」

「もう、調べならとっくに終わってる。矢吹は公務執行妨害などしていない。全面否認の構えだ。俺もそれで書く」

まあ、そうするだろう。東なら。

「……おい、センスのねえ冗談はよせといったろう。誰が公妨の話なんかしてる。矢吹が今やってることを、オメエ、なんにも知らねえわけじゃねえだろう」

「だったら逆に訊こう。あんたは上岡殺しの特捜にいるんだろう。それでなぜ、矢吹近江の調べを気にする。なんの関係がある」

なるほど。こいつはある程度、その辺の事情を分かっていて、いっているわけだ。

「あるんだよ、それが……大ありなんだよ」

「そこを明らかにしてもらえないことには、迂闊なことはいえないな。こっちも、遊びで刑事をやってるわけじゃないんでね」

いいだろう。まず、こっちから一枚カードを切ってやる。

「……上岡が、殺される直前になんの取材をしてたか、知ってるか」

東がかぶりを振る。

「知らんな。差し支えなければ、ご教授いただけるとありがたい」

「ぬかせ……分かってんだろうが。反基地デモだよ。矢吹は、あのデモを主導してた男に金を出していた」

「それ自体は、別に犯罪ではないだろう」

「そのデモの主導者が、上岡を殺した一味の一人だとしたら？」

「それでも、矢吹のしたことは犯罪ではない」

ほう、砂川雅人のことは先刻ご承知か。

「……オメェ、どこまで知ってやがる」

「あんたも正直に話せよ。俺から何を聞き出したい」

それはまだいえない。少し軌道修正をしよう。

「矢吹をオメェに預けたのは、公安総務課だな」

「いや、俺は署長命令でやってるだけだ。俺は、警備の尻拭いも、公安の下働きもするつもりはない。あんたと一緒にするな」

そのスタンスには大いに共感するが、今それはどうでもいい。

一本吸い終わったが、灰皿が見当たらないので床に落とす。

「……公安総務課が調べてるのは、矢吹が手掛けた、沖縄の軍用地転売ビジネスの裏側だ。実は上岡も、その真相にあと一歩まで迫っていた。奴の死は、それと密接に関わっている」

さあ、次はお前の番だぞ、東。

「……その話なら、もう矢吹に確かめたよ」

「ほう、奴はなんといった」

「ただの投資目的だそうだ」

「それを、はいそうですかと信じたわけじゃねえだろうな」

「何を信じるかは俺の自由だ」

ご尤も。

「この野郎……オメェは公安の下働きなんざしねえんじゃねえのか」

「付け加えるなら、あんたの下働きもご免だ」

それはそうだろう。

だったら、もう一枚カードを切るまでだ。

「じゃあ、こういうのはどうだ……対等な取引ってやつだ」

内ポケットから、上岡のUSBメモリーを出して見せてやる。

「……なんだそれは」

「こいつには、上岡の仕事用のデータが、たんまり詰まってる」

また、東の目の色が変わる。

「あんた、それ……」

「細けえことは気にするな。こんなこともあろうかと思ってな、俺様が、あらかじめ鑑識から抜いておいたんだよ。特捜じゃ、こいつの存在は誰も知らねえ」

ほれ、だったらお前はどうする。

「それに、何が入っている」

「知りてえか」

「いいや、俺は聞かなくても一向に困らない。ただ、あんたのいう取引とやらが成立しなくなるだけの話だ」

ちょいと、二枚目を切るのが早かったか。

「……その通りだ。だが聞いちまったら、さすがにオメェも後戻りはできなくなるぜ」

「じゃあ、聞かないでおくよ」

「そういうな。矢吹が手掛けた、軍用地の転売リストだぜ。矢吹が誰から買い、誰に売ったかが、克明に記されている。上岡ってのはなかなか、ペンゴロにしちゃいい仕事をしやがるな」

コートのポケットから封筒を出してみせる。別に、東に渡すために用意していたわけではないが、ちょうどいいのでこれも使うとしよう。

「そのリストの部分を、俺様がプリントアウトしといてやった。それと、分かりやすいように、要注意な部分には赤ペンもな、くれといてやった……ほれ」

投げ渡すと、東は右手でしっかりとキャッチした。歳のわりに、反射神経はさほど鈍ってはいないようだ。

封筒を開け、中身を半分ほど引き出してパラパラと捲る。勝俣が赤線を引いた部分を拾い読みしているようだった。

「……蘭道（らんどう）、千芸（せんげい）？」

そうだ。そいつが最重要注意人物だ。

「帰化日本人だが、もとの名前は、セルゲイ・ヴラドレーノヴィチ・ラドゥルフ……発音は自信ねえが、まあ、要はロシア人ってこった。時代的なことをいったら、ソ連人かな」

東が、こっちと手元の資料を見比べる。

「……矢吹が、沖縄の軍用地を、ロシアに売り渡そうとしてたっていうのか」

「そこだけ見りゃ、そう思いたくもなるだろうが、事はそう単純じゃねえ。何しろ、その蘭道千芸って野郎はえらく日本贔屓（びいき）でな。最近までロシアから反政府活動家としてマークされ、ブラックリストにも載っていたらしい。上岡によれば、沖縄軍用地を買い占めてたのも、日本と沖縄の現状を憂う気持ちからだったらしい。実に泣かせる話だが……残念ながら、もう千芸は死んじまってる。三年前の秋だ」

東が、再びリストに目を戻す。

「どうも、話が見えないな」

「慌てるな。四流大学出のオメェにもちゃんと分かるように説明してやる……それで、だ。矢吹の手掛けた転売によって、ついこの前までは、普天間飛行場として使われている土地の二十七パーセントが、たった三人の地主のもとに集約されていた。その一人が千芸だったわけだが、残りの二人も、実はもうこの世にいない。千芸は病死、残り二人のうち、一人は自殺、一人は事故死だ。沖縄県警は、いずれも事件性はないと結論づけている」

何に思い当たったのか、東がハッと顔を上げる。

「まさか、デモの発端となった、反基地活動家の事故死じゃないだろうな」

なるほど、それと結びつけたか。面白い発想だが、とんだ的外れだ。

「そりゃ、いくらなんでも考え過ぎだ。それとは完全に別件の交通事故死だが、問題はそこじゃねえ。この三人が所有していた土地は、死後、相続云々の問題もあったんだろうが、決まって赤の他人の手に渡っている……赤の、とまでいったら語弊があるか。そのうちの一人は養女だからな。完全な他人とも言い切れない」

また東が資料に目を戻す。

「その、二人の他人と一人の養女というのは、特定できているのか」

「それも最後に載せてある。安里竜二（あさとりゅうじ）、花城數馬（はなしろかずま）、蘭道昭子（あきこ）……さらに奇妙なのは、その花城數馬と蘭道昭子はのちに結婚し、すぐに離婚している点だ。この期間に蘭道昭子から花城數馬に土地の権利は移っている。事実上、二十七パーセントの土地は安里と花城の二人にまで集約できたことになる」

しばし、東の様子を窺う。

だいぶ、裏の事情も呑み込めたように見える。

「……ようやく、興味が湧いてきたみてえじゃねえか」

「ああ。花城という名前は、矢吹から聞いていたんでな」

「そう。花城は矢吹のやってる『アロー・ワークス・ジャパン』って商社の社員だ。しかし、その花城はこのところ居所が分からなくなってる。ひょっとすると今頃、どっかの土の下で冷たくなっていて、土地の方も、安里名義に変更されてるのかもしれねえな」

今のは冗談だが、これで東が矢吹から何か聞き出してくれれば、勝俣としては収穫充分ということになる。

矢吹近江という男は、そうひと筋縄でいく相手ではない。東もそこそこ、刑事としてはやる方なのだろうが、それでも、矢吹から本音の本音を引き出すのは不可能だろう。もし何か引き出せたとしたら、それは嘘だ。東を納得させるための、その場限りの出任せだ。

だがそれでいい。東が引き出したネタはハズレ。勝俣は以後、それを除いた可能性について考えればいい。要は消去法だ。

東レベルの刑事でも、消去法の赤ペン程度には使い道がある。
そういうことだ。

第五章

1

私が日本での生活に馴染み、日本語をマスターしていく過程は、そのまま城士の成長過程と重なっていたように思う。

多少、漢字の勉強は私の方が早めに始めていたが、城士が小学校に入学すると、あっというまにその差は詰まり、追いつかれ、追い越されてしまった。負けてはいられないと思い、私も必死になってバイリンガル版のコミックを読み漁り、とにかく読める漢字だけは増やした。書くとなるとなかなかハードルが高かったが、携帯電話やパソコンを使えば、ペンで書くことはできなくても不自由はしなかった。

そのうち、テレビを観ていても内容が分かるようになってきた。コメディアンのジョークも徐々に笑えるようになった。これには誰より、健が驚いていた。

「父さんは、日本語の習得がとても速い。きっと向いていたんだね。僕よりよほど優秀だよ」

言葉が分かるようになると、私の生活スタイルの幅はぐんと広がった。新宿だけでなく、銀座にも、横浜にもいくことができた。一人で買い物ができるようになったし、ジムの会員になって体を鍛え直すこともできた。西麻布にある、民間の退役軍人会にも入会し、交流会の案内や会報を送ってもらえるようにもなった。

日本語を読むスピードが上がれば、字幕付き映画を観ることでバイリンガル版コミックと同じような学習効果も得られた。だから城士が小学生の頃は、よく二人で映画を観にいった。城士は『X－メン』や『スパイダーマン』といった、アメリカンコミックを実写化したヒーロー映画が好きだった。

映画館の帰りには、そういったアメリカンコミックの玩具を売っている店を探して、城士にプレゼントを買った。城士はとても喜んだ。家に帰ると、いつも私が敵役になって、一緒に遊んだ。ある程度は城士を窮地に追い込み、しかし最後には、華々しく負けてやる。

本当に楽しかった。自分に――あのベトナムの地で、まさに血で血を洗うような戦いを生き抜いてきたこの私に、まさか孫と「戦いごっこ」をして遊ぶ日が訪れようとは思ってもみなかった。

この幸せを守りたい。本気でそう思った。

この幸せを与えてくれた日本という国に、心から感謝した。

もう、あんな地獄は二度と繰り返すまい。

私は神にも、仏にも、そう誓ったのに――。


私の妻が黒髪だったというのもあり、健はもともと髪色が黒に近かった。小百合ももちろん黒。なので城士も、髪色だけでいえばほとんど日本人の子供と変わらなかった。違いといえば肌の白さだったが、それも小学校に入ってよく外で遊ぶようになり、中学でサッカー部に入ると、日焼けでほとんど分からなくなった。

顔立ちは、私から見たら完全な東洋人なのだが、日本人の中では西洋的と見られることが多かったようだ。それも関係あるのかもしれないが、城士は小学校の頃からよくモテた。当然、日本で「女性から男性に好意を伝える日」と解釈されているバレンタインデーには、たくさんのチョコレートをもらって帰ってきた。

ところが中学三年の、バレンタインデーの夜。

城士はダイニングテーブルの前で、ひどく浮かない顔をしていた。

「城士、今年も凄いじゃないか。二十……何個？」

「二十五個」

「私にも、一つ味見させてよ。ミルクチョコレートは大好物なんだ」

「いいよ、好きなの選んで」

好きも何も、パッケージされたままでは中身が分からない。

「……どうした、城士。あまり、嬉しそうじゃないね」

手振りで「別に」とは示したが、それ以上、城士は何も話そうとしない。

「分かった。城士の好きな娘は、別の誰かにチョコレートを渡したんだな？」

それにも答えない。

「ヘイ、城士。もっと自信を持ちなさい。ここには二十五個もハートがあるよ。一つくらい失ったって、どうってことない。君がホットガイであることには、変わりはないよ」

それが無意味な慰めであることは、私自身よく分かっていた。

城士が得ることのできなかった、たった一つのハート。それを得るためなら、城士は百個でも千個でも、一万個でも他のハートを差し出すだろう。

それが恋というものだ。


高校時代。城士はそれまでより、少しだけ「陰」をまとうようになった。気のせいかもしれないが、私にはそう見えた。だがそれについて小百合と話し合うべきかどうかを、私は迷った。どう表現していいか分からなかったし、別に城士が悪いことをしたわけではないのだから、何を主題に話したらいいかも分からなかった。

そもそも私は、自分の息子である健の思春期すら知らない。戦場と基地を行ったり来たりしていただけで、子育てなどという人間的な営みには縁がなかった。

では、私自身はどうだったのか。父親はおらず、母親も働きづめで、とにかく早く自立することだけを考えていた。だからハイスクールを終えてすぐ、十八歳で陸軍に入隊した。以後はずっと、軍人として生きてきた。そんな半生に思春期も青春もありはしない。あるのは命令とその遂行、戦場と武器、汗と土埃、敵と仲間の血の臭い、それだけだった。

だから、城士が自宅から通えるエリアにある大学に入り、卒業後も家を出ずにいることに、私は少なからず疑問を覚えた。健と小百合、そして私。家族と仲が良いのは幸せなことだ。しかし、もっと自立したいという欲求はないのだろうかと、私は思っていた。私がそうだったから見習え、などというつもりは毛頭ないが、男なら、と期待してしまう部分は多分にあった。

城士を見ていると、そんなに外の世界が怖いのかと、訊いてみたくなる。むろん、城士のことは愛していた。世界中の何よりも大切な私の宝物だった。いや、だからこそ、なのだ。男なら。どうしてもその部分を求めてしまう。

確かに、家の外には怖ろしい暴力が存在する。空には戦闘機が飛び交っている。海では巡視艇と原子力潜水艦が小競り合いを続けている。ヨーロッパもアメリカも、テロ対策できりきり舞いしている。でもそれと、君が家から出ていかないこととは別問題だろう。

「城」を守る「戦士」ならば、城の中に閉じ籠っていては駄目だろう。

違うか？


きっかけは、二つあったことになる。

一つは、二年ほど前だ。

私は、千歳船橋駅の近くにあるフィットネスジムからの帰り道だった。夕方の五時頃だったと思う。運動をして腹も減っていたが、その日は小百合の帰りが遅いと分かっていたので、もう少し寄り道をして、なんだったら途中で、何か間食をしてもいいと思っていた。

私は、商店街のはずれにある肉屋の「メンチカツ」が大好きだった。あれを食べようと、もうほとんど心に決めていた。決めてしまったら、やはり一刻も早く食べたくなってしまう。どうせ暇なのだから、もっと散歩を楽しんでからにすればいいのに、ついつい近道をしてしまった。

その道沿いには、ちょっとした児童公園があった。もうずいぶんと昔だが、城士を連れて遊びにきたこともあったな――そんなことを考えていたから、実際、その公園に城士がいたことには本当に驚いた。ただ、声をかけようとは思わなかった。ベンチに座って、隣の子と深刻な顔で何やら話し込んでいたからだ。

若い二人は、愛し合っているようだった。

だが同時に、私は理解した。

城士が、外の世界を怖がる理由は、これだったのかと。

もう一つは、テレビだ。

仕事もせず、自他共に認める「老人」となってからは、テレビこそが私の親友だった。健がケーブルテレビを入れてくれたので、日本にきて最初の頃はCNNやBBCばかり観ていたのだが、日本語が分かるようになると、日本の番組も同じくらい面白くなった。いわゆる「地上波」の「民放」の番組だ。ニュースも観るし、日本人が「バラエティ」と呼んでいるトーク番組も好きになった。時代劇も、ドキュメンタリーも、現代劇のドラマも観た。アメリカで一人暮らしをしている頃より、明らかに私は「テレビっ子」だった。

ただ日本では、毎週楽しみにしていた番組が、突如別の番組になることがある。しかも、わりと頻繁に。「番組改編期」という、この国独特の事情によるものらしいが、三ヶ月に一度、必ずこういう時期がくる。

普段、その曜日のその時間、そのチャンネルを選択すれば、古い家をリフォームして、安価で新築同然にするという、建築ドキュメンタリー番組が観られるはずだった。だがその夜は違った。

【昭和の十大未解決事件　あの日、何があったのか】

昭和という、私が日本に移住してくる前の時代に起こった未解決事件を十件、再現ドラマも交えて、ランキング形式で紹介する番組だった。

むろん、番組が始まった時点で予感めいたものはあった。だが隣には健が、背後のダイニングテーブルには小百合もいた。この番組はよそうと、私からいうことはできなかった。

第十位は、山中で発見されたバラバラ遺体の事件だった。第九位は小学生の女の子が下校途中で行方不明になった事件。第八位は大企業の社長が列車に轢かれて死亡した事件。第七位はコンビニエンスストアの商品に毒物を混入することで企業を脅迫した事件。第六位は、

【昭島市一家殺人事件】

そういうタイトルだった。

心臓を、大きな手で力一杯、鷲摑みにされた気分だった。

低い男性の声が事件の概要を説明する。まもなく再現ドラマも始まった。ある激しい雨の夜、暗い細道を一人の女性が、透明なビニール傘を差して歩いている。彼女が自宅前に着き、鍵を開けて入ろうとした瞬間、物陰から飛び出してきた男が、彼女を玄関の中に突き飛ばし、自らも押し入った。男は家の中にいた父親を、母親を、妹を、そして最初の女性を次々と殴打し、首を絞めて殺害した。さらに不気味な笑みを浮かべながら冷蔵庫を物色し、クローゼットを荒らし、床に落ちていたタバコを吸い、気分が落ち着いた頃に血塗れの家から出ていった。

多くの警察官が事件の捜査に携わった。陽炎(かげろう)で道が歪んで見える夏の日も、紅葉と夕陽の

美しい秋の日も、手足のかじかむ冬の日も、桜の咲き乱れる春の日も。やがて同じ季節が幾度も巡り、若かった警察官の髪もすっかり白くなり、事件は時効を迎えたという。

番組はさらに第五位、四位、三位、二位と進み、第一位はドラマでも観たことがある「三億円事件」だった。

私は初めて知った。

まず、あの事件が時効になっていたということ。日本では非常に有名な事件だったということ。そして今も、日本人は忘れてはいなかったということ。

昭島市一家殺人事件。

私が知っているそれとは、違う部分も多々あった。あの悪夢によく似た事件だと、受け流すこともできた。そうすべきだったのだろうと思う面もある。あの悪夢と同じ事件は存在しなかった。少なくとも私は関わっていない。そう自身に言い聞かせるのが最良の策だったのかもしれない。

しかし、運命がそれを、私に許さなかった。

またもや悪夢は繰り返された。

私はその入り口におり、血に塗れた闇が、さらにその奥深くへと私をいざなった。頭の中では「ワルキューレの騎行（きこう）」が鳴り響いていた。殺戮のファンファーレだ。女の高らかな笑い声が聞こえる。シンバルが打ち鳴らされるたびに、頭蓋骨にヒビが入りそうだ。分厚いブラスセクション、トランペットか、トロンボーンか、吹き鳴らされるたびに、脳細胞が破裂しそうになる。

玄関でうつ伏せになっている男の両足首を摑む。持ち上げて、どうにか方向転換をしようとしたが廊下がせまくて上手くできず、やはり頭の方から移動させることにした。両腕を持って、玄関に一番近い和室に引きずり込んだ。再び廊下に出た途端、血溜まりに足をとられて後ろ向きに転んでしまった。運び込んだ男の、踵（かかと）か何かに後頭部を痛打した。意外と痛かった。

次に、向かいの台所にいった。そこだけは照明が点いていた。そこに倒れている年配の女に着手した。まさに大根のような両脚だった。ダイニングテーブルを迂回するため、半円を描くように引きずっていった。巨大な筆で習字をするパフォーマンスを見たことがあるが、あれに似ていると思った。女の首から出る血液が、ちょうど墨汁の役割を果たして床に血文字を書いた。真上から見ることができたら、それはおそらく「?」と読めたのではないだろうか。

二階に上がり、左手の部屋に入る。その若い女は小柄で、痩せてもいたので、肩に担いで下ろしてもよかったのだが、先ほど血溜まりに足をとられたことを思い出し、この娘を担いで転んだらダメージが甚大だと思い、やはり引きずって下ろすことにした。

両足首を持って、まずベッドから下ろした。最後に、ごん、と顔面が床に激突した。生前はともかく、もはや見られた顔ではない。今さら死体の顔がどれほど傷つこうが、潰れようが、かまわなかった。

階段は、少し楽をしようと思った。その重さを利用して、頭から下ろすのだ。二階の下り口から、上半身だけ階段にかかるよう、下向きにセットする。右腕はだらりと踊り場に向けて垂れていたが、左腕は体の横にあった。上下は逆さまだが、女が「いきまーす」と右手を挙げているようにも見えた。

私はその尻を蹴った。一回で上手く下りたわけではない。一回蹴って三段くらい。もう一度蹴ったら四段か五段。一段落ちるたびに、顔面が段板に当たって、頭が激しくバウンドした。背中も、階段の凹凸（おうとつ）を受けてグネグネとうねった。蛇みたいだった。

踊り場で方向転換をし、今度は一階廊下まで蹴り落とす。最後だけは上手くいった。ひと蹴りで踊り場から、一階までは下ろすことができた。だがそこまでしてみて、また頭が先になってしまったことに気づいた。仕方なく、両手首を持って和室まで引きずっていった。そういえば、戦闘中に負傷した仲間を安全な場所まで移すときも、よくこんなふうに引きずったなと思い出した。撃たれたり、砲撃で手や脚を失った挙句、救助の一環とはいえ、あの荒れ地の地面を何メートルも引きずられるのだ。むろん、彼らは生きていた。生きながらにして、この死体と同じように引きずられたのだ。痛かっただろうなと、今さらながらに思った。

和室に三人の死体を並べてみたら、母親だけ向きが反対だったので、また大根のような両脚を持って、よっこらしょと向きを変えた。それでようやく、親子三人、仲良く同じ向きに並べ終わった。

娘の穿いていたジーパンを膝までずり下ろし、下着も引き下げ、母親も同様にし、そこでようやく、私は用意してきた銃を手にした。最後に使ったのが何年前なのかもよく覚えていないが、メンテナンスはちゃんとしたはずなので、保管している間に何か不具合が生じていなければ、ちゃんと弾は出るはずだった。

消音もした方がいいだろうと思い、室内を見回した。すると、部屋の隅に畳んだ布団が重ねてあり、その上に枕が載っていたので、それを使うことにした。

まず、男の肛門に銃口を当てた。その上から枕をかぶせて、引き鉄を引いた。パンッ、と、ボフッ、という音が同時に鳴った。枕をどけてみると、肛門から煙が出ていた。だが上手く当たり過ぎたのか、肛門が広がった感じはしなかった。次はもう少しずらして撃ってみた。二発、三発。尾骶骨（びていこつ）に当てて、四発目。まだか。五発、六発。それ以上この男に使いたくなかったので、もう次の作業に移ることにした。

袖を捲り、指先を揃え、親指を内側に寄せるようにして、できるだけ掌（てのひら）をコンパクトな形に整える。その形状を維持したまま、男の股間に、肛門が飛び散って何倍もの大きさになった穴に、指先から挿入していく。最初は角度がよく分からず、上手く入らなかった。また砕けた尾骶骨に手の甲が当たり、ちょっと痛かった。だが、こうか、こうかと試しているうちに、ズボッ、といきなり手首まで入った。

内部はまだ温かかった。グチャグチャと濡れた音をたてながら、私の手が内臓の洞穴の中を掘り進んでいく。糞尿の臭いがひどかったが、これは戦場でもよく嗅いだ臭いだ。不快感より懐かしさの方が幾分勝っていた。

内臓と排泄物をよく掻き混ぜたら、出来上がりだ。

これと比べたら、やはり女性の方が作業的には楽だった。女性器の構造のせいもあるだろうが、何より肉が柔らかい。男の筋肉は硬いし、何しろ異物を股間に受け入れることに慣れていないから、死亡してもなお抵抗が激しい。やはり、男を先に処理して正解だった。

疲れる仕事は、先に済ませるに限る。


せっかくなので、ここでも何かご馳走になっていくことにした。

冷蔵庫を開けると、パックの牛乳、ペットボトル入りのコーラ、醤油、ソース、ケチャップ、ドレッシングが数種類、ハム、チーズ、何かが入った鍋、タマゴ、フィルムのかかった深皿には煮物、納豆。パッと見た感じ、食べたいものはなかった。だが、ドアポケットには缶ビールが四本並んでいた。まあ、これくらいは飲んでおいた方がいいだろう。

二十数年振りのアルコールは、本当によく効いた。昔はウイスキーをボトルでラッパ飲みしていたのに、たかが、三百五十ミリリットルのビールで、こんなに自分が酔っ払うとは思わなかった。我慢して二本は飲んだが、もうこれ以上は無理だと思った。これ以上飲んだら、本当に帰れなくなってしまう。

また一人、悪夢の中に、取り残されてしまう――。

私は、もういつ自分が死んでもいいように、準備を始めている。遺書とは違うが、携帯電話で手紙も書いている。手紙というか、送り主を入力しないで書いた、未送信メールだ。

一通は、こんな文面だ。

【私は正直に告白します。今から二十八年前、私が横田基地に勤務していた頃、ある四人家族を全員殺しました。昭島市一家殺人事件と呼ばれる有名な事件です。私はそのあとでアメリカに帰り、今から二十二年前に、再び日本にきました。息子夫婦と孫と暮らすようになりました。そのときに、昭島市の事件で使った拳銃も持ち込みました。今もクローゼットにしまってあります。ベレッタM9です。

そして私は、去年の十月二十九日にも、祖師谷二丁目で家族三人を全員殺しました。そのときもベレッタM9を使いました。

理由は自分はよく分かりません。私は日本で暮らして、日本を好きになりましたが、でもときどき心が戦争状態に戻ってしまうかもしれません。誰を殺してもいい、殺すことは間違

いではないという考えになってしまいます。でも心の戦争状態が終わると、私は悪いことをしたと思います。】

自分でも、あまりいい文章だとは思わない。でも、こればかりは小百合にも、健にも城士にも相談できない。当たり前だが、これは私一人の問題なのだ。

急ぐ必要はない。少しずつ書き足して、もっと文章を整えて、来るべき日に備えたい。

今日は、あいにく天気がよくない。天気予報を観たわけではないが、夜には大雨になるんじゃないか。なんとなく、そんな予感がする。

しかしもう、私は雨の夜の悪夢に騙されたりはしない。

そう、騙されたわけではない。

あれは私が、自ら望んだ悪夢だったのだ。

2

玲子は、昭島署刑組課長である赤尾警部の好意により、「昭島市美堀町三丁目一家四人強盗殺人事件」の捜査資料を見せてもらえることになった。ただし、時効を迎えるまでの十五年分の資料だ。とてもではないが、一から順に読んでいく時間はない。

基本的には疑問点を赤尾に伝え、その該当箇所を閲覧、あるいは解説してもらうという形で進めていった。

犯行内容自体は、確かに「祖師谷」と酷似していた。

「犯人は複数発の銃弾を撃ち込んだのちに、やはり創洞内に手を入れて、損壊しているんですね」

赤尾が頷く。

「狂っているとしか言い様がないです。最初は強姦目的だったのかもしれないが、途中から、目的が死体損壊に変化したとしか思えない……でもそれも、米兵だったらあり得るのかな、と思いました。自衛隊員は、いわゆる戦争、戦闘というものは経験してないわけですが、米兵はね……第二次大戦以降だって、朝鮮半島だベトナムだ、リビアだレバノンだ、パナマだ湾岸だって、散々やってきましたからね。これくらいのことは、屁とも思わないのかもしれませんよ」

最も疑問なのは、捜査を断念せざるを得なくなるまでの経緯だ。

「雨の中、現場周辺をうろつく外国人が目撃されているんでしたよね。あと、飲み屋さんでも……白人、というのは間違いない？」

「似顔絵がありますから。ええと……ああ、これですね」

単純に髪色が白っぽく描かれていること、目の色も黒く塗り潰されていないことで、欧米系白人なのだろうというのは分かる。あと特徴といえば、少々団子っ鼻なところと、顎が二つに割れている、いわゆる「ケツ顎」なところだろうか。身長は百八十センチ弱。体格は中肉だったという。年齢は三十歳から五十歳。それが二十八年前の印象なのだから、現在では六十歳から八十歳くらい、ということになるのか。

「もう、けっこう太っちゃったりしてるかもしれないですね」

「確かに、向こうの人は、歳とると太りますからね。日本人以上に」

拳銃に関してはどうだろう。

「使用された銃種は、特定できたんですか」

「いえ、特定には至りませんでしたが、おそらく、ベレッタの92Fではないかと。当時、米軍が採用したばかりの最新型でした。それを基地の外に持ち出すのに、規則なり検査なりはないのかと、日本人としては大いに疑問に思うんですが……確かに、基本的に禁止はされているようなのですが、そんなね、銃自体、向こうではスーパーマーケットで手に入る日用品なわけですから。持ち出してはいけない、という決まりがあったところで、守る気にもならんのでしょう。実際問題としては」

アメリカの銃規制問題は、この際さて措くとして。

「米軍側に、たとえばこの、似顔絵のような人物はいないかとか、そういう問い合わせはできたんですか」

赤尾が、さも苦そうに口をひん曲げながら、かぶりを振る。

「……それすらできなかった。実は、似たような人物が出入りしていた店というのは、先ほど申し上げたタイ人母娘のスナックの他に三軒ありまして。その一軒では、男は『アンソニー』と呼ばれていたことまで突き止めたんです。しかし、『アンソニー』なんてのは、ごくありふれた名前らしくてですね。米軍側には、問い合わせすら受けてもらえませんでした。サッチョウに検察庁、法務省に外務省……特捜の幹部も、いろいろ手を回したらしいんですが、逆に、そりゃ無理だって突っ撥ねられるだけだったみたいです」

役に立ちそうなところはコピーしてもらい、最後には指紋データと銃弾の鑑定結果の写しももらって帰ってきた。

昭島署を出た段階で、菊田から何度も何度も電話やメールが入っていることには気づいていた。でも急いで帰る方が先決だと思い、そのまま青梅線に乗ってしまった。乗ったら乗ったで、電車内は帰宅ラッシュでメールなど打てる状況ではなかった。結局、なんの連絡もしないうちに特捜まで帰ってきてしまった。

講堂に入り、デスクに目を向けると、玲子と目が合った菊田はグッと奥歯を強く嚙み、目つきを険しくした。でも、すぐにそれも和らいだ。近くまでいく頃には、肩から力を抜いて溜め息をついていた。

「ごめん……連絡もしないで、遅くなって」

うな垂れたのか、頷いたのかもよく分からない。菊田は小さくなり、下を向いてしまっている。

「主任、なんで……」

「だから、ごめんって。でも、それだけの収穫はあったから」

「にしたって……」

「悪い。先にお手洗いいってくる」

決して、気まずい雰囲気から逃れるための方便ではない。本当に、新宿で京王線に乗り換える辺りから、ずっと我慢していたのだ。まあ、初台駅で済ませる、という手もあったのだが、それこそ、一刻も早く帰った方がいいと思い、我慢してきてしまった。それくらい頑張ってあたしは帰ってきたのよ、なんていうのは、自身への言い訳にしかならないのだろうが。

ようやく、身も心も軽くなって廊下に出てくると、なぜかそこに小幡が立っていた。

「姫川主任、どこいってたんすか」

こっちの方が、分かりやすくご立腹のようだ。

「うん、ごめん……あとで、ちゃんと事情は説明するから」

「困るんですよ、勝手なことされると」

その場凌ぎの謝罪では駄目なのか、今ここで説明しなければいけないのかと思ったのだが、そういうことでもなさそうだった。

「姫川主任がいない間、菊田主任、すっげー機嫌悪かったんですから。ほんと、子供じゃねえんだから……扱いに困るんですよ、ああいうの」

「……ん、ああ、そう、だったの……」

「分かりますけどね、付き合いの長さとか、信頼関係みたいなのも、お二人にはあるんでしょうけど……でも、部下にも通すべき筋ってもんがあるでしょう。もう少し、こっちにも肚割ってくださいよ。そしたら、フォローしますから。俺だって」

「ん、うん……分かった。ありがと……今度から、気をつけます」

なに生意気いってんの、というのと、ちょっと嬉しいのと、半々だった。

殺人班十一係も、もう一年と四ヶ月になる。石倉は鑑識、葉山は八係、湯田はまだ亀有署。バラバラになった旧姫川班を懐かしんでばかりいてはいけないことは、玲子も分かっている。菊田を獲得できたのは奇跡。それ以上望んではいけない。いい加減、気持ちに区切りをつけなければいけない。

そう思っている。


十七日夜の会議は、なんとも妙な展開になった。

途中、二十時半くらいまでは、それでも普通に捜査員たちが報告をしていた。だがデスクに一本電話が入り、受けた橋本統括が梅本管理官を呼び、電話を代わった梅本はしばらく眉をひそめて聞いていたが、何言か返して受話器を置き、すぐ上座には戻ったものの、

「続きは……熊谷課長、お願いします」

代々木署の刑組課長に会議を丸投げし、講堂を出ていってしまった。

玲子の後ろで菊田が呟く。

「なんですかね」

「うん……なんだろね」

何かあったのはまず間違いない。ただそれが、この代々木のヤマに関係あることかどうかは分からない。考えやすいのは、梅本が取りまとめる第四強行犯捜査の、別の係の捜査に関する何か、という線だ。他には、もっと警視庁全体に関わる、あるいは警察庁をも巻き込むような一大事という可能性もなくはない。たとえば誘拐事件だったら、他の捜査の進捗云々は関係なく、管理官全員に招集が掛かる。だがそうだとしたら、刑事部長名義で「営利目的誘拐事件の発生にともなう特別警戒態勢」が発せられ、警視庁職員も全員、一定期間所属部署で待機状態になる。今のところそれはない。ということは、少なくとも誘拐ではない、ということだろう。あくまでも現時点では。

それはそれとして、会議自体は熊谷課長がそつなく進め、二十二時過ぎには終わった。この時間ならまだ間に合うかもしれない。

玲子は取り急ぎ、林に連絡をとった。

前回も使った居酒屋を予約し、林とはそこで落ち合うことにした。

ただし、今夜は四人。菊田も小幡も連れてきた。

小幡があまりにも「なんすか、なんなんすか」とうるさいので、林がくる前にある程度の説明はした。

「ええーっ、姫川主任、そんなことやってたんすかァ？」

「シッ……ちょっと小幡、声大きい」

一応個室ではあるが、隣との壁はさして厚くない。できるだけ内容が漏れないよう、声は小さめにしなければならない。

「……あんまり、この話はしたくないんだけど……小幡は、あたしがなんで本部を追い出されたか、知ってたりする？」

「ええ、まあ。噂程度には」

「だよね。じゃあそこは端折るけど……要はね、本部が隠蔽してたことを表に出しちゃったわけ、あたしが。ところが今回もね、そういうニオイがちょっとしたわけよ。『昭島市事件』では拳銃が使われてたのに、なんでそれが公表されなかったんだろう、またなんか隠してんじゃないでしょうね、って思ったわけ」

菊田が「ああ、それか」と呟く。

「ん？　なに、それかって」

「いや、夕方ノリと、なんで主任がいないのかって話になって。奴も、けっこう心配してましたよ……まあ途中の経緯は省きますけど、主任が読んだその上岡の原稿って、たぶん元データが、上岡のパソコン内にないんですよ」

省き過ぎでしょ、とは思ったが、もはやそれどころではない。

「元データがないって、なにそれ」

「でしょ、びっくりするでしょ。俺らも、なんでだろうって考えてみたんですけど……可能性としてあるとしたら、勝俣主任の仕込みかなって思ったんですよ。だとしたら、今の線だと辻褄が合うんですよね。警視庁の隠蔽ネタを主任に掴ませて、またひと悶着起こさせようと、期待したんじゃないですか」

確かに、あの男の考えそうなことではある。

「ふーん、そう……でもいいわ。あの原稿、結果的には当たりだったたし。それくらいの裏取り、こっちだってちゃんとやるし。ガンテツが何を目論んでいようと関係ないわよ」

小幡が向かいで、ごくりと生唾を飲み込む。

「……で、結局、隠してるんですか、警視庁的には」

いけない。話が脱線するところだった。

「んーん、今回は違うみたい。むしろサッチョウもうちも被害者。どっちかっていうと、黒幕は外務省と法務省。っていうかアメリカ」

もう一回、小幡がごくり。

「あの、主任、すみません……その方が、もっとマズくないですか」

「あらどうして？　他の省庁の不祥事なんて暴き放題じゃない」

菊田が「声大きいです」と耳打ちしてくる。

「大丈夫よこれくらい……それに、もし犯人が米兵だとしたら、若くても六十歳くらい、下手したら八十歳って可能性だってある。あたしは、米軍の採用基準なんてなんにも知らないし、定年が何歳かも知らないけど、でもさ、すでに退役してる可能性もあるんじゃないかって思うんだよね。もしそうだったら、もう米軍には守ってもらえないわけだから、今回はあたしたちも捜査できるし、もちろん逮捕だってできる。二十八年前の罪を問うことはできないけど、でも伝説の未解決事件は解決できる……逆に、退役してんのになんでまた日本に戻ってきたんだろ、って疑問はあるわけだけど……菊田、何やってんの」

大きな手に小さな携帯を構え、菊田は何やら調べものをしている。

「いや、米軍の定年っていつなのかな、と思ったんですけど……けっこう複雑だな、これ。詳しいことは分かんないですけど、たぶん、一定期間昇任できないと、そこで退役させられるみたいですよ、米軍って。定年なんて、悠長なことといってられるシステムじゃないですよ、たぶん」

小幡が「げっ」と仰け反る。

「たとえば巡査部長になって、十年以内に警部補にならないと……」

菊田が頷く。

「そんな感じ。何年以内に次の昇任試験に合格しないと、クビ……みたいなシステム、なんじゃないかな」

小幡、そろそろクビかも。

「ま、それはいいとしてさ。問題は、具体的にどうやって、その元米兵であろう在日米国人を炙り出すかってことだよね」

首の皮一枚の小幡が、やけに深刻そうに玲子の顔を覗き込んでくる。

「それ、以前にですね……姫川主任」

「うん、なに」

「いま我々は、上岡殺しの特捜にいるわけですよね」

「そうよ。その通りよ」

「でも今日、姫川主任が一日特捜を空けていたのは、いわば『祖師谷事件』の捜査で、ということですよね」

「それは、犯人を捕まえてみるまで分からないでしょう」

「……は？」

小幡が不審に思うのも分からなくはない。しかし、そうと認めるわけにはいかない。

「いい？　上岡の原稿のお陰で、あたしは『昭島市事件』と『祖師谷事件』の共通点に気づくことができた。でもその秘密を知ったことによって、上岡が殺された可能性だって、ないとは言い切れないわけよ」

小幡がこっちに掌を向ける。

「ちょ、ちょっと待ってください。いま特捜で追ってるのは、反米軍基地デモの主導者だった砂川雅人と、それに協力していたフリーライターの生田治彦ですよね。二人とも、思いっきり日本人ですよね。在日米国人ではないですよね」

「そうね」

小幡が眉をひそめる。

「……いや、そう、しれっと認められても、困るんですけど」

「砂川と生田が上岡殺害に関わった可能性は、確かに高いよね」

「というか、本ボシだと思うんですけど」

「でもその、『昭島』のホシが二人に、あるいは四人に、上岡殺しを指示したという可能性も、今のところゼロではない」

さらに小幡が、顔の中心をギュッと絞り込む。

「いや、そもそも論になりますけど、砂川と生田、二人の方向性は、ざっくりいったら反米ですよね」

「そう、ね」

「一方、元米兵の犯罪を暴こうとしていた上岡も、ざっくりいったら反米なわけじゃないですか」

「まあ、反米というか、反日米地位協定、というか」

「だったら、『昭島』と『祖師谷』のホシって、上岡殺しと関係ない臭くないですか」

「うーん、それはどうかなぁ」

菊田が苦笑いを浮かべてかぶりを振る。

「姫川主任、もうよしましょうよ。小幡をからかったって仕方ないじゃないですか」

「別に、からかってなんてないわよ。じゃあ、たとえば、よ。『昭島』の犯人とされる……まあ、仮に『アンソニー』としとくけど、そのアンソニーが退役後に、米軍の内部情報を流す方に転じたとしたら、どう？　矢吹近江だっけ、あの『左翼の親玉』辺りと組んでさ、反米デモの片棒担いでたかもしれないじゃない。でもそいつが、また『祖師谷』をやらかした。矢吹は、アンソニーを守るためなら仕方ないと、砂川らに命じて、上岡を始末させた……」

我ながら、無茶苦茶な話だとは思う。

小幡も、まるで納得した顔はしていない。

「主任、本気でそんなこと、考えてるんですか」

「んーん、全然」

「だったら」

そこで個室の襖が開いた。

林だった。

「ごめんごめん、遅くなっちゃった」

三人揃って正座に座り直す。

「お疲れさまです」

「うんうん、いいから、脚崩して」

林は玲子の正面、小幡の隣に座った。

玲子が代表して訊く。

「そっちは、どうですか」

「いや、全然だね。高志の服とかさ、細かい調べはやってるけど、進んでるとは、お世辞にも言い難いな」

ならば好都合だ。

「林さん。あたし、東さんと会ったあとに、そのまま昭島までいってきたんですよ。そしたらなんと……」

捜査資料が保管されていた経緯を説明すると、林は「えっ」と漏らし、しばし言葉を失くしていた。

玲子が続ける。

「あたしも信じられなかったんですけど、本当にあったんですよ。なので、もちろん全部は無理でしたけど、確認したいところは大体、確認できました」

ようやく林が「はあ」と吐き出す。

「じゃあなに、『昭島』の、消えた指紋データってのも」

「複写してきました。あと、銃弾の鑑定結果も」

「今、持ってるの？」

「はい、林さんにお渡ししようと思って」

ロエベのバッグから封筒ごと取り出す。

「これです」

「ほお……早速、拝見するよ」

隣から小幡が覗き込む。菊田も見たいのだろうけど、斜め向かいからではそれも難しい。

っていうか小幡、全然気が利かない。

仕方ないので玲子が訊く。

「林さん、何飲みますか」

「ん、ああ……じゃあ、麦のお湯割りで」

「小幡、よさげなの見繕って頼んで」

「ああ、はい……」

　さすが専門分野だけあって、林の資料読みは異様に速い。小幡が「閻魔」のお湯割りを頼んで、それがくる前にほとんど読み終わってしまった。

「……指紋、早速照合してみるよ」

「あと、銃弾も」

「うん、そうだね」

「それともう、世田谷区内の、在日米国人の割り出しもしちゃっていいと思うんですよ。帰化した人も含めて。それで駄目だったら、徐々に割り出し範囲を広げて……名前が『アンソニー』だったら、もうほとんど当たりでしょう。で、行確（行動確認）付けて、その班に指紋採取のキットも持たせて、なんとか指紋拾わせて、照合して……一致したら任同（任意同行）と」

　林がお湯割りを静かにすする。

「指紋はまあ、悩ましいところだけれど……何しろ、マル被は拳銃持ってるからな。受傷事故に注意しないと」

「ですね。あと、通訳かな。どれくらい日本語が分かるか分からないですし」

「それとほら、弁護士だよ。アメリカ人は、絶対に呼んでくれっていうだろう」

「いうでしょうね」

ああだこうだと、逮捕までのシミュレーションが済んだところで、玲子たちもお代わりの飲み物をオーダーした。

ふいに林が、難しそうな顔をする。

「しかし……君だって逮捕の日は、一緒にやりたいよね。ここまで、いろいろ揃えてくれたのに、まるで手柄にならないんじゃ」

それは、確かにそうだ。

「呼んでくださいよ。応援にいきますから」

「そんなこといって……また、勝俣がガタガタ言い出すよ」

「関係ありませんよ、ガンテツなんか。それに、筋通せばありなんじゃないですか？　今泉さんだって山内係長だって、分かっててあたしを代々木によこしたんですから。梅本管理官だって、要は、原稿データの洗い出し要員が欲しかっただけだし、それはちゃんとやってるんですから、文句いわれる筋合いありませんって」

菊田が「いやぁ」と割って入ってくる。

「今日一日、無断で単独行動してますからね。文句いわれる筋合いだと思いますよ」

もう。こういう盛り上がってるときに、わざわざ水を差すようなことといわなくたっていいでしょう。

3

姫川と会った翌日、十八日の火曜日。

林は朝の会議が終わり、捜査員があらかた出払った頃を見計らって、上座の山内のところにいった。相方の鈴井には、デスクで待つようにいってある。

「係長。実は、姫川が……」

山内はメガネをはずし、座ったまま林を見上げた。

「はい、姫川主任が」

「昭島署で、えらいものを掘り当ててきました」

姫川から預かった、分厚い封筒を手渡す。山内は片手で受け取り、メガネをかけ直して中身を確認した。

「……なんですか、これは」

「『昭島市一家殺人事件』の、捜査資料の写しです」

山内の表情に変化はない。眉毛一本動かさない。

「このヤマと、『昭島市事件』が関係あると」

「姫川はそう睨んでいます。ネタ元は、上岡が残した原稿データらしいですが」

「掻い摘んでいうと、どういうことです」

林は、一つ頷いてみせた。

「まず、犯行手口が酷似しています。『昭島』はここと違って、刃物は使われていませんが、犯行後に股間を銃撃し、さらに缶ビールを飲んでいる点まで同じです。最も興味深いのは、当時の特捜が、それを米兵の犯行と見ていたという点です」

山内が「なるほど」と小さく漏らす。

「地位協定で捜査は不可だったが、それが本筋だったからこそ、時効になってしまったと」

「そういうことです」

「確か、『昭島市事件』でも指紋は採取されていましたね」

「そのデータも入っています」

いったん束を閉じ、山内は後ろの方から捲り始めた。指紋データのページはすぐに見つかった。

「分かりました。照合させましょう……これは私が預かってもかまいませんか」

「はい、もちろん……しかし係長」

書類を脇に置き、また山内がメガネをはずす。

「なんですか」

「これは姫川が、代々木の捜査中に掘り当ててきたものです。そのまま、こっちで使うのはマズくないでしょうか」

山内は少し椅子を引き、背もたれに体重を預けた。ヘソの辺りで両手を組む。

「何がですか」

「代々木の捜査資料を、勝手に持ち出したことです」

「これは、昭島署の資料ではないのですか」

「いや、上岡の原稿のことです。姫川はそれを、代々木の会議にはかけていないんです」

「では、そのままにしておきましょう」

思わず「は？」と訊き返しそうになった。

林はいまだに、この山内という男の考えが読めない。基本姿勢というか、スタンス、ポリシーみたいなものが摑めない。

「……そのまま、使ってしまう、ということですか」

「何か不都合でも」

「いや、その……普段、係長は組織捜査というものに、非常に重きを置くというか、そういう発言をされていたので、私はてっきり、今回のこれは……」

「林さん」

山内が、組んでいた両手を会議テーブルに載せる。

「私が一番嫌いなのは、不祥事を起こす部下です。次に嫌いなのは、仕事ができない部下です。あのまま放っておいたら、姫川主任はこの特捜にいながら、代々木の捜査資料に手をつけていたかもしれない。それは、刑法云々は別にしても、広い意味でいえば泥棒です。でも姫川が代々木の特捜に入ってしまえば、そこで知り得たことをどう活用しようが、それは姫川の裁量の範囲内です。あるいは梅本管理官が、まさに管理なさるべきこと。私には関係ない……」

そんな、と林がはさむ間もなく、山内は続けた。

「もう一つ。上岡の原稿がネタ元だというならば、そんなものは代々木の特捜以外からも出てくる可能性はあるということです。情報とは、元来そういう性質のもの。複製は無限に可能……そもそも現時点で姫川しか知らないという、その状況自体が私には信じられない。代々木は、姫川にだけ上岡の原稿チェックをやらせているんですか。菊田、小幡は身内と見るにしても、他の捜査員にはまったく、指一本触れさせないんですか。私なら、そんな人員配置はしません。それこそ不祥事の温床になりかねない。代々木には、八係の係長も統括も入っていないんでしたよね。梅本管理官の下は、もう勝俣主任ということになる……あそこで何か起こるとすれば、それは梅本さんの管理不行き届きが原因でしょう。それは、私のミスではない」

山内とは、こういう考え方をする人間だったのか。知らなかった——そう思ったことも、山内には見抜かれているようだった。

「分かりますよ。今あなたの頭の中にある、漢字二文字が」

「えっ……」

「保身。私の顔に、その二文字を重ねているのでしょう」

「い、いえ、そんな……」

「いいんです、それで。自分の身を守れない人間に、他人の命を守ることなどできません。それでは警察官失格です」

山内は再び資料に手を置いた。

「早急にこれを吟味、検討し、捜査方針を練り直します。今現在、管理官は本部に招集されているので、私とあなたでやります。鈴井巡査部長は待機させておきなさい」

「……分かりました」

今のところ、すべて姫川のプラン通りに進んでいるのに、何かが不安だった。

何かが、引っかかる。


照合の結果、『昭島市事件』の犯人と見られる指紋は、『祖師谷事件』の現場で採取されたものと一致した。

二件が、同一犯の犯行であることが決定的となった。

山内は特捜の全捜査員、外回りの捜査員も一人残らず呼び戻し、新たなる捜査方針を伝えた。

「林、中松、日野、宮脇、井岡の組は、世田谷区内の在日米国人の洗い出し。特に、ファーストネームが『アンソニー』である場合は注意せよ。石毛の組は科捜研で銃弾の鑑定。町村、横島の組は昭島署にいって、赤尾刑組課長に再度、捜査資料の公開を要請。那須、山下の組は、ここ三十年の間に、米国内で『昭島市事件』並びに本件と共通点のある事件が起こっていないかを洗い出せ。岡村、清水の組は……」

全捜査員に役割が伝えられ、最後に山内がひと言添える。

「本案件は現時点で、被疑者が米国人であることを想定している。その者が現在、どういった立場で日本にいるのかにもよるが、場合によっては、警視庁本部、警察庁のみならず、外務省、法務省、米国政府ともなんらかの調整が必要になる可能性がある。よって、それまでは本案件に関するすべての事柄を保秘とし、外部には絶対に漏らさないよう留意してもらいたい……では、本日もよろしくお願いします。散会」

早速、林を含む十人は世田谷区役所に向かい、捜査関係事項照会書を使って、区内に住む外国人について問い合わせをした。

最初に、林が照会内容について説明すると、戸籍課の課長は分かりやすく眉をひそめた。

「……区内在住の、アメリカ人の方、全員ですか」

「はい」

「そうですか……まあ、東日本震災の影響で、一時的に外国人居住者数は減少しましたが、それでも相当な数になります。外国人全体でいうと、一万六千人超。中国と韓国・朝鮮系の方がそれぞれ四千人以上おられますんで、アメリカ人の方となると、それよりはだいぶ少なくはなりますけど、しかし千五百人、千六百人はおられます」

ある程度覚悟してはいたが、やはり、生半可な数字ではない。

「ちなみに、男女比は」

「二対一くらいで、男性の方が多いと思います」

アメリカ人男性と限定しても、約千人はいるわけだ。

しかも、そういった統計データはあるものの、一人ひとりを見ていくとなると、もう単純に住民票を一から捲っていくしかない。高度情報化されたこの時代に信じられないことだが、コンピュータに条件を打ち込んで、ボタンを押したら目的の情報にたどり着けるわけではない。

しかし、それしか方法がないのだから、迷っている時間はない。

「では、お願いします」

「承知しました」

会議室を一つ空けてもらい、職員の手も借りて、そこに住民票のファイルを運び込む。区役所の業務に差し障りがあってはいけないので、終わったものから順次返却、次の何冊かを借りてくる、という作業の繰り返しになる。

　こういった作業は分業制にした方が効率がいい。

「日野さんは記録ね。見つけた人から住所、氏名、年齢を聞いてどんどん記録していって。ちなみに、米軍に入れるのが十八歳で、それに二十八を足すと……四十六歳か。それ以下は可能性がないので、記録しなくていいです」

「はい、了解」

「中松さん、宮脇さん、井岡さんの組と、泉田(いずみだ)さんはどんどん読んで、日野さんに記録してもらって。私と鈴井さんは、読みながら、どこの地域が終わったか、全体のファイル番号の管理もしましょう。基本的には祖師谷から。終わったら、成城、砧(きぬた)、千歳台(ちとせだい)、粕谷(かすや)、上祖師谷と範囲を広げていきましょう。それを我々で、出して戻して、をやっていくと」

「はい、分かりました」

　会議テーブルを並べ直して島を作り、早速読み始める。

　日野の相方、代々木署の泉田巡査部長が一番に手を挙げた。

「ありました。祖師谷一丁目、三十五の△の○、ジェイミー・マシューズ。現在は……五十二歳」

　日野がそれを復唱する。

「はい、ジェイミー、マシューズ……はい」

二番手は井岡だった。

「はい、おりましたぁ。祖師谷三丁目、二十八の◆、バーノン・フリーマン。四十八歳」

「それって『ハ』に点々の『バ』？　それとも『ウ』に点々の『ヴァ』？　どっち」

「すんません、『ヴァ』ですね。『ブイ』の発音です。ヴァーノン、ですね。ヴァーノン」

五分、十分と手が挙がらないこともあるが、不思議と、挙がり始めると立て続けに挙がる。

「はい、ありました。祖師谷六丁目……」

「はいはい」

日野は大忙しだ。

「こっちもありました。アラン・ロバートソン」

「中松さん、住所を最初にいって」

「ああ、悪い」

「はいィ、ワシも見つけましたァ」

「井岡くん、あんたはちょっと待ってて」

二時間もそんな作業を続けていると、さすがの林も訊きたくなってくる。

「日野さん、今、何人出てきた？」

「ええと……三十二人、かな」

千人いる中での、三十二人。年齢で篩に掛けたとしても、五百人は抽出しなければならないだろう。だとしたら、まだ全体の六パーセントに過ぎない。このペースでいくと、単純計算で三十時間以上かかることになる。しかも祖師谷は、比較的世田谷区の西側に位置している。単純に距離でいったら、世田谷区の東側より、隣接している三鷹市、調布市、狛江市の方が格段にアクセスはいい。「昭島市事件」の現場は横田基地から二・五キロほど。長谷川宅から西に三キロ歩けば、余裕で調布市に入る。犯人が調布市在住であっても、まったく不思議はない。

この調子で隣接市まで捜査範囲に入れるとなると、一体どれほどの時間がかかるのか、もはや見当もつかない。

「はい、いました。成城六丁目、二十五の△▲、エド・ターナー、六十二歳」

休憩は一切なし。十七時の閉庁時間まで、ぶっ通しで作業を続けた。

残念ながら、十八日の会議で「アンソニー・何某」について報告することはできなかった。

報告は林からまとめて行った。

「……以上、七十三名まで抽出が終わりましたが、『アンソニー』と名のつく者はいませんでした。しかし、『アンソニー』というのは、『昭島市事件』の捜査資料に、聞き込み情報という形であっただけですので、たとえ『アンソニー』という名前でなくても、確認作業は必要と思われます。この七十三名についても、二十八年前に米空軍に所属し、横田基地に勤務経験があるかどうかの確認をお願いいたします。それと……住民票の確認作業に、思いのほか手間取っておりまして。できれば増員もお願いしたいです」

それについて、山内は「検討する」とした。

また、同様の事件が米国内でも起こっていないかを調べていた那須組、山下組からの報告はこうだった。

「私どもはインターネットを中心に、山下主任の組は出版物を中心に米国内の事件について調べましたが、『昭島』と本件ほど類似した事件というのは、今日のところは見当たりませんでした……というか、米国内で起こっている事件というのは、正直、もっともっと凄惨なものが多くてですね。連続殺人、強姦のうえの殺人、銃乱射と。被害者数も、桁違いといっていいほど、やはり多いので。ひょっとするとですが……『昭島』と本件と、似たような事件があったとしても、米国内ではさして話題にもならないのではないかと、調べているうちに感じました。明日も同様の調べを続けます」

一方、銃弾については。

「『昭島』と本件の銃弾は、同一の拳銃から発射されたものと見て、まず間違いないという結果が出ました。銃種についても、ベレッタ92Fの可能性が高いということです」

会議終了後は山内係長と、捜査員の割り振りのし直し。

今泉管理官は、今日も特捜に現われなかった。

十九日は、朝八時二十分に世田谷区役所前に集合。八時半の開庁と同時に入り、前日と同じ会議室で作業を開始した。

「はい、いました。粕谷三丁目、九の〇〇、ジェイソン・ホーン、七十三歳」

今日からはふた組、四名が追加された。

「ありました。給田一丁目、十一の▽■、マーチン・ビーザック、六十歳」

区域も北に給田、南烏山、東に八幡山、船橋、桜丘、南に砧公園、大蔵、喜多見と順次広げていった。

初めて「アンソニー」という名前が出てきたのは八幡山だった。見つけたのは殺人班七係の宮脇巡査部長。

「あッ、ありました、アンソニー・マイヤース、八幡山三丁目三十一の〇◎、七十七歳です」

このときばかりは、日野も住所、氏名の順番について不満をいわなかった。

林は携帯を構えた。

「早速デスクに報告しよう。ことによったら、誰かすぐ動ける人間がいるかもしれない」

電話には山内が直接出た。林はまず「アンソニー・マイヤース」について報告し、ついでに昨日の七十三人についても訊いてみた。

「米軍関係者は出てきましたか」

『今のところ、そういう報告はない』

三ヶ月半も塩漬けになっていた捜査がようやく動き出したのだ。もう少し興奮というか、奮起する様子があってもいいように思うが、そういったものは、少なくとも山内の電話越しの声からは感じられなかった。

「そうですか……また、該当者が出次第、ご報告します」

『……頼む』

携帯をポケットにしまうと、中松が訊いてきた。

「係長ですか」

「うん。今のところ、米軍関係者の線はナシみたいだ」

記録をしながら、自らもファイルを広げている日野が話に入ってきた。

「あの人がさ、よくやったなお前ら、みたいに部下を褒めたことって、今まであるのかしらね」

中松は、肩をすくめただけで何も答えなかった。

林は、少なくともそんな場面は見たことがない。

「係長なりの褒め方ってのは、あるんだろうけどね……」

「あるかなぁ。私は、ないような気がするなぁ」

まあ、林も本音をいったら、日野と同意見だ。

昼休みもほとんどなし。鈴井がコンビニでお握りやサンドイッチ、ペットボトルのお茶を買ってきて、それらを作業を進めながら食べただけだった。

林はこういう、長時間に及ぶ書類の確認作業には慣れているが、他の十三人はそうでもないはずだ。それなのにみんな、よく頑張ってくれている。中でも、意外なほどの集中力と持続力を見せているのが井岡だ。ひょっとするとこの男は、姫川と別行動をしているときの方が真面目に働くのかもしれない。

そんな井岡が、まさに閉庁時間直前の十六時五十三分になって、打ち上げロケットのような勢いで椅子から立ち上がった。

「うわッタァァーッ、アンソニー・ゴールディング、きましたでェェーッ」

日野は「井岡くん、うるさい」と比較的クールな反応だったが、そんなことで萎(しお)れる井岡ではない。

「いや、ワシ、絶対にこいつやと思いまっすわ。桜丘二丁目、▲▲の■、アンソニー・ゴールディング、六十七歳。いやァ、もう絶対当たりですわ林トンカツ、林統括。これワシですから。これ見つけたの、ワシですからね。これ絶対、玲子主任に報告してくださいよ。そんで、このヤマ片づいたらワシと結婚しましょうって、いっといてくださいよ」

姫川との結婚はともかく、途中で何か妙なことをいわなかったか。「林トンカツ」とかなんとか。

4

二月十九日、水曜日。

玲子たちは前日までと同様、代々木の特捜で上岡の原稿データの洗い出しをしていた。他の捜査員たちに関しても捜査範囲の変更は特になく、玲子たちとデスク要員以外はみな署外での捜査を継続していた。

ただ一つ。十七日夜の会議以降、梅本管理官が特捜に出てきていない。これは気がかりだった。

この代々木の特捜は設置からまだ二週間と経っていない。本来であれば殺人班八係の係長なり、統括主任なりが現場を仕切るべきなのだが、両者ともまだ別件の捜査に従事しており、実質、八係はトップ不在のまま現在に至っている。強いていえば勝俣がその任に当たるべきなのだが、あの男がそんな面倒を引き受けるはずがない。それでも、いや、だからこそ梅本管理官は可能な限りこの特捜に張り付いていたのだと思う。

それが、どうしたというのだろう。もう丸二日も顔を見せない。

その代わり、というのでは決してないのだろうが、昨日も今日も、あの勝俣がちょくちょく特捜を覗きにくる。会議も、大した報告はしなかったけれど、一応は席に座っていた。

玲子が林から連絡を受けたのは十九日の夕方、十七時半を少し過ぎた頃だった。

「はい、姫川です」

『林です。一応、こっちの進捗状況も知らせておこうと思って』

「はい、ありがとうございます」

『昨日、午後から世田谷区役所に入って、区内在住のアメリカ人の抽出を始めて、性別と年齢で条件に合うものが、昨日は七十三人、今日が百六十八人、合計、二百四十一人まで出せたんだけども』

それは、ペースとしてどうなのだ。

「すみません。世田谷区内にアメリカ人って、何人いるんですか」

『千五百七十七人、うち男性が千と二十六人、女性が五百五十一人』

一日半やって、ようやく四分の一か。

「それは……お疲れさまです」

『うん、ちなみに世田谷区の人口は八十三万七千人くらいだから。けっこうハードな作業ではあるよ、実際……でも、その中で二人、「アンソニー」が出てきたんだ。むろん、その情報自体決定的なものではないんだけど、もう抽出作業と並行してね、その二人の身辺を洗ってみようと思ってるんだ。それで、軍での勤務経験があれば、行確をつけてね』

「はい、いいと思います」

今日夕方の時点では、そういう状況だった。これに関しては菊田、小幡とも情報を共有しておいた。

夜の会議前には、なぜか勝俣がデスクを覗きにきた。

「おう、真面目にやってるか、田舎モン」

「ええ、田舎者ではありませんが、真面目にやってます」

原稿のリストをヒラヒラと揺らしてみせる。

「ああそうかい……ま、せいぜいしっかりやれや」

それだけで最前列の席に戻っていく。

菊田が、それとなく肩を寄せてきた。

「……何かありますね」

「うん。完全に様子見だったよね、今の」

「あれじゃないですか、仕込んだ原稿がどうなったか、確認にきたんじゃないですか」

「かもね」

それならそれで、玲子は一向にかまわない。騙された振りをして、一気に事件を解決して引っ繰り返してやるまでだ。

今夜の会議も熊谷課長が仕切り、二十二時半にはそれも終わった。

「気をつけ……敬礼」

ちょうどその、全員が頭を下げたタイミングで、講堂のドアが勢いよく開いた。

入ってきたのは、梅本管理官だった。

「おい、勝俣、ちょっとこいッ」

怒ったような顔で、大袈裟に手招きをしてみせる。勝俣はさも怠そうにしていたが、一応「はい」といってドア口に向かった。

むしろ困ったのは熊谷課長の方で、全員を立たせ、敬礼までさせて、でも管理官が戻ってきてしまったので、このまま会議を終わらせていいものかどうか、判断に窮しているようだった。

だが結局、会議はそこで終了となった。

何がどうなったのか、玲子たちにはさっぱり分からなかった。

翌二十日の朝になって、捜査方針が抜本的に変更された。

梅本管理官が、次々と捜査員を割り振っていく。

「……以上十名、A班はSSBCと協力して、防カメ映像の収集。続いてB班。郷野、石本、六条、坂内、榎田、保井、笹野、蒲生、五十嵐、野木、以上の十名は……」

やはり十七日から昨夜にかけて、警視庁本部で何かあったようだった。しかし、梅本はそれについての説明を一切しない。ただひたすら、千葉県松戸市河原塚周辺のエリアに全捜査員を投入し、「砂川らの行方を追う」という方針を告げただけだった。

「以上だ。一時間半後に東松戸駅に集合、よろしくッ」

「はいッ」

梅本を先頭に、全捜査員が講堂を出ていく。

いや、全捜査員というのは誤りだ。

「……なにこれ」

「さあ」

デスク要員の橋本、小川、阿部はともかく、玲子、菊田、小幡にはなんの指示も与えられなかった。玲子たちだけ、完全に「置いてけ堀」状態だった。

小幡がボヤく。

「なんか管理官、えらい盛り上がってましたけど……それでもこっちは、原稿データの洗い出しなんですかね」

菊田も目つきを険しくしている。

「俺らを遊ばしとくのはいいけど、指示待ちとか、裏付け要員で待機とか、何かいうことはあるだろうに。まったく……」

玲子個人のことをいえば、途中で勝手に抜け出して新宿署の東に会いにいったり、昭島署で赤尾から捜査資料を提供してもらったり、それなりに収穫はあったが、上岡殺しの捜査に限っていえば、菊田、小幡と同じく、雑用同然だった。特捜で自分がこんなに冷遇されることなんて、初めてではないだろうか。まったく意味が分からない。意味は分からないが、そう仕向けている元凶が誰なのかは、考えるまでもなく分かっている。

「……そういえば、今朝ガンテツっていた？」

菊田がかぶりを振る。

「いなかったし、名前も呼ばれてませんでしたね。ずっと聞いてましたけど、どこの班にも入ってなかったですよ」

小幡が頷く。

「昨夜呼ばれて、あれからどうしたんでしょうね。戻ってきませんでしたけど」

もう、本当に訳が分からない。

それでもダラダラと洗い出し作業を進めていると、昼過ぎになって林から連絡が入った。

「はい、姫川」

『林です。姫川主任、ついに……ついに当たりかもしれないよ』

「えっ、ほんとですか」

『まだ分からないけどね、アンソニー・ゴールディングという男が、元米兵だってことが分かったんだ。現在は無職だけど』

「年齢は？」

『六十七歳。「昭島市事件」当時は三十九歳ってことになる。その頃、横田基地にいたかどうかは、これから確認……できればいいけどね』

どうやってこの短時間のうちに、元米兵だというのを調べたのだろうと疑問に思ったが、向こうも忙しそうなのでそれは遠慮した。

『また、進展があったら連絡するよ』

「はい、お願いします」

いいな、あっちもそっちも、活気があって——。

玲子は電話を切り、「あーあ」と背もたれに仰け反った。

だだっ広い講堂。管理官すらいない特別捜査本部。いるのは、どん詰まりに置かれたデスクに電話番が三人と、仕事すら振られない玲子たち。どっちが惨めかなと、心の中で呟いてみる。どう考えても、玲子たち三人の方が惨めだと思う。

捜査一課って、こんなに地位低かったっけ——。

そんなことを思っていたら、誰かが講堂に入ってきた。

どんよりとした、雨雲のような人影。

「なんだぁ、やけに暇そうだなぁ、田舎モン」

よりによって今、なぜこの男の声を聞かなければならないのだろう。

それでも、無視はできない。

「……勝俣主任も、あまりお忙しそうには見えませんが」

「ああ、今のところはな。でも俺は、もうすぐ忙しく……」

そこで電話が鳴り、橋本が受話器に手を伸ばした。

「はい、『三丁目強盗殺人特捜』……え、あ、はい……ええと、ちょっとお待ちください」

橋本が送話口を押さえ、勝俣の方を見る。

「あの、下の、受付からなんですが……」

「おう、なんだって？」

「それが……生田治彦が、今、出頭してきたと」

玲子は、思わず「エエッ」と声をあげてしまった。菊田も小幡も、小川も阿部も、反応はほぼ同じだった。

ただ勝俣だけが、妙に落ち着き払っている。

「よし、俺が代わろう」

勝俣が手を出すと、橋本が両手で持ち直して受話器を渡す。

「はい、捜査一課の勝俣……ああ……うん……刑事の人間はすぐそこにいるか……じゃあ二人呼んで、デカ部屋に上げといてくれ。俺もすぐにいくから」

なんだ。一体、何が起こっているのだ。

勝俣が受話器を橋本に返す。頬には薄笑いが浮かんでいる。

「……ま、そういうことだからよ。俺はこれから、ちょいと忙しくなるんでな、田舎モンの相手してやってる暇はねえんだ。すまねえけど」

背を向けようとする勝俣を、玲子は慌てて呼び止めた。

「ちょっと、今のどういうことですか。勝俣主任は、生田が出頭してくることを知ってたんですか」

勝俣が足を止める。

「……ああ、知ってたよ。それについては梅本も承知してる。調べは俺が担当するってことで話はついてる。今日、梅本が捜査員を引き連れて松戸まで遠足にいったのも、ネタの出処は一緒だ。世の中はな、オメェが遊んでるうちに、いろいろ動いてんだよ」

何かいってやりたかった。だが、あまりにも事情が分からな過ぎて、一つも言葉が浮かんでこなかった。

勝俣はそのままいこうとしたが、一、二歩いったところで、肩越しにこっちを向いた。

「……ああ、オメェら、もうその仕事いいぞ。意味ねえから。『祖師谷』に行くんなら行けよ。あとで俺から梅本にいっといてやるよ。暇そうにしてる連中がいたんで、俺の判断で向こうに戻しときましたって」

あまりのことに、返事をすることもできなかった。

「……なんだよ。礼もいえねえのか、いい歳こいて。それとも、俺のいうことが信用できねえのか。騙されるかもしれねえと思って、ビビッてんのか。なんなら、ここで梅本に電話してやろうか」

勝俣が、くたびれたコートのポケットから携帯電話を取り出す。

それを、太く短い人差し指で操作しながら、こっちに戻ってくる。

「あとで四の五のいわれねえように、ちゃんと、確認させとかねえとな……ほらな、梅本の番号だろ？　分からねえか。おいデスク、オメェなら分かるだろ、この番号。梅本のだよな。な？　じゃいいか、かけるぞ」

少し長めのコールだったが、第一声の『はい、梅本ォ』というのは漏れ聞こえた。確かに梅本の声だった。

「ああ、勝俣です……管理官さぁ、いくら役に立ちそうにねえからって、捜査員三人も遊ばしといちゃ駄目だよ……あ？……姫川ですよ。姫川とオマケの二人……そうそう、それ。もう『祖師谷』に返していいんでしょう？　要らないんでしょ、どうせ……じゃそれ、管理官からいってやってくださいよ。俺がいったって信用しねえんだから。ちょっと大きめの声でね、頼みますよ……」

勝俣がこっちに携帯を向ける。

スピーカーに切り替えたのか、声自体はよく聞こえてきた。

『あー、あー、聞こえてるかァ。姫川主任、菊田主任、小幡巡査部長。やることがなかったら、成城の特捜に戻っててていいぞ。じゃなかったら、あとは勝俣の指示に従ってくれ。上にはあとで通しとくから。こっちも忙しいんでな、切るぞ』

プッ、という音を最後に、通話は終了した。

画面を確認し、勝俣が携帯をポケットにしまう。

「……ということで、もうよろしいかな、姫川班のみなさん」

今この瞬間ほど、この男を打ちのめしたいと思ったことは、かつてなかったかもしれない。

「菊田、小幡……いこう」

事はすべて、望み通りに進んでいるはずだった。亡くなった上岡には申し訳ないが、そもそも玲子が欲しかったのは上岡の原稿データだけだ。そしてそれは、すでにこちらの手にある。この特捜に用がないのは、玲子も同じだ。「祖師谷」の特捜に帰れるのなら願ったり叶ったりだ。

そう自身に言い聞かせてはみたけれど、駄目だった。

とてもではないが、今すぐは、冷静になどなれそうにない。

林に連絡をとると、すでに世田谷区役所を出て、アンソニー・ゴールディングの行動確認に入っているということだった。

「住所は、どこですか」

『桜丘二丁目▲▲の■……なに、そっちの捜査はどうしたの』

「お払い箱になりました。っていうか、ガンテツに追い出されました」

『なんだそりゃ……それちょっと、今泉さんに報告しとくよ』

「別にいいですよ、夜の会議のときで。どうせ常識の通用する人間じゃないんですから。それより、あたしたちはどこに加わったらいいですかね。行確の現場にいきますか、それとも区役所に回りますか」

『いや、今から区役所にいっても、ほとんど仕事にならないでしょ。あっちは十七時で閉まっちゃうから。こっちに合流してよ。人数は多いに越したことないから。斜め向かいに月極駐車場があって、そこにワンボックスと、セダン一台できてるから』

「はい、分かりました」

地図で確認すると、長谷川宅とその桜丘の住所は約一・五キロの距離。玲子なら歩いて十五分だが、普通は二十分くらいだろうか。確か「昭島市事件」の現場、日吉宅と横田基地は二・五キロくらい離れているのではなかったか。だとしたら、犯人にとって長谷川宅は充分射程圏内だったはずだ。あくまでも、桜丘の「アンソニー」が犯人であればの話だが。

最寄駅は祖師ヶ谷大蔵の隣、一つ新宿寄りの千歳船橋だ。代々木署前でタクシーを拾って代々木上原駅、そこから小田急線に乗って千歳船橋で降りた。

駅を出て、大きな工事現場の脇の道をいくのが近そうだ。

「菊田、小幡……なんか、嫌な思いさせちゃったね。ごめんね」

二人はそれぞれ「いえ」と小声で返してきた。そういえば、電車の中でも二人とはほとんど喋らなかった。よほど玲子が怖い顔でもしていたのだろうか。二人からも喋りかけてはこなかった。

「あたしは、もう大丈夫だから」

菊田が、横に並んで頷く。

「なんだかんだ、主任の目論見通りになってるんですから。結果オーライですよ」

「ちょっと、目論見とかいわないでよ。すごい策士みたいで感じ悪い」

小幡がクスクスと笑いを漏らす。

「こら、可笑しくない」

「……はい」

洒落た居酒屋、カフェ、美容院などが並ぶ通りを抜けていく。建物はほとんどが二階建てだ。あまり高いものは建てられない地域なのだろう。

パン屋の角まできたら左、次の角を右、あとは真っ直ぐ。輸入雑貨を扱う小さな店の前を過ぎると、以後は一般住宅ばかりになった。

通りの正面には石造りの立派な門が見えている。そこから先は左にしかいけなくなるはず――そうなっていた。ということは、左の角地にあるのが「アンソニー」の家か。表札は【池本】となっているが。

確かに、斜め向かいには月極駐車場がある。

「ごめん、二人はもう一周してきて。先にあたしだけ車に入るから」

「はい」

「了解です」

この駐車場は池本宅を見張りやすい半面、向こうからも非常に見えやすい。あまり頻繁に、駐車中の車に出入りするのは得策ではない。それでなくても、犯罪者は周辺の様子の変化に敏感なものだ。

砂利敷きの月極駐車場。二十台以上停められそうな広さだが、今現在入っているのは十台ほど。その中でワンボックスは一台しかない。銀色のハイエース。池本宅から見えないよう、玲子は車体右側に立った。中の誰かが、スライドドアを開けてくれた。

「……お疲れさん」

林だった。中には鈴井巡査部長もいる。

「お疲れさま。すみません、急に」

「いやいや、こっちこそ助かるよ。私なんて、こういう張り込み、本当に久し振りだから」

中には二人だけだった。玲子が乗り込むと、すぐに林がスライドドアを閉める。

玲子は聞いていた住所の建物を指差した。

「表札、池本ってなってましたけど」

「うん。あれは借家でね、賃借人は池本サユリ、四十四歳。夫が池本ケン、同じく四十四歳。これが、すでに帰化はしてるけど元アメリカ人。それと二人の息子で池本ジョウジ、二十四歳が同居してる。だから、この子はハーフってことだね。アンソニー・ゴールディングはケンの実の父親。ジョウジの祖父ってわけだ」

三世代の同居か。

林の手帳を見せてもらう。池本健、池本小百合、池本城士。

「アンソニーは、日本にきて何年ですか」

「もうすぐ二十二年になるね」

「じゃあ、充分帰化は可能ですね。なんで帰化しなかったんだろう。息子はしてるのに」

「ひょっとすると、退役軍人年金とかが、関係があるのかもよ。分かんないけど」

なるほど。日本国籍を取得した者にまで、米軍が年金を払う謂れはない、という理屈はありそうだ。

「ちなみに、なんでアンソニーが元米兵だって分かったんですか」

「それは……これ」

林はカバンから、A4サイズのクリアファイルを取り出した。印字されているのは英文だ。

「民間の、在日退役軍人会ってのがあってね。そこのホームページに名簿が載ってたんだ……ここ」

確かに、林が指差したところには【Anthony Golding】とある。居住地は【Setagaya-ku Tokyo】。

「……だったら、ここから調べた方が早かったかもしれないですね」

「痛いところを突くね……でも、その可能性は大いにある」

「誰がこれ、見つけたんですか」

ひょっとして井岡か、と思ったが違った。

「山内さんだよ」

あの、山内係長が。

5

二月二十一日、金曜日。

月極駐車場の裏手にアパートがあり、昨夜、そこの一室を借りられることになった。二階の、池本宅から最も遠い角部屋ではあるが、張り込みをするにはむしろ、これくらい距離があった方が好都合ともいえる。

八畳の洋室、ユニットバスにクローゼット、ミニキッチンというシンプルなワンルーム。今はそこに、玲子と林、菊田、鈴井、田野で張り込んでいる。小幡と武藤は前線部隊、駐車場のワンボックスの車内。もう一台、セダンの中にも二人いる。

「祖師谷事件」の特捜は現在、捜査員を大きく四班に分けている。

世田谷区役所で住民票をチェックする「抽出班」、これに十二名。抽出された世田谷区在住アメリカ人に、軍役に就いた経歴があるかどうかを調べる「軍役班」、これに十名。池本宅の張り込み及び、アンソニー・ゴールディングの行動確認をする「行確班」が玲子たち九名。池本家の財務状況や、その他の裏付け捜査をする「特命班」が八名。ただし、抽出班はまもなく作業を完了するはずなので、十二名はその時点で手薄な班に回ることになるだろう。

他班の状況は、林が特捜と連絡をとって把握するよう努めている。特捜には山内係長と、デスク要員が三人残っているだけだという。

「……そうですか、分かりました。ではまた、何かありましたら連絡いたします」

通話を終え、林が携帯をポケットにしまう。

「今のところ、他に元軍人ってのは浮かんできてないみたいだね。まあ、調べるの自体、非常に難しいとは思うんだけど」

それは、玲子も思う。

「アンソニーが退役軍人会に入ってたのが、そもそもこっちのラッキーでしたからね。他も同じように、とはいかないでしょう」

窓辺にいた菊田が「交替して」と田野に声をかける。

玲子が腕時計を見ると、午前十一時十五分。

今朝七時半頃、一番に家を出ていったのは池本健だった。黒いハーフコートを着て、黒いブリーフケースを提げ、千歳船橋駅方面に向かっていった。髪色が黒に近いので、顔を見なければ欧米人とは気づかない。身長は百八十五センチくらいで、わりとガッチリした体形をしている。目黒区内の建築事務所に勤務しており、社内でも取引業者の間でも、誠実で勤勉な男として通っているという。

二番目に出ていったのは小百合、八時五分だった。玲子の持っているのによく似た白いコートを着て、赤茶色のショルダーバッグを提げ、やはり駅方面に歩いていった。会社は西麻布にあるデザイン事務所。建築ではなく、インテリア関係らしい。身長は百七十センチ近くありそうだった。そういった意味でも玲子と近いものはあるが、歳は十ほど上になる。そこは大きく違う。

城士が家を出たのは九時半過ぎだった。紫色のダウンジャケットを着て、グレーっぽいリュックを背負っていた。彼も百八十センチ近くありそうだった。痩せ形で、髪は少し長め、色は赤みがかっていた。染めたのか、地毛の色なのかは分からない。フリーターで、現在は新宿でステーキハウスの店員をしているという。

　アンソニーは、今のところ家から出てきていない。昨日は午後から駅の近くにある会員制スポーツジムにいき、玲子たちが合流するちょっと前に帰ってきたらしい。その後は外出せず、現在に至っている。

「ねえ、林さん」

　玲子が声をかけると、林は持っていた書類を床に置き、こっちに向き直った。

「……ん？」

「アンソニーの指紋、拾っちゃいましょうよ」

　それが「祖師谷」「昭島」と一致したら、任意同行をかけられる。

　林は渋い顔をした。

「無断で採取した指紋じゃ、逮捕の根拠にできないでしょ」

「最初は任同でいいじゃないですか」

「任意同行の理由を突っ込まれたら、困るでしょ。向こうは絶対に弁護士つけてくるんだから」

「世田谷区在住のアメリカ人で、元米兵」

「だからって、長谷川家の三人を殺したと疑う根拠にはならんでしょう」

「だから、任同で指紋採って」

「指紋、採らせてくれないかもよ？　任同じゃ」

「……です、よね。失礼しました」

でも、あと一手だ。あと一手何かあれば、アンソニーを引っ張れる。

窓辺の田野が「あ、出てきた」と呟く。

玲子もカーテンの隙間から覗く。時計を確認する。十一時二十一分。

月極駐車場の向こう、池本宅の玄関ドア前に、ずんぐりとした人影がある。身長、百八十センチ弱。体重は百キロ近いのではないだろうか。頭髪は白で、短く刈り込んでいる。オフホワイトのフリースに、ブルージーンズという出で立ち。昨日の記録にあった恰好と同じだ。二月でも、ブルゾンなどの上着は着ないらしい。太めだから寒くないのか、あるいは生まれ育ちが寒い地方だったのか。

「林さん。アンソニーがどこの出身かは、まだ分かってないんですよね」

「うん。日本にくる前はフロリダ、ってことは分かってるけど、そこが出生地かどうかは分からないなぁ」

アンソニーは、駅とは反対方向に歩き始めた。少し間を置いて、小幡と武藤がワンボックスから出てくる。セダンにいた二人も、そっとドアを開け閉てして車から降り、アンソニーの尾行につく。

「じゃ、あたしたちもいこうか」

「はい」

玲子、菊田、鈴井、田野の四人で部屋を出、駐車場に向かう。小幡たちは、アンソニーが帰宅したらアパートに入り、休憩をとる。運よく部屋が借りられて、張り込み自体はかなり楽になった。

「うっ……さむ」

玲子と鈴井はセダンに、菊田と田野はワンボックスに分乗する。

鈴井と並んで後部座席に入る。その方が池本宅から見えづらいからだ。どのみち池本家は自動車を所有していない。この車で尾行はないと思っていい。

玲子は解いたマフラーを膝にかけた。ちなみに上着はチャコールグレーのチェスターコート。あんな、小百合みたいな目立つ恰好はしてきていない。

鈴井が、振り返るようにして通りを見る。

「アンソニー、どこいったんでしょうね」

「遠出するときと近所のときと、恰好が同じだから分かりづらいね」

「ですね……ま、隠居老人なんて、みんなそんなもんなんでしょうけど」

昨夜、アンソニーは外出していない。夜、街を徘徊(はいかい)する癖でもあれば分かりやすいのだが、今のところそういう気配はない。もう少し近所で聞き込みでもして、情報を仕入れられたらいいのだが、アンソニーに悟られずにそれをするのは難しい。

その後、アンソニーは小一時間して帰宅した。

小幡の報告では、クリーニング店にいって衣類を何着か引き取り、コンビニでサンドイッチと新聞を買って帰ってきたということだった。新聞は普通のスポーツ新聞。アンソニーは、ちゃんと日本語が読めるようだ。


午後二時まで、玲子たちは車内で池本宅を見張っていた。

「主任、そろそろ交替時間ですが」

「そうですね。連絡してみましょうか」

車内からアパートに連絡し、池本宅の二階に人影がないかを確認してもらう。そもそも、池本宅からこの駐車場が一番よく見えるのは二階の城士の部屋で、そこにアンソニーが入ること自体、ほとんどないようだった。少なくとも玲子が合流してから今まで、そういったことは報告されていない。

林に訊いてみた。

「もしもし、姫川です。そちら、どうでしょうか」

『いや、今はちょっと待って。アンソニーは一階のリビングにいる』

ここからは見えない窓も、アパートからは何ヶ所か確認できる。

『……あ、いや、いま明かりが消えた。もうちょっと待って』

池本宅は、角地にあるわりに日当たりがあまりよくないらしい。窓も全体に小さめなので、今日のような曇り空の日は照明を点けなければいられないのだろう。

『……はい、アンソニー、二階の自室に入った模様。じゃあ、交替出します』

尾行絡みの交替でないときは、まず次の組が駐車場まできて、車を運転して、十分か二十分適当に走る。途中で座席の前後を交替し、その状態で駐車場に戻り、運転してきた前の組が降りてアパートに戻る。ふた組とも入れ替わるまでに一時間近くかかるが、用心に越したことはない。

エンジンを止め、後部座席の小幡たちにひと声かける。

「じゃ、よろしく」

「はい」

これでようやくアパートに戻れる。だが戻ったところで、部屋に座布団があるわけでもソファがあるわけでもない。

「ただいま」

ただガランとした板の間に、それぞれ寝そべったり胡座（あぐら）を掻いたりしているだけだ。いま室内にいるのは林の他に二人。両方とも調布署の刑組課係員だ。

「はい、ご苦労さま。お腹空いたでしょ。食べて食べて」

林が手で示したのは、部屋の真ん中に置かれたいくつかのコンビニ袋だ。中身はお握りとペットボトルの飲み物、あと少しスナック類も入っている。

「ありがとうございます。いただきます」

「いただきます」

それでも、エアコンは備え付けのものがあるので室内は温かい。玲子は脱いだコートとマフラーを部屋の端に置き、コンビニ袋の近くに座った。

林が、浅く息を吐く。

「……今日中に、抽出は終わる見通しらしいけど、軍役の有無はやっぱり、確認が難しいみたいだね。ほとんど進んでないって」

「ですよねぇ」

玲子がお握りの包装を剝がすと、鈴井がゴミ袋を「どうぞ」と向けてくれた。

「ありがと……でも林さん。その『ほとんど』っていうのは、つまり、まだ一人も見つかってないってことですか」

「うん、見事なまでに、一人もいないらしい。退役軍人会の名簿も、世田谷区在住はアンソニー・ゴールディングだけだったしね。一人、近いといえば小金井市在住のがいて、そっちは特命班が当たってるんだけど、まだ正確な居住地は分かってないってさ」

このまま、消去法的にアンソニー・ゴールディングへの容疑が深まっていくのであれば、なおさら逮捕要件を満たすような何かを用意しなければならない。

「林さん。昭島署が作った似顔絵ってあります?」

「ああ、あるよ」

林がカバンからファイルを取り出し、玲子に向ける。

「ありがとうございます」

団子っ鼻と、ケツ顎。二十八年前のこれでさえ、洋画を一、二本観れば似た人が一人は見つかりそうな、よくいるタイプの白人顔だ。今現在のアンソニー・ゴールディングを間近で見たことがないのでなんともいえないが、おそらく、似ているといえば似ている、似ていないといえば似ていない、そんな感じではないだろうか。

これも、正直いって決め手にはならない。


どうやら世田谷区役所の抽出班は、二十一日の閉庁時間ぎりぎりまでかかって、すべての区内在住米国人のチェックを終えたようだった。

結果、四十六歳以上の男性は四百二十六人。思ったより少ない、というのが玲子の印象だった。その中で、長谷川宅から二キロ圏内にいるのが四十一人。今後はこの四十一人について優先的に、軍役に就いた経歴があるかどうかを調べるということだった。

何度か交替を繰り返し、十九時頃にはまた菊田組と一緒になった。菊田はわりと張り込みが得意な方なので、まだピンピンしている。食欲もいつも通り。今は、玲子が休憩中にスーパーで買ってきたパンを頬張っている。「ベーコン・エピ」という、ちょっと変わった形のフランスパンだ。

ちなみに部屋の照明は点けていない。池本宅にこっちの様子を悟らせないためだ。それでも目が慣れれば、窓に射し込む街灯の明かりで大抵のものは見える。菊田の表情も充分わかる。

「……アンソニーが出かけたの、結局……あの、午前中の一回だけでしたね」

玲子はのど飴を舐めている。張り込み中はこういうものの方がいい。お腹が満たされると、玲子はすぐ眠たくなってしまう。

「ねえ……こういうとき、ガンテツだったらどうするんだろうね。留守なら、平気で家ん中まで入ってったりするのかな」

「やりかねないですよね……確かに」

玲子は昔から、何かを思いきり食べている菊田が好きだった。

「あと、郵便物を開封したり。やりそうじゃない？」

「ああ……完全に、公安の手口ですね」

壁にもたれて、うつらうつらしていた林が急に顔を上げた。

「君ら……そういうズルは、駄目だよ……ズルは……」

それだけいって、またコクンと首を垂れる。

とっさに菊田が手を伸べる。

「林さん、横になってくださいよ」

「んん……いいよ、私はこれで」

「首、おかしくしちゃいますよ」

「うん……大丈夫」

その夜、小百合が二十時過ぎ、健が二十時半、城士は二十二時過ぎに帰宅し、午前一時には城士の部屋の明かりも消え、池本家の一日は終わった。

夜通し張り込みは続けられたが、今夜もアンソニーが外出することはなかった。


二十二日、土曜日。

健と小百合は十時半頃に仲良く出かけていった。二人ともカジュアルな恰好をしていたので、買い物か何かだろうと思われた。あるいはデート気分で映画鑑賞か。玲子はワンボックスの中からそれを見ていたのだが、腕を組んで歩いていく二人は、とても幸せそうだった。まさか、自分の父親が二件の惨殺事件の犯人だなどとは、夢にも思っていないに違いない。

彼らのような家族のことを思うと、本当に心が痛む。玲子自身は暴行事件の被害者になったことがあり、それで一番苦しんだのが自分であるのは間違いないが、でも家族にも、たくさん苦しい思いをさせてしまった。特に両親には、今も申し訳なかったと思っている。

でも、どうなのだろう。

被害者の家族は、いつか立ち直ることができる。立ち直れない場合もむろんあるが、多くの被害者家族、被害者遺族は、なんとか前を向いて生きようと努力するのではないだろうか。そしてそれを、社会も後押しするのではないだろうか。

しかし加害者の家族に、そんな努力をする余地はあるだろうか。

同じ家で暮らしていた者が、このケースでいえば連続殺人犯だったのだ。遺体の股間に銃弾を撃ち込み、広がった銃創に手を捻じ込み、内臓まで破壊する鬼畜だったのだ。家族の一人が逮捕されれば、家の周りにはマスコミが押しかけ、勤めていた会社には居づらくなり、社会から半ば抹殺された状態に置かれるだろう。それでも前向きに生きていこうなどと、果たして思えるものだろうか。

もしそうなったら、健と小百合は今日という日を、どう思い返すのだろう。ひょっとすると、幸せだった頃の、最後のデートとなるのかもしれない。ありふれた週末の、特に贅沢でもないランチ。前から欲しかった花瓶を百貨店に探しにいったけれど、実物を見たらそんなに気に入らなかった。映画も、決してつまらなくはなかったけど、でも傑作には程遠い出来だった。だが、そんな小さな幸せの一つひとつが、いかに貴重なものだったか、あとになって彼らは思い返すに違いない。

あの頃はよかった。あの頃、僕たちは幸せだった——。

それだけに、せめて逮捕だけは、家族の目の前ではしないようにしたい。アンソニーが一人のときに、ひっそりと静かに、人知れず。

十一時頃になると城士の部屋のカーテンが開き、まもなくそこにアンソニーが入ってくるのが確認された、ということだった。だが出ていくのは見えなかったらしく、どれほどの時間、アンソニーがそこにいたのかは分からなかった。

小幡組と交替したのは、十一時半頃だった。

「中松さんと日野さんが、土産を持ってきましたよ」

抽出班の解散に伴い、中松と日野は行確班に加入することになっていた。

「え、なんだろ。楽しみ」

だが駐車場を出て、アパートの部屋に戻ってみると、

「……お疲れさまです」

その土産がなんであるのかはすぐに分かった。入ったところに置いてある、四角くて重そうな風呂敷の包み。たぶん、インナータイプの耐刃防護衣だ。

日野が意地悪そうにこっちを向く。

「姫川主任、お疲れさまです……ねえねえ、ちょっとそれ、着てみてくださいよ。主任がそういうの着るの、私まだ見たことないんで。そういうのも、バッチリ着こなしちゃうんでしょ？」

そんなわけあるか。

「いいですよ別に、今じゃなくても」

缶コーヒーを飲んでいた林が、窓の方を指差す。

「ちょうど今、城士は出ていったんで、もうアンソニーだけだから。今日もこんな天気だし、いる部屋は明かりが点くから、すぐに分かるでしょう」

「ですね」

ちょうど、窓辺の調布署員が「アンソニー、自室に入りました」と伝えてきた。アンソニーの部屋は、こっちからすると二階の奥だ。

林が中松の方を向く。

「じゃ、とりあえず私とコンビってことで、いいよね」

「ええ。よろしくお願いします」

これまで林は、助っ人的に駐車場配置に入ることはあったものの、誰かとコンビを組み、ローテーションで入ることはしていなかった。

林が携帯で、菊田と連絡をとる。

「……あーもしもし、林です。今ね、アンソニー、部屋に上がったから、今から、私と中松さんでいくから……いや、車は回さなくていいよ。駐車場で交替して、それでよしにしちゃおう。あれでしょ、隣のトラックと……うん、それでやっちゃおう……はい、よろしく」

携帯をポケットに戻し、林が中松の肩を叩く。

「さ、いこうか」

「はい」

玲子は窓辺までいき、調布署員に声をかけた。

「替わります」

「ああ、すみません……お願いします」

カーテンのわずかな隙間から、駐車場を見下ろす。地面は砂利敷き。空は、今にも白いものを落としてきそうな、冷たく、重たい灰色。いや、すでに降ってきているのか。ふわりふわりと、何か舞い落ちてくるものがある。

「……ねえ、雪」

そういうと、日野が東側の窓に寄って、カスミガラスのそれを少しだけ開けた。

「ほぉんとだ。こりゃ、外張り込みキツくなるわぁ」

スゥーッと、冷たい空気も入ってくる。

「ですね」

駐車場に、林と中松が入っていくのが見える。幸い、駐車場出入り口はアンソニーの部屋から見えない。城士の部屋の窓辺にも人影はない。林たちがワンボックスとトラックの間にすべり込み、数秒すると、菊田と田野が出てくる。念のためだろう。菊田たちは林たちがきった道をたどらず、反対向きに歩き出した。少し遠回りになるが、西側を回ってアパートに戻ってくるようだ。

見る見るうちに、雪がその量を増していく。窓の外がノイズだらけの画面のように、粗く、見づらくなっていく。

「……天気予報、誰か観てました？」

そう玲子がいうと、調布署の一人が「ああ」とこっちを向いた。

「林統括は、観てましたよ。積もるみたいだって、いってました」

「あ、そうなんだ……じゃあ今のうち、カイロでも買い占めてきた方がいいかな」

日野が「うん」と頷く。それと同時に、玄関ドアが開いた。

菊田組だった。

「いやぁ、寒い寒い。けっこう本格的ですよ、これ」

それぞれが「お疲れさま」と声をかける。

玲子は、窓から視線をはずさないようにして声をかけた。

「菊田、雪降るって知ってた？」

「ええ、ラジオ聴いてたんで。知ってました」

鈴井が「ああ」と低く漏らす。

「私ら、ラジオ点けませんでしたからね」

「うん。なんかあたし、かえって眠くなっちゃうんですよ、ラジオって。だったらテレビの方が……」

そう、いいかけたときだった。

ふいにセダンの後部ドアが一斉に開き、小幡と武藤が外に出てきた。かなり無防備な、迂闊な出方だった。

「……何やってんの、あいつ」

「え、なんですか」

菊田や日野が寄ってくるが、それでもカーテンを開けて見せてやるわけにはいかない。

「なんか、外出てきちゃってんの」

そういっている間に、今度は林と中松もワンボックスから出てきた。なんだ。何かあったのか。

「なんか、林さんまで……みんな出てきちゃった」

日野の「菊田主任、電話してみたら?」の言葉には、まだ呑気な響きがあった。だが、四人は周囲を警戒しながらも、徐々に池本宅へと近づいていく。かなり緊迫した雰囲気だ。

「……菊田、電話待って」

「あ、はい」

何があった。なぜそんなに——まさか。

「日野さん、防護衣って何枚あるの」

「えっと、十二枚、人数分プラス一枚ありますけど」

「全員それ着て、四枚は誰か持っていって」

林たち四人は、すでに池本宅の玄関にたどり着いている。

池本宅全体の様子を見るのは、この部屋からの方が圧倒的に都合がいい。だが、駐車場組の方が有利な点が一つだけある。

音だ。音は、単純に距離が近い方が聞こえやすい。

林たちはなんの音を聞いたのか。

彼らをあそこまで緊張させる音といったら、それは——銃声しか考えられない。

日野が後ろから、玲子に耐刃防護衣をあてがう。

「ありがと。すぐ追っかけますから、先にいっててください」

「はい」

玲子も防護衣を着け終えたら、出ようと思っていた。だが何かが気になり、もう一度駐車場、その出入り口、出たところの道路、池本宅の前を確認した。林たちはもう玄関前にいない。中に入ったのか。どうやって。玄関は開いていたのか。

いや、マズい——。

目を道路に戻すと、池本宅の隣家の前に通行人の姿が見えた。あの髪型、髪色、たぶん城士だ。よりによって、なぜいま戻ってくる。今いったら、林たちと鉢合わせになる。菊田たちとも――。

しかし、その玲子の思考も、途中で断ち切られた。

あの、ダッフルコート――。

紺色の、左肩に黄色いワッペンが付いてる、あのコート。

マズった。

ひょっとしたら、犯人は、アンソニーじゃないかもしれない――。

玲子はダッシュで玄関に向かい、靴も履かず外に出た。

濡れた外廊下を走った。コンクリートの階段を駆け下りた。通りに出て左、真っ黒に湿ったアスファルトの地面を蹴った。

ダメ、いま現場に、そいつを入れちゃダメ――。

長谷川高志が写真の中で着ていたダッフルコート、現場にはなかった黄色いワッペン付きのコート、それをいつまで高志が着ていたかを未央奈に確認しなかったのは、玲子の怠慢だ。致命的なミスだ。

なぜ即座に、未央奈に確認しなかったのだ。なぜ、このことにもっと早く気づかなかったのだ――。

アンソニーが犯人だったら、あんなコートを盗むはずがない。体形的に着られるはずがないからだ。ただし、城士なら着られる。城士は犯行後、高志のクローゼットを物色し、あのコートを見つけ、自らのものにした——。

理由なんて分からない。でもそんなことは今、どうでもいい。

とにかくダメ、そいつを現場に近づけるな——。

雪が目に入る。頬に刺さる。それでも玲子は走った。

もう一度左に曲がり、駐車場出入り口の前を駆け抜け、ようやく池本宅にたどり着いた。玄関前で足がすべった。よろけてステップに脛を打ちつけた。でも両手をついて駆け上がった。

暗い玄関、真っ直ぐな廊下、誰もいない。廊下の奥、右手に上り階段。そこでまたすべったが、とっさに手摺りを摑んで踏ん張った。

階段を駆け上がる。「救急車呼んだかッ」と誰かが怒鳴っている。菊田かもしれない。二階に上がって、右手がアンソニーの部屋だ。みんなそこにいる。自分もそこまでいく。広い部屋ではない。人が多過ぎて、ここからでは中の様子が分からない。

「どうしたッ」

玲子の声に、日野が振り返る。

「アンソニーが自殺しましたッ」

また誰かが「救急車ッ」と叫ぶ。

あれ、城士はどうした――。

初めて入った家だ。誰がどこにいるかなど、瞬時には把握しきれない。行確班は現在十一人。アンソニーの部屋に全員いるのかと思っていた。

だが、違った。

「……よせ、お前」

背後からそう聞こえた。反対側、城士の部屋からだ。

振り返ると、ドア口に菊田の背中があった。駆け寄った。すぐに室内の様子が目に入った。

正面窓際、中腰で立っているのが城士だ。その手前には、尻餅をついた状態の林がいる。コートを着、その下はダークグレーのスーツ、ネクタイは濃紺、シャツは白、だがその胸が、真紅に染まっている。

城士は右手に銃を構えている。左手にはナイフがあり、その切っ先は林の喉元に向いている。

菊田の向こうには中松もいる。玲子と三人、並んで城士と対峙する。後ろにも何人かきている。

「くるなァァアーッ」

「落ち着け、池本」

城士が銃口を、中松、菊田、玲子の順に巡らせる。

「ンヌァァァーッ」

「池本、池本ッ」

その瞬間、玲子は見た。

城士の目から、光という光が失せ、ただの黒い、闇を抱えた、空洞になるのを。

そして獣のように、牙を剝き出すのを。

「ンアッ」

城士が、左手を思いきり、斜め上に引き上げる。

林の喉元に、ぱっくりと一つ、赤い口が開く。

玲子は、菊田の手から耐刃防護衣を引ったくり、

「シッ」

城士に投げつけた。

銃声はなかった。そのまま玲子は城士に向かっていった。

ボクシングの要領で、頭の両側をガードする。城士が向けてきたナイフは右手で振り払った。拳銃を向けられる前に、玲子は脳天で、城士の顎を下からかち上げた。

叫んでいた。玲子自身が叫んでいた。でもそれが、自分の耳にすら入ってこなかった。菊田と中松が、城士を取り押さえるのは見えた。玲子は林の体を抱え、部屋の端に引き寄せた。

喉元から血が噴き出ていた。右手で押さえた。それでも血は止まらない。指の間から、掌

の際から、どんなに押さえても漏れてきてしまう。止めることができない。

助けて、誰か、これを止めて。

「誰かッ」

助けてよ、誰か、ねえ、なんで、なんで林さんが、ねえ――。

「誰か、誰かァアーッ」

林は半分閉じた目で、窓の上の、白い空を見上げている。

玲子の、指の間から流れ出る血が、徐々に、勢いを失っていく。

「……林さん」

呼びかけても、反応がない。目も、動かない。

「林さんッ」

菊田と中松に、羽交い締めにされた城士が、こっちを見ている。

何者でもなかった。何物でもなかった。命ではないと思った。

ただ、ぶち壊してやりたかった。

「……き、キサマァアアーッ」

奪ったナイフで、同じようにその喉元を切り裂いてやりたかった。拳銃を口に捻じ込み、全弾撃ち尽くすまで引き鉄を引き続けたかった。グシャグシャに脳味噌を飛び散らせ、残った空っぽの頭を、泥に汚れたこの足で踏みつけてやりたかった。もう、考え得る残虐非道のすべてを、その体に叩きつけてやりたかった。刻みつけたかった。
でも、何もできなかった。身じろぎすらできなかった。
玲子は、林の体を、手放すことができなかった。
このぬくもりを、失いたくなかった。

終章

現場に救急車が到着した時点で、アンソニー・ゴールディングは心肺停止状態。病院に搬送される前に死亡が確認された。

使用した拳銃はベレッタ92F。米軍仕様のため、正式なモデル名は「M9」。照合の結果、「昭島市美堀町三丁目一家四人強盗殺人事件」と「祖師谷二丁目母子三人強盗殺人事件」で使用されたものと同一の銃であると判明した。

あのとき、小幡や林たち四人は、やはり銃声を聞いて車から飛び出したのだという。耳を澄ませて様子を窺ったが、銃声は続かず、一発で終わりだった。小幡は瞬時に、アンソニーの自殺を疑ったという。警察にとって、被疑者に自殺を許すのは取り逃すのと同じくらい重大な失態だ。ましてや、被疑者に張り込みを気づかれ、それが自殺の引き鉄となったとなれば、とんでもない責任問題に発展する可能性がある。

四人は玄関前まで至り、林がドアノブを回すと、そのままドアは開いた。さらに注意して玄関に入り、二階に上がり、アンソニーの部屋を覗くと、ベッドに後頭部を預ける恰好で、アンソニーが仰向けで床に倒れていた。ベッドには大量の血が飛び散っており、発砲し、意識を失ってからズルズルと体勢を崩したのだろう、ベッド側面にも大きく引きずったような血痕が見られた。

林は拳銃を拾って、部屋をいったん出ていったという。小幡と武藤はアンソニーの生死の確認をしていたため、その後の経緯は見ていないということだった。

中松は、林から数秒遅れて部屋を出た。しかし、そのときすでに林は胸の辺りを刺されており、拳銃も奪われ、後ろから城士に羽交い締めにされていたという。そのまま城士は、林を後ろに引きずって自室に入っていった。すぐに階下がバタバタとやかましくなり、他の捜査員たちが二階に上がってくるのが分かったが、城士を興奮させる可能性があったため、声は出せなかったという。

二階に上がった菊田も、最初はなぜ中松だけ向かいの部屋にいるのだろうと、疑問に思ったという。一度はアンソニーの部屋の様子を窺い、アンソニーが自殺を図ったことを知った。救急車を呼んだかどうかを確かめ、まだ呼んでいないようだったので、部屋から出て携帯を構えた。そのときもまだ、中松は向かいの部屋のドア口に突っ立っていた。名前を呼んでも反応がない。やはり変だと思い、もう一度名前を呼びながら近づいていった。玲子が到着したのはその直後だ。あとは、玲子も知っている通りだ。

林は、助からなかった。到着した救急隊員が死亡を確認した。

失血死だった。

逮捕した池本城士は成城署に連行した。殺人容疑での現行犯逮捕。弁解録取書(べんかいろくしゅしょ)は玲子が作成した。

住居、東京都世田谷区桜丘二丁目▲▲－■。

職業、飲食店店員。

氏名、池本城士。平成※※年十月十一日生まれ、二十四歳。

「では、池本さん。あなたが本日、二月二十二日に起こした殺人事件について、お話しします」

現行犯人逮捕手続書を提示、読み聞かせる。

「……以上が、事件の内容です。まず、弁護人を選任する権利があなたにはありますが、どうしますか」

城士はぐったりと疲れた様子で、机の、自分に近い辺りに視線を落としている。抜け殻。あるいは、浜辺に打ち上げられて腐った魚。玲子には、そんなふうに見える。

「弁護人はどうしますか。頼みますか、頼みませんか」

玲子の後ろにいる菊田も、低く押し殺した声で訊く。

「おい、池本。聞いてるのか」

ちらりと視線を上げる。気弱そうな、所在なげな目の動きだ。

「……どうせ、死刑なんだろ」

ふて腐れているようにも、諦めているようにも聞こえた。

どうせも何も、必ず死刑にしてみせる。

「頼むの、頼まないの。早くそれだけ決めて」

「じゃいいよ。頼まねえよ」

それならそれでよし。

「では次に、何か弁解したいことがあれば聞きます。何かありますか」

「……ハ？」

フザケた若造だ。

「あなたは警察官を殺した。それについて弁解があるならいってごらんなさい」

「弁解って……だってあんた、目の前で見てたろ」

「見てたわよ。あたしの言い分はあたしの言い分で、きっちり調書にして検察官に提出するわ。あなたは林広巳という警察官の胸を刺し、拳銃を奪い、刃物で脅し、そのまま喉元を切り裂いて殺害した。あたしの認識はそういうこと。でも、あなたはあなたで、いいたいことがあるなら聞くし、別にないんだったら、ないっていってもらわないと」

「……別にねえよ」

結局、弁解もなしということで、弁解録取書にはそう記し、できたものを読み聞かせた上、署名、押印させた。

取調べも玲子が担当した。まずは林を殺害した件に関してなので、長谷川宅母子殺人については訊かない。あのとき何があったのか、なぜ林を刺し、自室に連れ込み、最終的に切りつけて殺したのかについて尋ねた。

「ほんとは、バイトいくつもりだったんだけど、途中で、面倒臭くなって……雪も降ってきたし、なんか、ダリいから……帰ってきたら、なんか、玄関のドア開いてるし……変な、革靴とか転がってて、二階で、なんか知らねえ奴の声とかするし……上がってみたら、なんか、スーツの、刑事みたいのがいて、アンソニーが……祖父ちゃんが死んでるの、ちらっと見えたから……もう駄目だなって思って、そしたら、あいつが拳銃持って、こっちきたから。階段とこから出て……持ってたナイフで、刺して……」

池本宅の階段は、壁で囲われる形になっている。城士はいったん二階まで上がって、壁の陰に隠れて様子を窺っていた、ということなのだろう。これに関しては、後日の引き当たり捜査で改めて確認することになる。

「ナイフは、なんで持ってたの」

「なんでって……いつも持ってるし」

「職務質問受けたら、銃刀法違反で逮捕されるわよ」

「そうなる前に、刺すつもりだったし」

自分の体の芯に、何か冷たい、尖ったものが生じるのを感じる。

「……なんで職務質問されただけで、警察官を刺そうだなんて考えるの」

「考えるだろ、普通」

「普通は考えない。あなたに、何か特別な事情でもあれば別だろうけど」

城士が、人の目を見ることはまずない。終始怠そうに、頭をゆらゆらさせながら、あっちを見たりこっちを見たりしている。

「特別、って……もういいよ、別に」

「よくない。なぜナイフを持ってたの」

「だから、護身用だよ」

「は？　あなたが何から身を守るの？　なんで普段から、あなたが身の危険なんか感じる必要があるの？」

口を半開きにし、天井を見上げ、城士は「めんどくせえな」と漏らした。

「……いつか、バレると思ってたし」

「何が」

「……長谷川」

お前が殺したのは、三人とも長谷川だ。

「長谷川、誰」

「長谷川……高志」

高志？　繭子ではなく、高志なのか――。

思わず喰いつきそうになったが、必死で堪える。表情、声色に感情が出ないよう努める。

「長谷川高志が、どうしたの」

「……やったから」

曖昧な表現を許してはならない。

「長谷川高志に、何をしたの」

「レイプするつもりだった」

こいつ――。

体の中心の尖ったものが、脳天を突き破りそうになる。

「……それは、いつの話」

「知ってんだろ。去年の、十月の……あー、もう忘れたよ」

「去年の十月二十九日、火曜日ね」

こくん、と首を垂れる。

「そう……それ」

「去年の十月二十九日に、何をしたの」

「だから、やったんだよ」

「何を」

「あいつを……好きだった。居酒屋で、初めて見たときから……店で、ちょっと話もしたし。すげえ、いい感じだったし。あいつ、俺のこと、何度もカッコいいって、いってくれたし……尾けてったら、家も、意外と近くだって分かったし……どうにかなんねえかなって、ずっと思ってて……でもあいつ、女作りやがって。そいつを、部屋に連れ込んで……だったら、あんな店で働くなっつーんだよ……あの夜、なんか、奴の姉貴が、ちょっと外に出てって……たまたま、それ見ちゃったから。開いてるな、今なら入れるなって思って、入って……奴の部屋に隠れてようと思って、上がってってって……そしたらなんか、姉貴が高志の部屋に入ってきて。なにあんた、とか騒ぎ始めて……もう、駄目だこりゃと思ったから、ぶん殴って、ナイフで刺して……脅す用に持ってってたんだけど、なんか、やっぱ刺しちゃって……そしたらお袋も帰ってきて。邪魔されっと意味ねえから、そいつも刺して……っつーか、首切ったのかも……で、高志が帰ってきて。まあ、俺も血だらけだから、騒ぐなっていって、暴れるなっていって……ナイフ突きつけて、脅しながら、レイプして……で、殺したと」

必死で平静を装いながら、玲子は「それで」と続きを促した。

「でも、好きだったから、高志のこと……殺しちゃったなって、後悔もあったし。なんか、悲しかったから、奴の部屋にあった、コートもらって、それ着て、帰ってきた……なんか、あいつの、優しい匂いがした……家に帰ったら、祖父ちゃんだけ、まだ起きてて。俺の様子が変だったのかもしんないけど、どうしたって、しつこく訊かれて……全部、話したら」

そういうことか。

「任せておけって……城士は、何も心配しなくていいって、一人で、出かけていって……俺が、同性愛者だってこと、祖父ちゃんだけは、なんか、いつのまにか知ってて。分かっててくれて……俺の、一番の理解者だった……でも、そんな、あんなふうにしちゃったのに、バレねえはずねえって、思ってたけど……けっこう経っても、警察とか、全然こねえし、大丈夫なのかなって、思ってたら……今朝も、祖父ちゃんが俺の部屋きて、城士は何も心配するな、全部、上手くいくからって……まさか、祖父ちゃんが自殺するなんて、思ってもみなかった……」

アンソニーの指紋は、本件と「昭島市事件」の現場で採取されたものと一致した。アンソニーは、自身が過去に起こした事件とそっくり同じように現場を作ることによって、城士の犯行を隠蔽しようとしたのだ。レイプされたのは高志だが、繭子の遺体も同じように損壊することによって、捜査を攪乱（かくらん）しようとしたに違いない。

またアンソニーが使用していた携帯電話には、遺書ともとれるような未送信メールが残されていた。文面は日本語で、「昭島市」と「祖師谷」の事件は自分の犯行であると記してあった。自殺を図った直接の原因が玲子たちの張り込みにあるかどうかは、今のところ分かっていない。

城士が、涙を流し始めた。

「……ちょっと。なに泣いてんのよ」

そういうと、一応城士は堪えようとはするのだが、決して泣き止むわけではない。

「なんで泣いてんのか訊いてんのよッ」

答えられる状態ではない。それは玲子も分かっている。

「まさか、祖父さんが自殺したから泣いてんじゃないでしょうね。ちょっと、フザケんのもいい加減にしなさいよ。あんたが同性愛者かどうかなんて知ったこっちゃないわよ。そんなのどうだっていい。あんたは、ただ居酒屋でひと目惚れしただけの男の家に忍び込んで、その家族も合わせて三人の人を殺したのよ。それがバレそうだって勝手に思い込んで、家にきた警察官まで切りつけて殺したんだ。そんだけのことしといて、なんであんたの祖父さんが自殺したくらいで泣くの。あんたの祖父さんだってね、そもそもは人殺しなんだよ。二十八年前に、横田基地の近くで家族四人を皆殺しにした殺人鬼なんだ、知ってたかお前ッ」

菊田に「主任」と肩を摑まれたが、もう自分でもどうにもできない。止めようがない。

「人殺しの孫がまた人殺しで、だからその現場をグチャグチャにして証拠隠滅して、それでなに、自分で罪引っかぶって自殺？　笑わせんじゃないわよ。なによそれ。家族愛とか、そういうつもり？　くッだらないよね、あんたら人殺しのエゴって。あんたらに愛とかないから。子を想う、孫を想う気持ち？　そんなことという資格、人殺しのあんたらにあるわけないだろうがッ」

菊田に腕を掴まれ、抱きかかえられても、もう収まりがつかなかった。取調室のドアが開き、中松、小幡まで止めに入ってきたが、でも連れ出される前に、これだけは、これだけはどうしても、いわなければ気が済まなかった。

「死刑だよッ、お前なんか死刑に決まってるだろッ。そうじゃなかったら、あたしがこの手でお前を殺してやるよッ」

男三人に敵（かな）うはずもなく、結局は取調室から引きずり出された。周りには今泉も、山内も日野も、井岡も、鈴井も田野も武藤も、みんないたが、誰も、何もいわなかった。

デカ部屋からも連れ出された。菊田に抱きかかえられたまま、特捜のある階まで階段で上がってきた。

講堂には、他の捜査員が全員集まっていた。

林がよく座っていた、最前列左側の席にはガラス製の花瓶があり、花が飾られていた。

白い、トルコキキョウだ。

「……菊田……林さん、死んじゃった……死んじゃったよ……あたし、もうやだ……もう、刑事やめたい……」

玲子は泣いた。

人目も憚らず、菊田にすがりついて、泣き続けた。

膝から崩れ落ち、床にへたり込んでも、菊田は黙って、玲子の頭を、肩を抱いて、じっとしていてくれた。

また何かが、玲子の中で、壊れた気がした。


三月一日、土曜日。

林の通夜が、南青山にある葬儀所で行われた。警察葬や著名人の葬儀でもたびたび使われる会場で、警視庁による林の公葬もまた、この場所で三月の末に行われる予定だという。

会場には菊田と玲子、中松、日野、小幡、井岡の六人できた。他の十一係のメンバーは少し遅れるということだった。

石垣で囲われた敷地内に入ると、五十台以上停められそうな駐車場には意外なほど車が少なく、ただその広さと暗さだけが目についた。駐車場の周りには歩道が設けられており、弔問者が長い列を作っている。列の先にある、低く平たい城のような建物が葬儀会場だ。オレンジ色の、あたたかそうな明かりが入り口から漏れている。その横には【故　林広巳　儀葬儀式場】と大きく出ている。

受付を済ませ、弔問者の列に並ぶ。

ここ一週間、池本城士の取調べをし、それに伴う書類作成はむろんしているが、それ以外の時間、玲子は何かものを考えるということをしなくなった。以前なら、こういった葬儀に参列している間も捜査についてあれこれ考えていたように思う。でも今、玲子の頭の中には何もない。

列は、少しずつ進んでいる。

林との思い出は決して少なくない。旧姫川班時代、林には様々な情報をもらい、事件解決に繋がるヒントをもらい、玲子はその存在を心の支えにすらしていた。林がなぜ玲子に目をかけ、陰になり日向(ひなた)になり力を貸してくれていたのか、それを知ることはもうできない。そして、それを推し量ることすら、今の玲子には重い。

ただ列が進むまま、菊田の背中に隠れるようにして、玲子も歩を進める。

焼香を終えた弔問者が、列の横を通り過ぎていく。知った顔とは会釈を交わすが、それ以上のことはしない。できない。それをする資格が、自分にはないように思う。

だがそれが許されるのは、相手もそれを許してくれる場合だけだ。

それを玲子に許さない人間が通りかかれば、その限りではない。

「……よう、姫川」

きたな、と思った。代々木の特捜を引き揚げて以来になる。砂川らは依然逮捕できていないようだが、今はそんな嫌味をいう気にすらならない。

玲子は黙って、勝俣に頭を下げた。菊田や他のメンバーも同じようにした。

勝俣が玲子のところで立ち止まる。

「今まで……なんだかんだ、お前のことを、からかうようなことばかりいって、悪かったな。俺が、間違ってた」

いつもの勝俣らしくないとは思ったが、それ以上は、なんの感情も湧いてこない。

勝俣が、短く溜め息をつく。

「……お前は、ただの田舎モンなんかじゃない……とんでもねえ、死神だ」

ざざっと、前後の気配が乱れるのを感じたが、玲子は左手を挙げ、それ以上動かないよう命じた。いや、頼んだ。

「勝俣主任……それが分かってるんだったら、もう二度と、あたしには近づかないでください」

「俺はそのつもりだよ。でもオメェも、これからは気をつけてくれよ。俺は、まだまだ命が惜しいからよ……じゃあな」

勝俣の足音が背後に遠ざかる。井岡が何か、そっちに向かって悪態をついていたようだが、よく聞こえなかった。

さらに列が進み、玲子たちも会場に入った。

大きな祭壇一杯に、白い花が飾られている。その中央、遺影の林は柔らかな笑みを浮かべている。玲子もよく知っている、大好きだった、あの優しい笑顔だ。

お経が、ものすごく近く聞こえる。一人の僧侶が唱えているのだろうが、まるでその声に取り囲まれているように感じる。なんだか、気が遠くなっていく。

喪主は林の妻、隣には一昨年就職したという長男と、まだ大学生の長女が並んでいる。林から、ときおり家族の話も聞いてはいたけれど、どうもそれとは重ならない。遺族も普段とは様子が違うのだろうし、今は玲子自身が普通ではない。林に関する記憶には、何重にもベールが掛かってしまっている。

順番がきて、遺族に礼をし、焼香をさせてもらう。

でも、玲子にはもう、林に誓うものがない。

犯人はすでに逮捕されている。犯行も認めている。それ以上、玲子が林のためにできることはない。何も、捧げるものがない。

もう一度遺族に頭を下げ、祭壇前から離れる。

壁際を通り、出口の手前で「会葬御礼」の紙袋を受け取った。

会場の外に出る。弔問者の列は、玲子たちがきたときよりだいぶ短くなっていた。

「……帰ろうか」

「ええ」

さっきとは反対。弔問者の列の横を、玲子たちが通り抜けていく。知っている顔があれば頭は下げる。でも、それ以上のことはしないし、できない。

石垣に沿って、門のところまできた。

会場を振り返る。ここからでも、案内看板の【林広巳】の文字は読める。会場入り口が、さっきより明るく見えるのはなぜだろう。

すっ、と井岡が横に出てくる。

「玲子主任、そこ段差」

「ん……ああ、ありがと。大丈夫」

門の方に向き直ると、そこを、速歩きで入ってくる男の姿が目に入った。

日下だった。日下守。かつて、殺人班十係で一緒だった頃は同じ主任警部補だったが、いま日下は一つ昇任して、統括警部補になったと聞いている。

向こうも、すぐ玲子に気づいた。

「姫川……」

玲子は、会釈だけでいくつもりだった。他の弔問者と同じ。それ以上のことをする理由は、玲子にはなかった。

だが、日下の方が玲子の前で足を止めた。

「……手短に、用件だけ伝えておく。俺に、殺人班十一係統括の内示が出た。来週からだ。またしばらく一緒になる……よろしく頼む」

それだけいって、日下は速歩きでいってしまった。見る見るうちに、受付の方にその背中が遠ざかっていく。

あまりのことに、返す言葉がなかった。

あの日下が、十一係の統括？

来週から、直属の上司――。

カクテル

姫川玲子は「元監察医」の國奥定之助（くにおくさだのすけ）と食事をしていた。

國奥は先月末、三月三十一日付で監察医務院を定年退官しており、今夜はその「お祝い」の意味も兼ねたディナーだ。

思えば林の殉職以降、店を予約して食事に出かけるなんてことは一度もしていなかった。林を失った痛みが癒えることは決してないが、それでも自分は、一日も早くかつての日常を取り戻さなければならない。今日がそのきっかけになれば、という思いも少なからずあった。

國奥が「海鮮も肉も腹いっぱい食える高級店」がいいというので、玲子がネットで調べて、比較的評判がよかったこの歌舞伎町の店を予約した。むろん、今回は玲子の奢りだ。

「へえ、監察医の定年って、六十五歳だったんだ……知らなかった」

メインディッシュはA5ランクのサーロインステーキ。國奥がそれをひと口、やや大きめに頬張る。

「んん、んまい……そんな、知らなかったって……まさか、わしが何歳か、今まで知らなかったんじゃなかろうな」

「うん、知らなかった」

玲子もひと口。確かに、これは美味しい。サシの入りが程好く、旨みがしっかりあるわりに後味がしつこくないのがいい。赤ワインとの相性も申し分ない。

國奥が、大袈裟に泣き顔をしてみせる。

「……姫は、わしの歳も、知らんかったのか……切ないのぉ」

ちょっと。その物言いには異議ありだ。

「でもそれって、別にあたしのせいじゃないからね。いっときますけど、あたしは何回も、先生に歳、訊いてるから。そのたびにはぐらかしたの、先生の方だから」

「それは、ほれ……意中の女性の気を惹くための、高度な恋愛テクニックじゃろう」

これを「策士策に溺れる」と表現したら策士が怒りそうだが、今それはさて措く。

「それ、まさにそれ……先生のさ、そのお爺ちゃん喋りが、余計に年齢を分かりづらくしてるのよ。あと白髪ね。まあ、それだけフサフサしてれば、白髪でも立派なものだとは思うけども」

國奥が、ギュッと眉根を寄せる。眉毛は、まだ白と黒が半々くらいだ。

「だからぁ、これは、お爺ちゃん喋りなのではなくてだな」

「うん、知ってる。小学二年から高校卒業まで広島に住んでて、東京の大学に入ったらその訛りを同学年の女子にからかわれて、以来、逆にわざと使い続けてるっていうんでしょ？でもさ、あたしにも広島出身の知り合い、先生以外にも何人かいるけど、誰も先生みたいな、お爺ちゃん喋りなんてしてないわよ」

するると、今度は低く唸りながら腕を組む。玲子には、その仕草すら妙にお爺ちゃんクサく見える。

「それはな……わしももう、東京に出てきて、四十数年、経つわけで……その間に、なんというか……オリジナルな感じに、なってきてしまったんじゃろうな……」

「オリジナルな広島弁って時点で、すでに広島弁じゃないし」

とにかく國奥は今、六十五歳と。そこだけは間違いないわけだ。


食事を終え、國奥がゴールデン街にある知り合いの店にいきたいというので、玲子もお供することにしたのだが、

「おかしいな。この店の、隣だったはずなんじゃが……」

どうやら目当ての店は、すでに閉店してしまったようだった。今そこは「ババンバー」という、違う名前の店になっている。

國奥が、ふざけたように眉を持ち上げる。

「まあ、でも……他に知ってる店もないし、ここにしておくか」

「あ、だったら先生、こっちのお店でもいい？」

その「ババンバー」の右隣はまた別の入り口になっており、柱には白ペンキで「エポ、こ

の上」と書いてある。覗くと、中はいきなり上り階段になっている。

國奥も、その階段を見上げる。

「別に、かまわんが……なんでまた」

「確か、捜査報告書かなんかで見たことあるんだよね、ゴールデン街のバー、『エポ』って。今ちょっと、なんだったかは思い出せないけど」

「入ってみたら、それも思い出せるかもしれないと」

「んん、まあ……別に、思い出せなくてもいいけど」

國奥を先頭に、とりあえず階段を上り始める。階段はせまい上に、ひどく急だった。しかも足音が、なぜか妙に大きく響く。國奥のはゴッン、ゴッン、玲子はカコーン、カコーンといった具合だ。

上りきって左手にある引き戸が、店の正式な入り口のようだった。

國奥がそれを開けると、

「……いらっしゃいませ」

ちょっとセクシーな、低い男の声が玲子たちを迎えた。

玲子も、國奥の肩越しに中を覗く。

ゴールデン街にありがちな小さなバーではあるが、照明は比較的明るく、店内はオープンな雰囲気だった。六つあるカウンター席の、一番奥に中年女性が一人。客はそれだけ。さっきの声の主は、カウンターの中にいるあの男か。身長、百八十センチ強。年齢は五十歳前後といったところか。

「どうぞ……お入りになってください」

男が、自分の正面付近の席を勧める。柔らかな手の動き。適度に太い指、厚みのある掌。やはり、声がいい。玲子はいまだブランデーを飲んだことはないが、ひょっとすると、今の声みたいな味のするお酒なのではないかと想像した。濃くて、重みがあって、ほんのりと甘みの漂う――。

國奥が、女性客から二つ空けてスツールに上る。玲子はその右隣に座った。

改めて、男が小さく頭を下げる。

「いらっしゃいませ……メニューはご覧になりますか」

國奥が、カウンターに載せた両手を軽く組む。明らかに恰好をつけている。普段より背筋を伸ばし、妙にかしこまっている。

「あ、えーと……うん……何か、お勧めの焼酎はありますか」

玲子は、吹き出しそうになるのを必死で堪えた。

國奥は國奥なりに、カウンターの男を「男前」と認めたのだろう。だから恰好をつけ、背筋を伸ばしもしたのだろう。でも、だったら焼酎ではなくて、お酒ももっと気取った何かにすればよかったのに――いや、駄目か。急に國奥が「今夜はブランデーの気分じゃな」などと言い出したら、それこそ玲子は本気で吹き出していたに違いない。

それでも、カウンターの男は大真面目に応対した。

「焼酎でしたら、麦も芋も、何種類かずつございますが……」

結局、國奥は男の勧めた麦焼酎をお湯割りでオーダーし、玲子は「何か、ブランデーベースのカクテルを」とリクエストした。

「ブランデーベースでしたら、アレクサンダーはいかがでしょうか。ややアルコールは強めですが、調節することもできます」

たぶん、アレクサンダーなら前に飲んだことがある。ミルクチョコレートのような甘口のカクテルだった記憶があるが、ブランデーベースだとは知らなかった。

「ええ、じゃあ、アレクサンダーで」

「アルコールは、いかがしましょう」

「そのままで……普通で大丈夫です」

「はい、かしこまりました」

なんだろう。この男との会話が、妙に心地好い。

飲み始めて三十分ほどした頃、玲子は妙なことを耳にした。

それは、最初から奥の席に座っていた女性客のオーダーだった。

「じゃあジンさん、最後に……ストロベリーナイト、もらおうかな」
男はこの店の店長で、名字は「ジンナイ」、常連客には「ジンさん」と呼ばれていること
は、それまでの会話から分かっていた。
だが「ストロベリーナイト」とは何事だ。
「はい、かしこまりました。ストロベリーナイトで……」
二分ほどしてジンナイが彼女に差し出したのは、ロンググラスに入った、ロゼワインくら
いの赤みの、でも炭酸で泡立ってもいるから、そういった意味でいえばロゼシャンパーニュ
に近い、ただ氷が入っているから、やはりカクテルとしか言い様のないルックスの飲み物だ
った。グラスの口にはカットレモンも添えられている。
「……お待たせいたしました」
その女性客に恨みはないので、彼女がそれを飲み終えるまでは玲子も黙っていた。オーダ
ーの際「最後に」といっていたので、その一杯を飲み終えるまでの辛抱だとも思っていた。
宣言通り、彼女はそれを飲み終えると「ジンさん、お会計して」と立ち上がり、一万円札
をジンナイに差し出した。
そして釣りを受け取ると、
「ごちそうさまぁ……」
「ありがとうございました」

玲子のとはまた違う足音を響かせ、階段を下りていった。

そろそろ、いいだろう。

「あの、すみません……今の女性が、最後に飲んでたカクテルって」

ジンナイは、ちょっと嬉しそうに笑みを浮かべた。

「あれは『ストロベリーナイト』という、うちのオリジナルカクテルなんです。よろしければ、お作りしましょうか」

冗談じゃない――。

玲子は意識して、少し強めにジンナイを見た。

「はあ、オリジナル……でもなぜ、その名前にしたんですか」

様子がおかしいと思ったのだろう。ジンナイも笑みを引っ込める。

「なぜ、って……考案者が、そう名付けたからですが」

「そのカクテルを考案したのは、ジンナイさんではないんですか」

「ええ、違います。うちの常連さんです。ジンベースに、カシスリキュールとレモンを少々、それを炭酸で割るんですが、こういうカクテルってあるのかな、と訊かれまして。私には心当たりがなかったので、ないんじゃないかと答えましたら、じゃあオリジナルだと、名前を付けようと……で、その場で『ストロベリーナイト』と決まったんですが……」

ジンナイが、覗くようにして玲子に視線を合わせてくる。

「……何か、お気に召しませんでしたか」

そう訊かれると、こっちの方が大人げないようにも思えてくるが、でもやはり、これは酒落で使っていい言葉ではないと思う。

「ええ、ちょっと……不謹慎なネーミングだな、と……ジンナイさんは、『ストロベリーナイト事件』というのを、ご存じありませんか。六年ほど前の、十数名の犠牲者を出した、連続殺人事件なんですが」

そう玲子が言い終えるよりずいぶん前から、ジンナイの顔色は変わり始めていた。気まずそうに眉をひそめ、伏し目がちにしている。この店に入ってすぐの頃だったら、そんな悩まし気な表情もセクシーに見えたかもしれない。でも今は、やけに芝居がかった、上辺だけの薄っぺらい感情表現にしか思えない。

それでも、ジンナイが芝居をやめることはできない。ここは彼の店であり、舞台なのだから。

「ああ、申し訳ありません。そういえば、そういう事件があったようにも……はい、うろ覚えで、申し訳ないんですが……でも、あの……私はてっきり、ハラダシンジの、『ストロベリーナイト』の方だと思っていたので……考案者も、そんなふうに……」

玲子は、思わず「ハ？」と訊き返してしまった。

「ハラダシンジの、『ストロベリーナイト』って……なんですか」

確か「原田真二」という名前の歌手がいたような記憶は、玲子にもある。

ジンナイが少しだけ眉を戻す。

「ご存じ、ありませんか。原田真二って、シンガーソングライター。彼の……まあ、代表曲とまではいえませんが、でもそこそこ、有名な曲のタイトルなんですけど……でも、そっちは三十年以上前の話だから、そうですね……すみません、全然、気づきませんでした」

曲の、タイトル――ヒヤリとした。変な汗を掻きそうだった。

玲子は、その場で小さく頭を下げた。

「あの、こっちこそ、ごめんなさい……そんな、別に由来があるなんて、まったく……思いもしなかったものですから」

ジンナイも、恐縮したように頭を下げる。

「いや、でも……十何人も犠牲者が出た事件と、同じ名前のカクテルって……知ってる方からしたら、それは、悪趣味に聞こえますよね……名前、変えた方がいいですね」

似たようなことは、今までにも何度かあった。自分にはちょっと、そういうところがある。もっと物事に、冷静に、慎重になる必要がある。ほんと、そう思う。

「いえ、そんなことしたら、原田真二さんにも、申し訳ないですから……すみません、聞かなかったことにしてください。ごめんなさい」

すると、それまで黙っていた國奥が、ふいにパンと手を叩いた。

「……まあ、美味い酒にも、いい歌にも罪はないということで、どうじゃろう。姫も一杯、ご馳走になってみたら」

正直、恥の上塗りになるような気がしたので遠慮したかった。だが、ジンナイはすぐ背後の棚に手を伸ばし、

「それ、嬉しいです。ぜひ、ひと口だけでもいいんで、飲んでみてください」

玲子の返事も聞かずに作り始めてしまった。もはや、断ろうにも断れない空気になっていた。

まもなく、問題のカクテルが玲子の前に差し出されてきた。

「……お待たせいたしました」

さっきのはロックアイスだったが、今のこれはクラッシュアイスになっている。レモンもグラスの口ではなく、中に入っている。それと、細いストローが二本挿してある。

こうまでされてしまったら、致し方ない。

「ありがとうございます……じゃあ、いただきます」

グラスを手に取り、ストローを二本、並べて唇に添える。

ひと口吸うと、わずかにロゼ色の水面が沈み、クラッシュアイスの粒が顔を出す。ストローを伝い、冷たい「ストロベリーナイト」が舌に広がる。

普段、玲子はほとんどジンを飲まない。銘柄にもよるのだろうが、あの、独特な薬臭さが

苦手なのだ。

でも、これは――。

カシスの甘みと、レモンの酸味、炭酸の刺激が薬臭さを帳消しにし、むしろ爽やかにすら感じさせる仕上がりになっている。

やだ。これ、ちょっと美味しい。

解説

タカザワケンジ
（書評家・ライター）

姫川玲子シリーズは〝進化〟し続けている。

そう感じたのは、今作で第八弾となるこの『ルージュ　硝子の太陽』が新しい試みに挑んだ野心作だからだ。どのように野心的かは後々述べるとして、まずは、今回、姫川玲子がどんな事件に立ち向かうかを見ていこう。

物語はある男性の独白から始まる。男は土砂降りの中、夜の街を彷徨い、酩酊状態で残虐な事件を引き起こす。男の視点で描かれる世界は、過去と現在とが入り混じり、認識が大きく歪んでいる。まさに狂気そのものだ。男の目で描かれる迫真的な描写は圧倒的である。

男が明るい部屋で目を覚ますとムードは一変する。平和な日常の朝の風景。朝食ができるのを待っている。あれは悪夢にすぎなかったのか。しかし男はクローゼットの中の荷物に目を留めこう独白する。

「木箱の中身は拳銃だ。ベレッタM9。あれはいい銃だ。」

この一行で、光の中に不穏な影が差し込む。

シーンは変わり、今度こそなじみ深い日常が戻ってくる。姫川玲子の登場である。潜水の後に水面に顔を出したように、読者はここでようやく息をつける。

とはいえ、玲子もまた血なまぐさい殺人事件の捜査の途上にいる。それも閑静な住宅地で母子（母親、長女、長男）が皆殺しにされたというショッキングな事件だ。被害者のうち、長女が地下アイドルだったこともあり、マスコミの関心度も高い。しかもこの「祖師谷母子殺人事件」には一般に公表されていない事実があった。日本では珍しく銃を使った激しい死体損壊があったのである。ここで読者は否応なく冒頭の「悪夢」を思い出さざるをえない。

しかし、事件について振り返っている玲子の思考を邪魔する者が現れる。

「れ、いこ、しゅにんっ」

姫川玲子シリーズの読者ならおなじみの井岡博満の登場である。一方的に玲子を慕い、なれなれしく絡んでくる刑事だ。この男が出てくると緊迫感に満ちた空気が急に鼻歌交じりになる。特異な才能を持った登場人物と言えよう。

こうして冒頭からの流れを紹介するだけで、そのテンポの良さ、緩急の自在さがよくわかる。誉田哲也のすべての小説に言えることだが、物語構成が緻密で、文章の流れが実にスムーズ。とくに三人称のいわゆる「地の文」に視点人物の内心の声がミックスされた心地いいリズムは誉田作品の大きな魅力だ。たとえばこんなふうに（ここでは玲子が視点人物）。

「もう何回目だ、この井岡と同じ特捜に入るのは。こんなことって現実にあるのか。いや、ない。絶対にあり得ない。なのに、なぜかこうなる。誰が、何をどう企んだらこういうことが起こり得るのだろう。本当に訊いてみたい。捜査本部設置に関する諸々を決める強行犯捜査二係の担当者に、なぜ自分がいる特捜に井岡博満を捻じ込んでくるのかと。ぜひとも納得のいく説明を聞かせてもらいたい。」

姫川玲子シリーズは扱っているのが犯罪だけにしばしば残酷な描写や、気持ちが塞(ふさ)ぐような重い場面も登場するのだが、この文体が読書を止めさせない。誉田哲也の小説はまず「読ませる」。それは間違いない。

ところで、姫川玲子とは何者かを簡単に紹介しておこう。十代の頃にある犯罪の被害に遭った彼女には、女性警官との交わりから立ち直るきっかけをつかんだという過去がある。そして自らも警官を志した。警視庁に入庁後は二十代の若さで警視庁捜査一課に配属され、姫川をリーダーとする姫川班が発足する。第一作『ストロベリーナイト』はこの時代の物語であり、本作にも登場する菊田和男(きくたかずお)はこの頃からの片腕である。姫川にとってこの姫川班は理想的なチームだった。しかし第四作『インビジブルレイン』で描かれた「玲子の恋」が仕事にも大きな影響を与える。捜査一課を出され、池袋署へ異動。所轄の刑事として再出発する。そして、七冊目の短篇集『インデックス』で捜査一課に復帰するのである。したがって、今作は玲子が捜査一課に復帰して以降、最初の長篇小説ということになる。ちなみにこの後に続く『ノーマンズランド』がすでに刊行されている。

姫川の捜査の特徴は直感と強い正義感にある。理屈抜きの直感はしばしば事件の本質を見抜くが、警察の組織捜査の中では異端視される。また、強い正義感は刑事なら当然ではあるのだが、玲子の激しさには独特なものがある。というのは、前述した通り自身が犯罪被害者だった経験を持ち、犯罪者に対するむき出しの怒りをぶつけることがあるからだ。そして、その正義感は時として警察組織にとって不都合な真実を暴くことにさえつながる。

組織捜査の枠に収まらない直感と行動力、正義を貫く強い意志は、玲子が警察の中で少数派の女性であることとも相まって注目を集めがちだ。男社会の中で独自の捜査を続けるその姿は、やはり男性中心社会で奮闘する女性たちの姿と重なって見える。

しかし、玲子が決して孤高の刑事ではないこともまたこのシリーズの魅力である。菊田以下の部下たちの協力や、彼女を理解する上司の判断が捜査を前へと推し進める。組織には組織にしかできないことがあり、チームが力を発揮することで事件解決に結びつくのもまた事実なのだから。中でも玲子の心情をおもんぱかり、捜査に当たる菊田は現代の理想の男性像かも知れない。そして、菊田の魅力を際立たせる脇役が井岡だと言っていいだろう（先ほどの引用箇所の後、井岡は菊田によって玲子の前から「排除」される）。

そして、玲子に立ち塞がるガンテツこと勝俣健作（かつまたけんさく）もこのシリーズで忘れてはならない人物だ。この男、とにかく下品で口が悪く、元公安という経歴が象徴するように汚い手をいとわない。ホシを挙げるためなら手段を選ばない刑事だ。ガンテツは徹底して玲子を嫌い、また、玲子も蛇蝎のごとくガンテツを嫌っている。しかもこの二人の関係はただ単に水と油というだけではない複雑さがある。お互い、めざす獲物は同じだからだ。この作品ではガンテツにとってもう一人のいけ好かない刑事、『ジウ』シリーズの東弘樹警部補が登場するため、その関係はいっそう複雑になっている。

そう。この『ルージュ』には『ジウ』シリーズの東弘樹が登場するのである。これこそ、冒頭で書いた「新しい試みに挑んだ野心作」のゆえんだ。他シリーズの登場人物が相互乗り入れする小説は決して珍しくはないが、この作品はそうした「カメオ出演」的なものではない。実はこの『ルージュ』には小説の構成上「双子」と言える作品があるのである。タイトルは『ノワール』。そもそもこの二つの小説は『硝子の太陽R　ルージュ』『硝子の太陽N　ノワール』として同時刊行されている。

『ノワール』は沖縄の駐留米軍が関わったとされる交通事故をきっかけに反米軍デモが盛り上がる中、新宿歌舞伎町に深い関わりを持つフリーライターが殺されるという事件から始まる。事件の背後には、在日米軍、日米地位協定をめぐる政治的な闇が存在していた——という物語である。この事件の捜査に当たるのが東であり、『ジウ』と地続きのシリーズである『歌舞伎町セブン』が絡んでくる。歌舞伎町セブンとは、歌舞伎町の都市伝説と言われている七人の殺し屋グループだ。

『ルージュ』の中で、玲子は「祖師谷母子殺人事件」の捜査に当たり、途中で『ノワール』

で描かれるフリーライター殺人事件の捜査本部に編入される。つまり、二つの事件に三つのシリーズの登場人物が絡み、二つの小説として描かれるということだ。そして、どちらも在日米軍と日本の関係が関わってくる。さらには『ルージュ』と『ノワール』にはまったく同じ場面さえ登場するのだが、そこで誉田作品の特徴とも言える多視点が生かされる。玲子が東を所轄署に訪ねるシーンの冒頭を比較してみよう。

「東は、もうこっちに気づいているはずなのに、たぶん視線も合っているのに、ずっと無表情のまま玲子を見ている。近くまでいくと、監視カメラのレンズのように、その黒目が玲子を追って動いているのがわかる。

だから玲子も、あえて真横に着くまで会釈をしなかった。

『……東係長。ご無沙汰しております』（『ルージュ』）

「姫川玲子。良い噂も悪い噂も、片手では足りないほど囁かれている、曰くつきの女刑事だ。確か今は、本部の捜査一課に戻っているのではなかったか。

なんと、その姫川が真っ直ぐ東の方に向かってくる。だが直接挨拶されるまで、東はあえて反応を示さなかった。

彼女は、東のデスクの真横で立ち止まった。

『……東係長。ご無沙汰しております』（『ノワール』）

ここから始まる二人の会見場面をぜひ読み比べてみてほしい。二人の心の動き、何気ない行動の理由が書き込まれていて実に興味深い。しかもこうした場面がごく自然に物語に組み込まれている。なぜそれが可能かと言えば、作者の誉田哲也は作品ごとに年表をつくり「作中の事件や出来事が曜日レベルで齟齬（そご）が起きないよう配慮している」からだ（『誉田哲也 All Works』宝島社文庫、二〇一三）。

　したがって、誉田にとって別シリーズの登場人物たちを同期させることは特別なことではなく、一つの世界で起きている出来事を記述しているにすぎない。『ルージュ』と『ノワール』という双子の作品を同時刊行したことは、誉田の小説世界の特質を存分に生かしたという点で「新しい試み」なのである。

　しかもその試みに気づかなかったとしても、この『ルージュ』のみで十分に楽しめるのも誉田作品らしいところだ。冒頭から夢とも現実ともつかない犯罪を独白していた男に、玲子はたどりつくことができるのか。刑事たちの地を這（は）うような捜査が、やがて隠されていた真実を明らかにする。姫川玲子シリーズに共通する楽しみは、この『ルージュ』にもたっぷり詰まっている。

ルージュ　硝子の太陽　二〇一六年五月　光文社刊
カクテル　「ダ・ヴィンチ」二〇一六年七月号

光文社文庫

ルージュ　硝子の太陽

著者　誉田哲也

2018年11月20日　初版1刷発行

発行者　鈴木広和
印刷　萩原印刷
製本　ナショナル製本

発行所　株式会社　光文社
〒112-8011　東京都文京区音羽1-16-6
電話　(03)5395-8149　編集部
8116　書籍販売部
8125　業務部

ISBN978-4-334-77745-6　Printed in Japan

組版　萩原印刷